谨以此书
向以王忠心为代表的老兵们、
向中国人民解放军全体指战员致敬！

老兵王忠心

赵风云 张良 著

时代出版传媒股份有限公司
安徽教育出版社

图书在版编目（CIP）数据

老兵王忠心 / 赵风云，张良著. —合肥：安徽教育出版社，2019.4

ISBN 978-7-5336-8956-8

Ⅰ.①老... Ⅱ.①赵... ②张... Ⅲ.①报告文学-中国-当代 Ⅳ.①I25

中国版本图书馆CIP数据核字(2019)第091663号

老兵王忠心
LAOBING WANG ZHONGXIN

出 版 人：郑　可
质量总监：姚　莉
选题策划：郑　可　姚　莉
项目统筹：文　乾
责任编辑：文　乾　何宏贵　付　婕
责任校对：魏飞建
装帧设计：张鑫坤　许海波
技术编辑：陈善军

出版发行：时代出版传媒股份有限公司　安徽教育出版社
地　　址：合肥市经开区繁华大道西路398号　邮编：230601
网　　址：http://www.ahep.com.cn
营销电话：(0551)63683012,63683013
排　　版：安徽时代华印出版服务有限责任公司
印　　刷：安徽新华印刷股份有限公司

开　本：710×1010　1/16
印　张：18.5
字　数：220千字
版　次：2019年4月第1版　2019年4月第1次印刷
定　价：48.00元

（如发现印装质量问题，影响阅读，请与本社营销部联系调换）

认识一个老兵（代序）

二十八年前，我写过一部中篇小说，名叫《弹道无痕》，里面塑造了一个名叫石平阳的老兵，十几年在兵的位置上任劳任怨，把兵当得出神入化。这部作品后来被改编拍摄成电影，在部队中影响很大。战友告诉我，有些部队，新兵入伍，老兵退伍，都要放这部电影，可见优秀老兵的形象是深入人心的。我不知道当时为什么要写这个老兵，也记不得在写这个老兵的时候，心里都想了些什么，直到前不久得到一本书《老兵王忠心》，从中看到了另一个老兵——一个非虚构的、更老的、更值得大书特书的老兵——王忠心，我突然明白了，这是我很早就期待的人物，原来这就是我军旅之初的梦想。

王忠心，一个生于大山深处的农民的儿子，从来没有想到，他的那副大脑和他的那双手，会同一个国家的命运产生联系，就像当初我没有想到，我虚构的人物会在生活中出现，而且这个人物比虚构的人物还要精彩一样。我虚构的石平阳当了十三年兵，我以我力所能及的想象力，认为这已经是一个极限了，但是，现实生活中的王忠心，居然当了三十年兵。在《老兵王忠心》的后记里，有这样一段话："这一年的秋天，我们赶到祖国的大西南，走进那座无名的深山。我们略带惊讶地发现，王忠心依然住在他住了半辈子的排房里，他的上铺又睡了一个新兵，这新兵已是'〇〇后'。"看完这段话，我的心里久久不能平静。四十年前

参军到了部队，我就一直琢磨当一个什么样的兵，怎样才能成为那样的兵。我后来有幸成为一名军官，甚至成为一个军旅作家，可是，我的军旅之初的梦想——或者说梦想中的重要一部分——并没有泯灭。我一直对那些忠于职守、干一行爱一行，并且把这一行干出业绩、干成艺术、干到极致的老兵肃然起敬。以至于每次到部队，我都要顺藤摸瓜，去寻找那些双鬓染霜的老兵，我视他们为朋友、为知己、为偶像。

众里寻他千百度，那人却在大山深处，在漫长岁月中。终于，他来到我们的身边，通过一本纪实文学作品。

我和王忠心之间，有很多非常相近的经历，比如，我们都是从农村走进军营的；比如，我们都是炮兵，但我最早摆弄的是常规火炮，也就是老百姓口中的"大炮"，而王忠心最早摆弄的是导弹，那个军种曾经被称为"二炮"。"二炮"不是"大炮"的弟弟，而是"大炮"的远亲，这个远亲比"大炮"不知道要显赫多少倍，它是现代军事科技的尖端上绽放的花朵，是这个时代一个国家和民族军事实力的重要象征。而王忠心，一个农民的儿子，居然同这样一个伟大的概念联系起来了。这一切是从什么时候、从哪里开始的呢？《老兵王忠心》的作者找到了源头——三十年前，班长李炳华扔给王忠心的八张电路图——几百个开关、按钮、接头——这就是王忠心人生坐标的原点。他从这里出发，一头闯进一个陌生的世界，一段一段地熟悉它、融入它、控制它并最终影响它、改造它、测试它、操纵它、点燃它。三十年啊，一万多个日日夜夜，一个人和一颗心，日复一日地沉浸在一个特定的领域里，终于和它融为一体，它成为他生命的一部分，而他，则成为它思想和情感的代言人。如果说兵器是国家抵御风寒的皮肤，那么，操作兵器的士兵，就是

认识一个老兵(代序)

代表国家向兵器输送意志和决心的毛细血管和神经末梢。

一九八六年,初中毕业的王忠心从安徽休宁入伍,走进西南某军事基地。他先后操作过三种型号武器控制专业号位,系统掌握了测控专业全部十九个号位的操作本领;他参加实装操作一千三百多次,没下错过一个口令,没做错过一个动作,先后七十多次临危受命,成功排除各类技术故障;他带出了二百一十七名优秀测控号手、四十五名基地技术尖子和旅技术骨干,其中有六人走上了旅团领导岗位,有的成了他的直接领导,有的成为全军典型、全国典型。三十年来,王忠心一心一意当好兵,专心致志干好一件事情。对于"千人一杆枪"的导弹部队来说,像王忠心这样的老兵,是一个单位的主心骨和压舱石,也是一支部队的底色和底气。二〇一二年,王忠心当选第二炮兵第八次党代会代表,紧接着当选十二届全国人大代表,成为"士兵模范""班长楷模"。三年后,他当选"全国敬业奉献道德模范"。二〇一五年一月二十一日,习近平主席视察王忠心所在的部队。在军史馆看到王忠心的照片时,习主席说:"这个兵我认识……"二〇一七年七月二十八日,王忠心获得首次颁发的军人最高荣誉"八一勋章",习主席亲自把勋章挂到了这位老兵胸前……王忠心的业绩很多,获得的荣誉规格很高,当然故事也多。一言以蔽之,这是一个脱离了低级趣味的士兵,一个高尚的士兵,一个把事业看作生命的士兵,一个做人低调而做事高调的士兵,一个功成名就而淡泊名利的士兵。什么是大国工匠,什么是强军老兵,王忠心就是。

《老兵王忠心》之所以引起我的重视,首先当然是因为主人公非同寻常,其次也因为这部作品境界高远,情感饱满,有很强的艺术感染力。这是一部用心采访、用心解读、用心创作的作品。读懂一个士兵,

不仅需要时间,更需要慧眼。《老兵王忠心》的两个作者我都不认识,所以我在这篇文章写到一半的时候,拿起电话对这两个采访者也进行了一番采访。赵风云曾在原第二炮兵记者站工作数年,基本上走遍了第二炮兵部队,熟悉这个兵种独有的精气神,熟悉王忠心成长的土壤。她告诉我,她研究过我的作品,同我一样有"老兵情结",她很欣赏王忠心,这是这部作品成功的基础。而另一位作者张良,则和王忠心有几乎一样的经历,他知道大山里的岁月,知道大山里的老兵什么样,知道老兵在做什么,在想什么,他非常懂得这些老兵,懂得这些老兵最打动人的地方在哪里。

决定一部书品质的,有很多因素,如作者的文学素养、审美趣味、生活经历,等等,但最重要的还是作者的境界和见解。在我看来,这部非虚构作品至少有以下几个方面的品质。

一是思想性。正因为作者长期从事军队新闻工作,并且深深地爱着他们的事业和"山沟里的岁月",他们懂得老兵对于一个国家、一支军队的重要性,"一支伟大的军队必然拥有一群伟大的士兵,一群伟大的士兵必将托起一支伟大的军队"。在他们看来,这些士兵做的是"同祖国有关的事情"。因此,在描述这个士兵的三十年的时候,他们会想到"这三十年来军队的变化、国家的变化和时代的变化","只有这样的军队、这样的国家、这样的时代才能产生王忠心这样普通而伟大的士兵",等等。把一个士兵的经历同世界风云、同国家命运、同在实现中华民族伟大复兴道路上的军队变革联系起来,这是并不多见的,然而在这本书中又是实实在在的。这个士兵的双手同这个国家密切相关。读了这本书,你就不会认为这句话是夸大其词。

二是真实性。生活的精彩往往比想象的精彩更有震撼力,因为想象的精彩是一个或几个人创造的,而生活的精彩是千万人创造的。初读这本书,我一度怀疑它是一部小说,比如它对王忠心早年生活的叙述、心理活动的刻画、故事细节的描绘,细腻到纤毫毕现的程度,难免让人心生疑窦。但是深入地看下去,特别是同赵风云通过电话之后,我改变了这个看法。赵风云告诉我,当他们决定要写这本书的时候,就拿定主意,要改变纪实作品那种粗线条堆砌事迹、罗列故事、把思想观念强加于人物的通病,而要写出一个真实的王忠心。为了最大限度地逼近真实,他们查阅了一百多万字的背景资料,还在王忠心所在的部队住了一个多月,终于同这位不善言谈、不事张扬的老兵成了可以交心的朋友。他们去了王忠心的安徽老家,了解了王忠心儿时的情形,淘到了很多关于王忠心的旧物,譬如他写给妻子的十多封情书,他们当年结婚时的录像带,还有属于那个年代的自行车驾驶证……是的,真实来源于细节,细节决定成败。作品中几次提到王忠心睡过的床,一张睡了三十年的上下铺和上铺不断变换的一茬一茬新兵。一个人的成长,同他经历的任何事情都有关系,包括他睡过的床、走过的路、读过的书。这本书选择的切入角度是独特的,大处着眼,小处下手,粗中有细,细中见真。

三是形象性。电话里,赵风云告诉我:"我们就是要读懂王忠心这个人,读懂他的外在性格和内心世界,即便是那些看似想象的叙事,也是在深入采访的基础上产生的画面。"有一个细节让人难忘——王忠心当新兵的时候,有一次训练,班长李炳华通过他的后背发现了他在走神。作者这样写道:"凡是训练中走神的战士,他的后背要么是塌着的,要么是僵硬的,一目了然。"这令人拍案叫绝的一笔,得益于作者深刻

的军旅生活体验和准确的形象捕捉能力。还有一个情节，也发生在王忠心的新兵时代：有一次读报，他读到了全军八十二名优秀班长代表在人民大会堂受到总部首长接见的消息，战友提醒他不要读了，因为他们心目中的好班长李炳华居然榜上无名，而事后王忠心观察李炳华，"没有发现李班长有什么异常，还是像新兵一样补着课"。李炳华的故事，在作品里并不多，每出现一次，都给王忠心的人生道路注入新的动力。从这个人物的身上，我们似乎能够洞悉王忠心成长的心理基础。铁打的营盘铁打的兵，而给这些好兵淬火的就是一代代出色的班长，周而复始，无限循环。

  一本好书，不仅可以提供思想的启迪、情感的滋养，还应该是具有可读性的。我在阅读这本书的过程中，感觉是轻松愉快的，因为故事精彩，结构清晰，特别是语言精准、睿智、流畅。每个故事，每个场景，作者都似乎身临其境，就像写生或者素描一样，竭力还原历史的真实。我们在读作品的时候，心里会经常涌动诗情画意，眼前会经常看到那山、那水、那洞库，会看见山沟里的平房和里面忙碌着的士兵——一代又一代的王忠心、李炳华和他们的接力者。我们在审美的过程中，往往会从心底喊出一声呼唤：我们的军队太需要这样的老兵了。同样，我们的军队也需要像赵凤云和张良这样懂得老兵、热爱老兵、拿出真心为老兵书写的作者。

中国作家协会副主席 徐贵祥
二〇一八年十二月

目 录

第一章 初心 / 001
 第一节 获得军人最高荣誉——"八一勋章" / 002
 第二节 从大山深处走来 / 003
 第三节 祖国西南那片更深的山 / 008
 第四节 走进神秘洞库 / 014
 第五节 那一刻手在颤抖 / 023

第二章 砺剑 / 033
 第一节 第一次心慌 / 034
 第二节 考上军校出大山 / 043
 第三节 "老伙计"换代了 / 052
 第四节 开启班长生涯 / 061
 第五节 初露锋芒 / 069

第三章 淬火 / 077
 第一节 三等功没有他 / 078
 第二节 全旅首位"全能王" / 085

第三节　同年兵提干了 / 096
第四节　基地司令来观战 / 104
第五节　给同年兵敬礼 / 113

第四章　告别 / 123

第一节　部队发来急电 / 124
第二节　给女儿的信 / 132
第三节　带出全军典型 / 140
第四节　退伍前的签名 / 149

第五章　归队 / 157

第一节　妻子手心的钥匙 / 158
第二节　部队再发急电 / 165
第三节　难得跟妻子"皮"了一下 / 174
第四节　给新毕业大学生干部讲课 / 181
第五节　扬威全军科技练兵交流大会 / 188

第六章　本色 / 199

第一节　一把韭菜引发的误解 / 200
第二节　老兵本色 / 206
第三节　攻坚时刻 / 215
第四节　北大学子心中的传奇 / 224

目 录

第七章 成名 / 233

第一节 "老兵的诅咒"不灵了 / 234

第二节 入选二炮士官人才一级库 / 242

第三节 成为"比将军还少"的一级军士长 / 248

第四节 把发言稿念成了口令 / 258

第八章 荣耀 / 267

第一节 成为重大典型 / 268

第二节 第一次受到习主席接见 / 270

第三节 上铺的兄弟 / 272

第四节 第二次受到习主席接见 / 279

后 记 / 282

第一章 初心

同样想不到的还有王忠心的母亲,那天她站在村口张望着儿子的身影越走越远,越走越小,最终消失在了山的那边。她实在没有想到,这个长子一去就是半辈子,从此成为一名光荣的军人,从此生活在了一个她根本想象不出有多远的地方,干着她没听说过也想象不出来的光荣事业……

第一节 获得军人最高荣誉——"八一勋章"

二〇一七年七月二十八日,北京八一大楼里,老兵王忠心站在十位"八一勋章"获得者的队列里,等待习近平主席亲自颁授奖章。获此殊荣的十位军人中,他是唯一一名士兵。

佩戴上"八一勋章"的王忠心

"八一勋章",是由中央军委决定、中央军委主席签发证书并颁授的军队最高荣誉,授予在维护国家主权、安全、发展利益,推进国防和军队现代化建设中建立卓越功勋的军队人员。

老兵王忠心笔直地站立着,屏着呼吸,手指紧紧地扣在裤缝上。

端正的军帽下,一张脸沟壑丛生,像冻结的黄土地般又干又硬。唯有一双大眼睛盛满了与这张脸不相符的生气与灵动,朝你凝视时,就好像对焦的镜头,清澈、安静。

这是一个在深山里守了半辈子导弹、带了半辈子兵的老兵——从一九八六年年底走出家乡那座大山,到今天站在这座位于北京长安街的八一大楼里,他已经在部队待了整整三十年,达到了一个士兵服役的最高年限。

礼兵进场,国歌响起,颁奖开始了。

第一章 初心

立定。向右转。敬礼。脱帽——看着胸前金灿灿的勋章，王忠心那双大眼睛里，迸射出了孩子般纯净而欣喜的光芒……

他想起了三十年前的那个清晨，十八岁的他怀抱着同样的欣喜离开家乡、走出山沟，不料却走进了比家乡更深的大山，然后一待三十年。

他想起了自己握惯了锄头的手第一次触碰到"大国长剑"时的颤抖和骄傲，想起了作为农民的儿子坐上人民大会堂主席台时的光荣与神圣。

他想起了身为普通士兵受到全军最高统帅接见时的紧张和激动，听到习主席说"这个兵我认识"时的感动与荣耀。

他还想起了这三十年来军队的变化、国家的变化和时代的变化，自己见证了、亲身参与了这些巨变，自己是这些巨变当中最具体、最生动的一个小分子。

他，一个在大山深处守了三十年导弹的老兵，就以这样朴素谦逊的方式把自己写入了中国人民解放军军史。

第二节　从大山深处走来

当作为闻名全国的"兵王"回家休假时，王忠心再次见到了老乡、转业回家安置到了安徽休宁县里的汪庆国。两双老兵的手紧紧握在一起，有力地摇晃着，仿佛把时间的镜头摇回了那个大山里的下午，那个汪庆国把山外的世界带回来的下午……

一九八六年,王忠心刚刚初中毕业。与前些年不同的是,村里有五六个像王忠心一样的青年,卷起铺盖结伙儿去了南方。据说,他们去了改革开放的前沿——广东,去那儿打工,既见了世面,也摆脱了土里刨食的生活。

在告别学校的小半年时间里,从村头到村尾,每个同龄人的动静都能让王忠心发半天呆。应该是遗传了父亲的性子,作为家中长子的王忠心,嘴皮子重,心里大风大浪也不跟父母讲。农活该干还照样干,只是在农活干完后的黄昏,跟父母说一句"我出去转转",然后一个人低了头,手插到兜里漫无目的地往大山深处钻去。有时突然发了狠,一口气爬到一座山的最高处,攀到树尖尖上,把脖子抻得长长的使劲往山外望。也曾闭了眼一个猛子扎到山后的河里,直到憋得面红耳赤才急急地浮上来,爬到岸边大口地喘粗气。更多的时候,他夜里躺在和弟弟以及各种农杂物混居的阁楼上,大睁着眼睛张望着从屋瓦缝隙间透进的几点星光……这个朴实的山村青年,总觉得心里头有只猫在不停地抓挠着,却又不知道自己究竟是怎么了。

当然,山中沉沉的日子里,偶尔也有属于年轻人和那个时代的乐子。这一年,省里放开了自行车的价格,王忠心家里也买了辆永久牌自行车。取得了自行车行驶证的他,有时会从汪溪村骑车到秀阳乡集市帮家里买农用物品。那时,一张张蒙了绿绒布、"长了小粗腿"的台球桌已经从市、县摆到了乡镇上。秀阳乡最繁华的那条不足百米的"商业街"上,台球桌有

第一章 初

十来张。王忠心总是在办完正事后,把自行车随便支在路边,斜跨在车后座上,入迷地看一阵子打台球。打台球的多是穿着喇叭裤的小镇青年,有的还烫了头,看上去很时髦。极少数时候,王忠心买完农用物品,兜里还剩几毛钱,也特想玩一盘儿,可手在兜里把那钱都攥出水了,终究还是舍不得,一咬牙飞身上车,从街上飞驰而过。

一整条街上全放的是崔健的《一无所有》,听着听着便成了几重唱。从乡上回村里是一条环山小路,路两边是一畦一畦的水稻、一丛一丛的野菊花。瞅瞅四野无人,王忠心会撒开车把,朝空中高举起双手,没头没脑地吼一嗓子"可你却总是笑我——一无所有"。一个青年无端生起又无从排解的心思,在远山近水间跌宕……

日子就这样一天天过去,刚离开学校时的不适好像逐渐消失了,王忠心也已经显露出了干农活的天分,他应该可以成为一个不错的农民。秋天,他接受了这座大山和这片土地因为他的勤勉和汗水而给予的馈赠,就像他的父母一样。私下里,父母甚至开始讨论他的人生大事——相亲娶亲。

然而此刻,一个消息就像一个小石子,不轻不重地扔进了王忠心已经开始平静的心湖:隔壁汪大爷离家多年的儿子汪庆国,突然回来了。

汪庆国比王忠心大个四五岁,小时候是他们那一茬的孩子王。他初中毕业后也没再上学,好像是跟着他一个叔叔养了两年蜂,然后突然就当兵去了,几年没音信。

当王忠心挤进汪庆国家时,他家的堂屋里已经站满了人,一圈儿后背

遮住了王忠心的视线。就听得一个有几分熟悉的声音从人群里面传出来，说的还是家乡话，却好像混杂了一些普通话的口音，听在耳里活泼泼的，带了几分新鲜的山外气息。

王忠心拨开人群挤了进去，就见迎面坐着一个穿一身绿的人，领口处开着一对红领章，像是五月里的皖杜鹃。再往脸上瞅，嘿，一双眼真有神儿，含着笑、闪着光，再一细看，嗨，那人不就是汪庆国嘛！

汪庆国倒是一眼认出了王忠心。他一下子站起身，往前一大步，冲着王忠心伸出了右手。王忠心哪知这是要握手，不自觉地往后一躲，伸手抓了抓头，一屋子的人都笑了。汪庆国看了看自己的手，一巴掌拍到王忠心的肩头，也笑起来。

王忠心这才局促地回身一瞅，原来这一圈儿大都是他们儿时的玩伴儿。几年时光过去，守在山里的伙伴们没咋变，眼前这位曾带着他们玩打仗游戏的"司令"却变化大了——他真的参了军，还转了志愿兵，当上了副班长，据说每个月工资有几十块哩。更关键的是，人家成了从大山外面回来、见过了大世面的人。那天汪庆国讲了许多王忠心闻所未闻的军营大事，比如从去年开始裁军一百万，比如他前年参加了中华人民共和国成立三十五周年大阅兵，还接受了国家领导人的检阅……后来王忠心听说，其实只是汪庆国所在的部队参加了阅兵，他自己并没有入选。但那天的王忠心被惊得目瞪口呆。汪庆国还讲了他所在部队驻地——福建的风土人情。他说，他们营区旁边建了一个全国都极少的海滨旅游度假村，还说他们的驻地对

第一章 初心

外国人开放了,有一次外出他还跟俩外国人擦肩而过哩……

几乎整整一个下午,一屋子的人都在那儿傻站着、咧着嘴笑着,听汪庆国一个人说着大山外面的故事。没有一个人插话,大伙儿都像王忠心一样,带着几分好奇和神往。这还是那个从小一起抓鱼、一起爬树、一起"打仗"的玩伴儿么?部队?部队究竟是个什么样的地方?对了,据说汪庆国这次回家是相亲来了,听说对象是休宁县城里的姑娘,城镇户口,还有工作。大伙儿羡慕地起着哄。有人就问了一句:"那要是我也想当兵,成不成?"汪庆国哈哈一笑,说:"成啊!咋不成?只要你小子身体没毛病,年满十八岁!"

回到家时,天已基本上黑了,王忠心"咚咚咚"爬上自己的阁楼,翻箱倒柜地找开了。他记得家里有本日历来着。终于,他从自己的床铺下面翻出了那本已经泛了黄的日历,"欻欻"翻到了这一天——一九八六年十月二十日,上面标注着"农历九月十七"。按农历算,这一天恰好是王忠心的十八岁生日。

也许王忠心注定会是一个兵吧,随后的事情一路顺遂。报名,政审,体检,王忠心全都合格。这一年的冬天,休宁县人民武装部接收了这个名叫王忠心的新兵。临去部队前,王忠心领到了一床绿军被、一条背包带、一身绿军装。东西领回家的那个傍晚,王忠心三步并作两步爬上了阁楼,急切而小心地换上了军装,然后提着裤腿,一步一步挪下来,生怕蹭到灰。"你们倒是说个话呀!"十八岁的王忠心头一次被自己的亲人看得红了脸。

他已经穿着跟汪庆国一样的军装在堂屋里站了好一阵儿。全家人围着他，像看陌生人一样上上下下、前前后后瞅了他好半天。听了这话，一家人全笑了，也难怪，家里和亲戚里还从没出过当兵的哩。刚发的衣服略显肥大，还有些皱巴巴的。母亲走上前来，帮他整整衣领；姐姐到他身后，帮他往下抻了抻下摆；弟弟却一伸手，把他头上的绿军帽抢了下来，扣到了自己头上……

当年，全国的征兵政策都是由各地的人武部送兵，部队不来人接兵。当时休宁县人武部的送兵干部已经无从考证，但我们可以想见，当他带领着这一年征召的几十号新兵走出大山时，他一定想不到，那个跟在队伍末尾、看起来木讷的小个子青年，会在日后名扬全国。同样想不到的还有王忠心的母亲，那天她站在村口张望着儿子的身影越走越远，越走越小，最终消失在了山的那边。她实在没有想到，这个长子一去就是半辈子，从此成为一名光荣的军人，从此生活在了一个她根本想象不出有多远的地方，干着她没听说过也想象不出来的光荣事业……

第三节 祖国西南那片更深的山

那列载着王忠心的绿皮火车已经"咣当咣当"地走了一整夜。天刚泛亮，坐在第六节车厢中间靠窗位置上的王忠心便从睡梦中醒来。他轻轻吐了一口气，下意识地往窗外一瞥——

第一章 初

火车刚刚钻出一个隧道,攀上了一座悬在半空的高架桥。由车窗向东望去,遥远的地平线上,太阳正缓慢地升起,像刚孵出的小鸡般裹着一团嫩黄的茸毛……

是的,这列南下的火车正行驶在一九八六年冬天的中国大地上。这一年的中国,改革开放的春风已吹了八年,而这一年的王忠心,刚满十八岁,人生中第一次离开家乡——安徽省黄山市休宁县,第一次走出他自己和祖辈从未走出过的大山。

太阳已经升得高了,火车依然在一个个隧道间穿行,每当车厢里陷入这短暂的黑暗,王忠心便睁大眼睛使劲往外瞅去。他已经渐渐弄明白了,火车每穿过一个隧道,就是又从一座大山的肚子里穿了过去。王忠心在大山里生活了十八年,儿时玩耍和大些时候随父亲砍柴翻过许多的山,却从没钻到过一座山的肚子里去。所以他很是好奇,大山的里面究竟是什么样子,又藏着多少秘密?他哪里想得到,从这一刻开始,他将会无数次地钻到一座座山的肚子里,在那不见天日的洞库中,默默无闻地干着惊天之事。

在光线明暗之间,整节车厢的人慢慢都醒了。这些靠在椅背上、趴在小桌上凑合了一夜的新兵们,纷纷揉着眼睛张望着窗外,相互问询着这是到哪儿了,刚刚还一片寂静的车厢喧闹起来。人武部的送兵干部坐在最前头,他倒也不管这些大多数是第一次离家的新兵们怎么嚷嚷,他只管一条,新兵们不许离开这节车厢,更不许在这一路上的站点停靠时下车。到了饭点,他会随便招呼上几个新兵,给大家分发饭菜或者干粮。已经有好几个

眼尖手快的新兵，主动申请承担这项任务。

坐在王忠心对面的新兵游小平，是一位活跃分子。从昨天下午登车到现在，游小平已经张罗他们坐在一块儿的五个新兵作了自我介绍，大伙都说了说叫啥、多大了、哪个乡哪个村的，相互点点头、对个眼神儿，就算认识了。后来他们才知道，在部队他们这种关系叫作"一个火车皮拉来的"，是所有关系里最铁的。相比之下，游小平在这群新兵里可是见过大世面的人，虽说只比王忠心大一岁，却在广东佛山打了三年工，说是在一家小厂子里"从事生产塑料瓶盖的工作"。游小平聊的这些，王忠心他们几个都是头一次听说，在好奇、羡慕的同时，也由衷地赞叹。

此刻，刚刚醒来的游小平招呼大家打扑克。等到牌洗好大家正要开始时，游小平突然又把手摁到那摞牌上，把头伸到中间，示意大家围过来，压低了声音说："咱们是要分到鹰潭去……"

"鹰潭？"

"鹰潭？"

"鹰潭？"

"对！鹰潭！"

"哪个 yīng，哪个 tán？"

"嗨——老鹰的'鹰'，潭，潭，台湾那个日月潭的'潭'，也不知道……"

看日头是快到中午的时候了，火车停了。一车厢的新兵又一起把脸向窗外扭去。谁知送兵干部突然喊了一嗓子："下车，全部下车。快，带上你

第一章 初心

们的背包，还有你们自己的所有东西！"

下车？到了？新兵们稍微愣了愣，然后手忙脚乱地忙活开了。车厢里一片混乱，王忠心踮起脚从行李架上扯下自己的背包，往后一甩背到了背上，然后跟在游小平的身后随大伙儿往车门处走。

这就到了？王忠心抓着车门两侧的铁扶手，一步一顿地走下了那三级铁台阶，在离开家乡一天后重又踩到了地面上。先下车的战友已经向前走去。王忠心快走两步想跟上去，却觉得自己的脚软绵绵的，好像不敢踩这片陌生的土地似的。正自疑惑，走在前面的游小平突然一回头，手往右前方一指，王忠心顺着他手指的方向看去，只见一个涂了白石灰的矮石碑，上面刷着两个黑漆漆的大字——鹰潭。

两小时后，王忠心和他的新兵战友们登上了另一辆绿皮火车。从阳光照来的方向判断，火车应该是向西开去。至于渐渐远去的鹰潭，只是他们的一个中转站。谁也没有想到，他们又在一个与前一个车厢几乎完全一样的车厢里度过了两天一夜。

王忠心很久以后才想明白，为什么当时的他们打牌已经打累了、打烦了却都不愿意停下来。那是因为手里有牌，有一件事做，这些即将展开自己军旅人生的青年们，便可以暂时放下满腹心事，不去想未来会怎样……

王忠心随身带了一个那些年流行的中间夹杂着明星照的绿皮笔记本。火车每停靠一个站点，他便在那个本子上工工整整地抄下那个地名，连深夜和凌晨火车停靠的那两站他也没落下。也是神了，火车一停他就醒，火

车一开他往椅背上一靠就又睡着了。停靠那几个只在广播里听到过的大城市站点时，他特别想跑到月台上深吸上几口气，站上一小会儿，似乎如此便算来过这些大城市了。

在鹰潭转车后的第二天晚上六七点钟，这支新兵队伍无声地走下了那列火车。王忠心痴痴地站在了那个青石板铺就的站台上。多少年后，他还记得那一刻那个站台上的光线，微黄，泛着点儿若有若无的雾气，站台中间立着一个看上去湿乎乎的青石碑，石碑上面刻着两个辣椒红的大字——那是祖国大西南某省的省会。

那天，这两个红字在蒙蒙的雾气里跳荡着投进了这群无精打采的新兵眼里，在这些青年的心底燃起了冬天里的一把火。三天两夜的疲惫、昏沉、困顿，一路上郁积在心底的忐忑、失望、迷茫，一瞬间噼里啪啦地烧了个精光。他们一个个扫除了头发上、眼睛里、内心间的乌云，如初升的太阳般活泛过来了！

王忠心背着背包小心翼翼地走着。他一边深深地呼吸着这新鲜的空气，一边悄悄地打量着四周——他难道要在这个省会城市当兵吗？他将穿着崭新挺括的军装行走在这个繁华的大都市了吗？他将喝着这个大城市的水，呼吸着这个城市的空气，和这些城里人生活在一起了吗？……想到这些，还在不由自主随着火车节奏晃荡的王忠心浑身一激灵，惊喜从四面八方涌上这个山里青年的心头，紧跟着几分忐忑又从里往外涌出来。他行吗？他一个从没走出过大山的农村青年，能适应城里生活吗？不管如何，这个拘

第一章 初心

谨而羞涩的青年，在那一刻暗下了一个决心：等他在部队稳住了，落下脚了，他一定要把父母接过来看看！他忽然又想到汪庆国，想到汪庆国县城里的对象，有没有可能，他王忠心也能在这省会城市里讨个媳妇儿哩！天哪……

但这支队伍并没有出站，甚至连候车室都没进。他们绕过这列火车的车尾之后，横跨了两道铁轨，往对面的月台行去。铁轨两侧的石子，在这群新兵的脚下发出"哗啦哗啦"的声音，沿着铁轨传出去很远……

王忠心后来一次次回忆那天晚上的经过，但什么都想不清楚。因为当时他的脑袋昏昏沉沉的，他们好像穿过两道铁轨爬上了停靠在对面月台的那辆闷罐火车，又在几个钟头后爬上了一辆卡车，整个过程中他都像在梦里一般。他只记得一爬上卡车，那车就开始转圈，绕着四周黑乎乎的山转圈，一会儿盘着往上爬，好像憋足了气要爬到天上去，一会儿又旋着往下滑，恨不能一气滑到地壳里去。挨着后车厢板坐在最后面的王忠心，觉得身上越来越冷，索性把那个背包整个地抱在怀里，把胳膊搭在车厢板上睡着了——至于这车要开到啥时候、要把他拉到哪儿去，管它呢！

王忠心醒了。

他迷迷糊糊地睁开眼，又立即张大了眼——他怎么能看到外面呢？他不是在一节闷罐车厢里吗？怎么感觉还有风吹进来？他这是在哪儿？

正寻思着，王忠心突然听到一声"下车"的口令，声音低沉而威严，紧接着他看到一个人影从车下冒了出来。

"哎！你们俩！先把背包带给我解开！其他人准备下车！"车下那个人影又吼了一嗓子。王忠心这才想起来，上车时按照送兵干部的要求，他把背包绳一头系在了后挡板上，一头系在了右胳膊上，目的是为了防止路上睡着了从车里栽下去。之所以安排王忠心坐在最后面，也是因为他个子最小，比个子大的坐后面安全。

一车的新兵下饺子般跳下了车，简单站好了队，然后一个跟着一个从车的右侧往前走去。就这一会儿的工夫，天已有个三四分亮了，王忠心这才隐隐约约地看清了周遭的形势，但他一下子恍惚了——怎么这一路熬煎地走了几天几夜又回到了家乡？这不跟老家一样吗？四周都是山，满山都是树。

不对，这四周的山比家乡的更高、更陡，更压迫人。家乡的山没那么紧凑，这里的山却密不透风；家乡的山是平缓的，这里的山却是峭拔的；家乡和这里虽然都看不到天边，但家乡的天空是无遮无拦的，而这里只能从树枝的缝隙里看一眼被切割成了网状的天……王忠心渐渐明白过来了，他这是进了比家乡更深的大山。

第四节　走进神秘洞库

借着微弱的光亮，王忠心跟着队伍深一脚浅一脚地朝斜前方走去。他隐隐约约地听到了潺潺的流水声。远远望去，在一座山的巨大阴影下卧着一排矮小的营房。就听得身后有人低声骂了一句"终于他妈的到了"，是游

第一章 初心

小平。

三天后,新兵班长李炳华告诉他们,这是一个方圆近百里杳无人烟的大峡谷,四周除了连绵起伏的大山,便是莽莽原始森林。曾经,一个来自城市的新兵试图逃跑,因为找不到出山的路又回来了。

直到一周之后,已经基本掌握了军姿和停止间转法的王忠心,才完全摘掉了好像蒙在眼上的那一层薄布,脑子里那一层雾也才慢慢散去。一种既不是难过也不是懊悔、说不清道不明的情绪把他整个地包裹住,让他一丝一毫动弹不得。

王忠心就在这样一种情绪中,开始了他的新兵训练。训练是紧张、严格的,但对从小吃惯苦的王忠心来说算不得什么。在新兵当中,他不算灵活,反应也不快,特别是在队列科目上,刚开始还有些落后。但王忠心也有一个优势,就是体能好。长跑、短跑、冲山头,他个子虽然矮小,却总是冲在最前面。而在这所有已经展开的科目中,他最怕的是站军姿。每当他整个身体包括眼睛都不能动的时候,他的思维总是格外活跃,他会想这座大山叫什么名字,出山的路在哪里,距离那个擦肩而过的省会城市有多远,他会想自己的未来、自己的命运,想起自己普通而善良的父母。

除此之外,王忠心思考最多的,就是他的新兵班长李炳华。他已经知道,李炳华班长来自山东,是个标准的山东大汉,虎背熊腰,长相很凶,在训练场上更凶,一张脸永远像干旱龟裂的土地,没有一丝笑容的滋润。可王忠心实在没想到,这个看上去让人惧怕的班长,下了训练场却是出人

意料的"慈祥"（王忠心心里冒出来的就是这个听起来不太合理的词）。他一个大男人竟然会帮新兵们盖被子、补裤子。王忠心从没想到，这个世界上除了父母和姐姐外，竟然会有一个来自遥远的地方、与他毫无关联的陌生人对他这么好。而对他好的理由很简单，就因为他是他的兵，他是他的班长。

新兵连的伙食很好，尽管口味偏辣，却比王忠心在家里吃的好太多了。据说北京总部的首长还不满意，还要再给他们提高标准，要在接下来两三年的时间内，让他们每人每天能吃到一斤半蔬菜、一两肉、一两鱼（蛋）、一两动植物油、一两豆制品。这个标准后来在部队执行了很多年，还合成了一个专业术语，叫作"斤半加四两"。老辈人讲的话还真有道理，"吃好饭不想家"，再加上外凶内善的李炳华班长在心理上给了王忠心一些依赖感，王忠心就像跳进一个陌生鱼缸的鱼一样，从惊慌失措地打转渐渐地平静下来。

就在前两天，分到隔壁班的老乡游小平悄悄告诉他，沿着营房南边的那条小溪往山里走，再往山里走，隐藏着一个十多层楼高的洞库，洞库里藏着国家级的"宝贝"。游小平煞有介事地告诉他，我们国家的"腰杆子"就靠这些"宝贝"撑着哩。所以，后来每天早晨天亮前、每个晚上熄灯前，王忠心和战友们蹲在这条小溪边洗漱时，总忍不住逆着小溪往上游望去。

山里的日子是相似的，太阳每天能照进大山的时间很短，上午十点多了还没从山头爬上来，下午三点已经掉到了山后面。正在向成为一名合格士兵冲刺的王忠心和他的新兵战友们，偶尔也会有一些闲暇。

第一章 初

这一天的上午,王忠心和同班的战友们一人坐了一个小马扎聊天。一般这种时候,都是那些性格外向、见识广的战友的主场,他们把自己经历过、见过、听过的故事添油加醋地演讲出来,让大伙儿听得目瞪口呆。睡在王忠心下铺、来自广东的新兵陈大豪就是这样一个角色。这一天他又眉飞色舞地给大伙儿讲着他们广东的新鲜玩意儿,比方说广州开了第一家中外合资宾馆,名字叫"白天鹅",中华人民共和国第一张股票在深圳发行……陈大豪讲得绘声绘色,王忠心和其他来自内陆省份的战友们则像听天书般一边听,一边问,一边在脑海里想象着那儿是怎样一个世界……

将近中午,也许是之前太投入的缘故,陈大豪突然不知道接下来该讲什么了,刚刚有一缕阳光照进来的宿舍出现了一种略有些尴尬的冷场。见大伙儿还在等着他往下讲,陈大豪搓了搓手起身走到窗边,端起白瓷缸灌了口水。灵机一动,他一回身从自己的床铺下面抽出一样东西来,像做广告般高高举起:"我们广州有本杂志特出名!喏,就是这本《花城》!上面的小说写得特别棒!"

"《花城》?小说?"几天前王忠心看到过陈大豪压在床铺下面的这本杂志。可看了《花城》的名字,他以为是讲花草种植的,便没兴趣借阅了。此刻,王忠心伸出了手,冲陈大豪说:"借我翻一下!"对于上铺战友的捧场,陈大豪很是感激,当即大方地把这本去年入伍时从家乡带来的杂志递给了王忠心。就在这时,窗外响起一长两短三声哨响——开饭。

新兵的日子就这样过着,有紧张到喘不过气来的训练,也有天南海北

无所不谈的聊天。十八九岁的青年,本就是最容易快乐起来的年龄,至于是在省会城市还是在大山里又有多大区别呢!同样的每天二十四小时,新兵训练刚展开时,大家觉得挂在连队门前的那个石英钟爬得特别慢,让人担心它是不是年久失修坏掉了。到临近下连时,那个钟却好像突然醒过来了,时针转得恨不能飞起来。

这是一个春日,高远的天空上不见一朵云彩,幽静的山谷里没有一丝风,一支队伍正溯着那条小溪往深山里钻去。这支队伍是静默的,没有歌声,没有口令,只有"欻—欻—欻"踩在落叶上的脚步声,仔细一听,还有细微均匀的呼吸声。在这支队伍头顶,时不时有几片树叶自半空中飘落下来,沾在战士们的帽檐和肩头上。

队伍中间一列、最后一排专注走着的那个人,正是我们的新兵王忠心。细看过去,他的脸上跳动着一丝若有若无的喜悦。我们不得不承认,部队自有其神奇之处,短短三个月时间,土里生土里长的农村孩子王忠心竟隐隐变换了一种气质,那双曾经由于见识不足而显得羞怯和迷蒙的眼睛里,似乎多了一层清亮与坚定。

他踩着前面战友的步点庄严虔诚地走着。这一天,他期待很久了。这一天,他将和他的战友们戴上杜鹃花般火红的领章,更重要的是——他们的授领章下连仪式将在那个神秘的洞库举行。

山路弯弯,溪水潺潺,队伍溯流而上,在一座座大山间环环绕绕。路过几处刀劈般陡峭而阴森的山壁时,王忠心都不禁猛吸一口气,以为这就

第一章 初心

是那个洞库所在了，结果队伍却继续往前行去。太阳已从东南向的一座山峰后面攀了上来，原本荫翳的山谷一时间明丽了起来，十几只长着长长尾羽的鸥鸟鸣叫着从一排高大的松树上飞出，在空中打个旋儿，飞到大山那边去了。

队伍突然停住了，王忠心差点撞到前排战友的后背。只见新兵连连长王贤轻步向队伍右侧的山壁走去。一整个队伍的脑袋跟着王贤的背影顺时针旋转着，一双双眼睛盯着——那山壁实在是再寻常不过的了，山壁上爬满的藤类植物也不见丝毫异常。疑惑间，突然"吱呀"一声，山壁上豁然洞开一扇门，连长一闪身跨了进去。门又关上了。

山壁瞬间恢复如初。只有附着在上面的绿藤轻轻抖动了几下，证明着刚才那一幕并非幻觉。门忽然又开了，王贤从里面探出半个头来，冲带队的值班员一招手，又把身子收了进去。王忠心胸腔里那颗期待了许久的心"咚咚"跳起来。值班员轻轻下达了一个口令："右转弯，齐步走！"

队伍转向过去对着那扇门站好后，最左侧的一班的队列开始向前移动，然后依次是二班、三班，战友们一个一个微侧着身子鱼贯而入。王忠心所在的五班的队列终于也动起来了。走到那扇门前，王忠心一抬头，看到门的斜上方悬挂着一张手掌大小的蜘蛛网，蛛丝细细的，反着光，一只长腿的蜘蛛警惕地趴在上面。

从不再心心念念想着大城市那天起，王忠心最大的心愿就是能早日见到藏在山洞里的那个"大家伙"。他用弹弓打过空中的鸟，用鞭子赶过地里

的牛,用叉子抓过河里的鱼,但他一次次想着那个"大家伙",却始终想不出个所以然来。他在脑子里反反复复回想着游小平透露的那一点点信息:十几层楼高的洞库,国家的"腰杆子"……

所以跨进门的一刹那,王忠心早已做好了震惊的准备。他确信这扇神秘的山门背后一定别有洞天,却不料在进门后大失所望——这扇门的后面只连着一条冷冷清清的过道。过道上铺着青方砖,两面的墙壁上长着厚厚的青苔。王忠心疑惑地跟着队伍穿过过道,往右一拐,又是一扇门。这扇门没刷漆,裸露着铁的原色,正对着门有一张铁桌,桌上有一个本子,桌后有两个哨兵,哨兵全副武装。连长王贤正弯着腰在本子上登记着什么。

穿过这扇门,王忠心发现里面又是一个狭窄的天井般的小空间。正有些诧异失望的当口,正前方一个人高的巨大门闩闯进了王忠心的眼帘。惊讶之余,他一抬头才发现,原来前面这个山壁般的家伙竟是一道巨大的铁门。王忠心仰起头,再仰头,又往后仰了仰身子,终于把这道"天门"整个地装进了眼里。王忠心听到自己心底发出一声惊叹。

涂了绿漆的门闩右下方开了一方小门,王忠心跟着队伍从门里钻了进去,一个圆拱形的阔大的隧道出现在他眼前。已近中午时分,正是大山里一天当中光线最好的时刻,王忠心却发现他目力所及不过十米,而这点儿光线全来自隧道两侧的几盏电棒。借着这点儿光,王忠心看到隧道的圆顶冷白如雪,地面青黑光滑,中央铺着的两道铁轨笔直地伸出去,消失在前方的黑暗中。

第一章 初心

队伍重又恢复了原来的队形,沿着隧道的左侧向前行进,"唰唰"的摆臂声和"啪啪"的脚步声在巨大的空间里发出"隆隆"的回声,悬挂在两侧的电棒一路"噼噼啪啪"地亮起来。

依旧走在队伍末尾的王忠心,发现自己不自觉地屏住呼吸,脸颊被两侧的电棒照得有些发烫。一种从未有过的感觉,从他的胸膛里涌起,翻滚着涌向全身。他突然很享受这一刻走路的感觉,很想一直这样走下去。他似乎非常明确地知道他要走向哪里,又非常清楚那个正被一盏盏灯照亮的前方有什么在等着他……

他就这样一步一步地走着,屏息凝神地走着,认真肃穆地走着。好像每走一步,他这个再普通不过、再渺小不过的农村孩子,都距离那个熟悉而遥远的概念——祖国更近了一步!在经历了漫漫三十多年平淡而不平凡的岁月后,当他迈着他那很少走出大山的双腿走向领奖台、走向主席台、走向全军全国的时刻,他的脑海里都会响起这一天的脚步声。

队伍停住了。一枚巨大的红白相间的"大家伙",悄无声息地出现在他们面前。说实话,它并没有王忠心想象中的那样巨大,但比他想象的还要令人震撼。它就那么不卑不亢地站立着,不低头弯腰,也不昂首挺胸,只是像座大山般稳稳地往大地上一站,就拥有了它应有的所有威严;它就那么不声不响地沉默着,身上泛着一层高冷的寒光……王忠心咽了一口唾沫,心突突跳着,这个天神般的家伙在他朝圣般的目光里仿佛触手可握,却又遥不可及。

就是它,打破了西方世界对中国的封锁制裁和核威慑,打破了"没有苏联的帮忙,你们的导弹永远上不了天"的断言;就是它,让美苏两国在决定世界事务时不得不考虑中国,让中国敢于说"不";就是它,让一代又一代的官兵心甘情愿地在高山峡谷、大漠戈壁、荒原莽林隐姓埋名几十载……

王忠心抓了一下自己的裤缝,手心里涌出两把热汗——他这双握惯了锄头的手,就要握起这个威严神圣的"大国长剑"了么?他突然间恍惚了,天庭处有点儿鼓胀。他飞快地摇了摇头,掐了掐手心,想让自己从这种莫名的眩晕中清醒过来……

"向右看齐!向前看!稍息,立正——"授领章和帽徽仪式开始了。

这实在是一个再简朴不过的仪式了。在这个无人知晓、不见天日的洞库里,没做任何布置,没有大红的条幅,没有激昂的背景音乐,没有照相机、摄像机,甚至都没有一个正儿八经的主持人。授予王忠心领章和五角星帽徽的人不是将军、不是首长,而是班长李炳华。这是一个微不足道的仪式,举行时知道的不超过百人,举行后连旅史、营史里都没有记载,王忠心自己也都忘记了这一天的确切日期。是的,与三十年后王忠心在北京八一大楼被中央军委主席亲自授予"八一勋章"的仪式相比,这个仪式实在是过于简单。但很奇怪,那天习近平主席亲自把金质的、代表军人最高荣誉的"八一勋章"挂到他的脖颈上时,王忠心脑海里浮现了三十年前这一幕……

洞库中，佩戴领章、帽徽的那一刻，王忠心觉得自己脸上红红的，他身边每个战友脸上都红红的，整个洞库都被映得红红的。

从此以后，王忠心除了是父母的儿子之外，又多了一个身份——士兵。他知道，他得尽一个兵的本分。王忠心和战友们朝着一面挂在洞库墙上的军旗举起右拳，宣誓成为中国人民解放军军人。直到队伍掉头向外走去时，"以上誓词，我坚决履行，决不违背"的誓言依然在空旷的洞库里回荡，在王忠心的心头回荡。

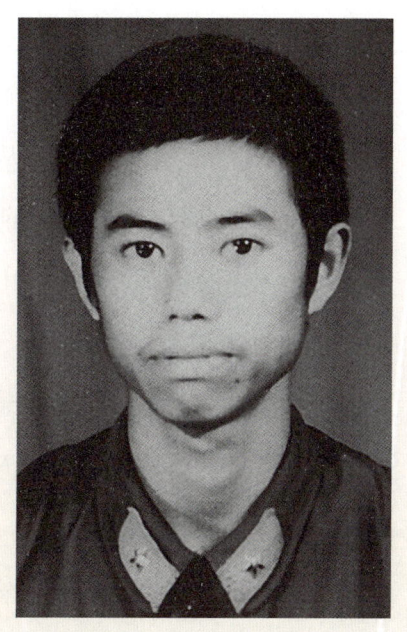

青年时期的王忠心

洞库两边的电棒追随着队伍的脚步依次熄灭。迈出最外面的一道门后，王忠心回头看了一眼，然后大踏步跟着队伍走了。此刻，阳光很好，路两边的杜鹃花开得正旺。

第五节　那一刻手在颤抖

离开洞库后的日子里，王忠心胸中常常涌动着从进洞库那刻起就再也未曾消退的情愫，在杳无人烟的大山里，他脚步轻快、眼神明亮。他等待

着，等待着再次走进那个洞库。

这一天很快到来。在训练了四五周以后，连队下发了下一周的训练计划，明确从下周一开始他们将从共同科目训练转为专业技术训练。周一一大早，王忠心在起床号吹响之前就已经叠好了被子，并且在那条小溪边洗漱完毕。他还沿着那条小路往山里走了几步，试着回忆了一番那天进山的路线。

一样是上午八点，队伍整装出发，沿着弯弯曲曲的山路溯流而上。王忠心走在队尾。他发现，这南方的大山里竟然春天也会落叶，已经有好几片树叶从他的眼前飘过了，有一片还沾在了前排战友的后背上。

王忠心正琢磨着，队伍突然停下了。王忠心扭头一看，发现队伍的左侧不知何时冒出了一排上次没看到的平房。平房普普通通，跟他们的宿舍没什么两样，绝对藏不下那个"大家伙"。也许是到这里带些什么训练器材吧。直到王忠心跟着战友们走进这排平房，被分配到了各个专业训练室，他才明白，原来专业技术训练并不在那个气势恢宏的洞库里展开，而是在这一排稀松平常的平房里进行。

穿上绿色大褂、戴上绿色"护士帽"、套上鞋套的王忠心失望地发现，训练室里摆放的并不是真刀真枪真家伙，而只是一些模拟训练器材。涂了各种颜色的模拟按钮，各种形状的模拟开关，粗细不一的模拟电缆接头……王忠心和另外两名一起下连的新兵呆呆地立在那里。班长李炳华好像看出了他们的失落，但他没说什么，只是走到一个绿色的箱子边，从里

第一章 初

面拿出一卷东西，依次展开平铺在了地上。他回头平静地看着他的新兵，说："把这八张电路图背下来，把这些按钮、开关、电缆接头搞熟了，就能玩儿真家伙。"

这句话，王忠心记了几十年，也用了几十年，他当班长后的每一年也都会把这句话讲给刚开始模拟训练的新兵。直到后来当了近三十年的班长时，王忠心依然觉得李炳华班长高明，一眼能看出你在想啥，然后一句话点到你的穴位上。说起来，王忠心觉得自己运气很好，下连时他如愿地分到了李炳华所在的班。人与人之间的感情真是奇怪，新兵训练短短三个月时间，在王忠心的心里，李炳华已经成了他在部队最亲近的人、最信赖的人，尽管他从没向李炳华表达过什么。李炳华话很少，也没说过什么好听的、暖人心的话，他只是做着，默默地做着。一天一天下来，这个山东大汉竟占领了王忠心和其他新兵的心。下连那天，几个分到别的班、别的连的新兵抱着李炳华一通哭。

训练室中的王忠心悄悄吸了口气。地上摊开的这八张图上，电路像蜘蛛网一样纵横交错。他感到了一种前所未有的艰难。可人心很是奇怪，几乎是一转念的瞬间，这种巨大的艰难竟然给王忠心这些天以来一直悬在半空的那颗心托了底。

地上那一字排开十多米长的电路图和靠墙那一排数百个按钮、开关、电缆接头，争相证明着任务的艰难。王忠心在倒吸一口气后，又缓缓吐了口气——看来，他所要干的事真的是大事。与此同时，一条美丽而灵动的

小红鱼从他的记忆深处游了出来——

那是他六七岁时的一个下午,连续下了好几天的雨终于停了,闷极了的王忠心和弟弟拽开门就跑了出去。他们跑到屋后的菜地边,小哥俩惊喜地叫起来。他们发现,母亲冬天存放萝卜的一个小地窖里积满了水,这个"水窖"里不知从哪儿游来一条小红鱼。小红鱼真漂亮,还很机灵,一看到这哥俩,"滋溜"一下躲到水底去了。正是调皮的年龄,王忠心就对弟弟说:"咱把这个地窖的水舀干,把这条鱼养到咱家的水缸里去。"话没说完他就跑了,一眨眼又跑回来,手里拿了两个小木瓢。一场竭泽而渔的大工程,就这样开工了。小哥俩面对面跪在地窖边,一瓢一瓢地舀开了……地窖深一米多,口径将近一米。一个钟头过去了,地窖里的水矮了一掌多。又一个钟头过去,小哥俩双腿跪累了换单腿,左腿跪累了换右腿,这次水下去还不到一掌。弟弟年龄小没耐心,爬起身跑了,王忠心喊了一句,又捡起弟弟扔掉的木瓢一手一个舀起来。当王忠心把那条小红鱼装在木瓢里小心翼翼地往家走时,天已黑透了……

"不就是又一地窖的水嘛!一瓢一瓢地舀就是了。"王忠心先是把这八张电路图"裁剪"成了八十个小电路图,一个个地摹画到了自己随身带来的那个记了一路地名的绿皮笔记本上。然后,他对着小电路图找对应的仪器设备,描一遍图,摸一遍开关按钮,摸一遍开关按钮再描一遍图……

那段时间里,分到另外一个连队、另一个专业的游小平对他这个同乡战友很是担忧,因为他至少有两次在营区看到王忠心本来笔直朝他走来,

第一章 初心

好像也看到他了,但突然就拐了弯,在平地上走起了让人看不懂的路线……后来他明白了,王忠心那是在心里"跑电路图",跑着跑着身体也跟着跑了。

一个清晨,当王忠心第一次完完整整地在脑海里把那八张电路图"跑"了一遍后,天已大亮。王忠心发觉自己不知不觉地走到了小溪边,溪水已经比他刚入伍时涨高了不少,溪边也长出了一丛一丛的嫩叶子。王忠心恍然意识到,这时距离他第一次走进模拟训练室已经过去两个月,竟然快要入夏了。蹲下来仔细听,溪水流过河床的声音也与往昔不同了,从温柔的潺潺声变成了汹涌的哗哗声。王忠心的心情前所未有的畅快,心头那无名的压力好像一瞬间被这水声冲得干干净净。他忍不住做了个动作,对着一只早起觅食的小鸟吹了一声口哨。

一天上午,模拟训练室里,王忠心坐在一把铁椅子上噼噼啪啪地操作着面前的一片按钮。这把铁椅子,他已坐了两周,面前这片按钮,他也已摆弄了两周。他自觉已经很熟练了,但训练还在继续。

椅子正对着一扇窗户,窗户外面长着一棵松树。这松树可有年头了,树干两个人都合抱不过来。外面一阵风吹过,松针纷纷扬扬地飘落下来,有的落到了窗台上。一只黑白色的鹊鸰不知从哪里飞来,轻巧地停在了窗台上。它像阅兵一样挺着胸脯踱着步,走两步又垂下头去,衔两根松针在嘴里。李炳华班长就站在他们身后,王忠心不敢明目张胆地抬起头来瞅,只是使劲抬着眼皮。他跟着那鸟儿的脚步移动着眼珠,心里羡慕极了。他

想起了无忧无虑爬树掏鸟窝的日子，想起了十岁时第一次坐进教室的新奇，想起了离开家乡时的兴奋和忐忑，想起了一路经过的那些大城市、那些夜里一闪而过的遥远而明亮的灯光，他当然也想起了那个宏伟而神秘的洞库……

"王忠心！"一个低沉而严厉的声音从王忠心身后响起。他身子一震，答了声"到"，从座位上弹了起来。他感到一道冷飕飕的目光扫在他的后背上，冷汗涔涔地沿着他的背脊流了下来。他以为接下来会是劈头盖脸的批评，迟疑着不知该不该转过身去。班长向他走了过来，把一只手按在他的肩头，轻拍了两下，示意他坐下。他把屁股轻轻搭在椅子边上，轻轻喘了半口气。此后几年间，他一直想不明白，李炳华班长到底是如何从他后背看出他走神了的。难道是从窗户玻璃里看到的？直到后来他自己也当了好几年班长了，也站在后面看他的战士训练，他才明白，李炳华班长当时哪里是从玻璃里发现的，明明就是直接从他后背看出来的——凡是训练中走神的战士，他的后背要么是塌着的，要么是僵硬的，一目了然。

午饭，午休，下午训练，晚饭。那一天，王忠心的心一直悬着，不知道训练上一向严格的李炳华班长会怎么收拾他，他确信这事不会就这么不了了之。果然，晚饭后，全班战士各自坐在马扎上边聊天边等着看新闻时，坐在自己床边的李炳华，突然扭过头来冲王忠心道："王忠心，你过来一下！"全班都静下来了，几双眼睛看着王忠心一步一步地走过去。王忠心觉得周围安静得可怕，只有他"咚咚"心跳的声音在宿舍里回荡。"班长——"

第一章 | 初心

王忠心走到了李炳华身后，怯怯地叫了一声，紧张地捏了一下手指。

李炳华没回身，一扬手甩给他一样东西。王忠心赶紧接过来一看，是个红皮的笔记本。王忠心正在琢磨这是什么意思时，李炳华发话了："把折着的那一页给大家读一下。"王忠心赶紧打开笔记本，很快找到了折着的那一页，他看到，上面原来是从报纸上剪下来的几段文字。

他机械地转过身来，全班战友也都自觉地把身子转向了他。他开始用刚学会、还不太熟练的普通话念起来——

战略导弹部队武器先进，构造复杂，造价昂贵，有的装备使用寿命极短。多年来，给二炮部队的军事训练带来了许多困难和局限。我军建设指导思想实行战略性转变后，二炮领导机关为更迅速地提高部队的现代化训练水平，降低训练消耗，大力加强了各种现代化的先进模拟训练器材的研制工作。经过四年的不懈努力，初步完成了目前服役的各种型号导弹专业技术、战术训练模拟器材及相应作战保障专业训练模拟器材的研制工作，明显地缓解了二炮训练对实装的依赖。过去一些因受武器装备数量、使用寿命、消耗费用等条件限制难以开展的训练，现在都可以根据需要，充分扎实地开展起来，从而为二炮部队训练和作战水平提高创造了良好的条件。

一种完全可以取代战略导弹核心部件操作训练的导弹平台系统模

拟设备，由二炮工程学院研制成功。这套平台系统模拟设备可以形象逼真地模拟实装平台的动静态现象和对导弹飞行速度、飞行姿态的测试数据。用它代替实装进行一次四小时操作训练，就可以节约装备经费三万多元。

一九五七年，选派跟苏军学习导弹操作的中国士兵，操课之外苏军不让动装备，他们就用萝卜、黄泥雕成导弹模型，用铁皮敲成导弹地面设备，对着口令练习。开始，苏军教导营对中国军人这种"过家家"似的儿童游戏不屑一顾，然而一个月后他们发现中国士兵的口令熟练了，操作动作流畅了。此时，他们才开始对这些从黄土地上走来的士兵刮目相看了……

念完后，王忠心依然直直地站在那里，整个宿舍都陷入了沉默。一个平缓而蕴蓄了感情的声音在王忠心身后响起："你们知道，我们盼这些模拟器材盼了多少年吗？"

说完这句，李炳华班长拎起马扎拉开门走了。他的话语里没有一丝责备，王忠心的胸口和脑门却"轰"的一声，好像遭到了重击。他捧着那个红得发烫的笔记本迟疑了一下，缓缓合上，规规矩矩地放到了班长的床头柜上。

入伍半年之后，王忠心终于第一次亲手摸到了那个"大家伙"。那一刻

第一章 初心

距离他第一次走进洞库亲眼看到它已经过去了四个月。

亲手触摸到它的那一刻，王忠心轻轻地不自觉地摇着头，过去四个月里的种种煎熬都随风飘散，不值一提。就像什么呢？就像十多年前他把那条小红鱼捧到手心的那个瞬间，手臂的麻木、膝盖的疼痛全都感觉不到了。

王忠心和他的战友们整齐地站成一列，对面是一排静默的操作台。王忠心扫了一眼操作台，之前一丝隐隐的担心化作一口气吐了出去。一切都跟模拟训练室一模一样：一样的布局，一样的按钮，一样的开关，一样的电缆接头，顺序一样，颜色一样，大小一样，看上去质地也一样。

李炳华班长下达了"号手就位"的口令。王忠心浑身一紧，屏住呼吸向自己的战位奔去。台面上那片冰冷而神秘的光芒反射进眼里的瞬间，王忠心觉得自己像是一脚踏进了一方圣地，心一下子缩成一团悬了上来……立定时，他的右拳重重地砸到了操作台上。

王忠心右跨一步，轻轻坐在了跟模拟室一样的铁椅子上——我们姑且称之为"坐"吧。李炳华班长紧跟着又下达了一道口令，王忠心的左手条件反射般地朝着最上排最左侧的一个按钮摁去。这个再简单不过的动作他已练过上百次上千次，模拟训练时闭着眼睛都能完成。但这时，他的手突然颤抖起来，带着几分隐隐的胆怯——那个拇指盖般大小的红色按钮，可不是家里的电灯开关，而是关乎那个价值上亿的"大家伙"，一旦摁下就会惊天动地……还没顾上喘口气，第二道、第三道指令接着传来。王忠心歪着头侧着耳朵听着，却越听越不真切。他用大拇指狠狠地掐了一下自己，

却越用力越颤抖。他觉得自己像一个胆小而怯懦的小孩，被扔到了一个四周漆黑的舞台上。他手足无措，整个儿蒙掉了……

直到跨过那扇厚厚的小门，穿过那扇原色的铁门，从那个隐藏的山门里走出来，王忠心才长长地出了口气。但是，一种巨大的沮丧和挫败感无情地从四面八方合拢过来，越来越紧地裹住了他。他气自己，恨自己不争气，又替自己委屈。那晚读了李炳华班长笔记本上的剪报后，他又老老实实地在那把铁椅子上坐了整整一个月。那一个月，他耳朵里只有班长下达的每一个口令，眼睛里只有面前那一片按钮，一遍、两遍、十遍、一百遍、一千遍，很多按钮他闭着眼都能摸到！他以为足够了，足够熟练了，上实装操作没问题了……唉，谁知？这时，他感到自己的右手痛了起来。

一周后第二次实装操作，王忠心手不抖了；第三次实装操作，他没再出汗；第四次，他心跳逐渐平稳；第五次，他没出一个差错……从此以后三十年间的上万次操作，王忠心没出过一次差错。当然，这是后话。当时的列兵王忠心认为自己终于通过了考验。只是他没想到，这仅仅是刚刚开始，是最低层次的考验，一个一个更大的考验正在他的军旅之路上集结，排着队向他走来。

第二章 砺剑

王忠心静静地站着，站在那片炙热的土地上，被战友们热烈地簇拥着，两行清泪从眼眶里淌了出来。这时他惊讶地看到，在极远处的天边好像长着一棵树，孤零零的一棵树，傲然挺立的一棵树。

第一节　第一次心慌

一九八八年上半年，中国发生了一些影响久远的事件。这年一月，蒋经国在台北病逝，李登辉宣誓继任台湾地区领导人；全国住房制度改革工作会议在北京召开，从此逐步终止了住房实物分配；四月，中央军委颁布实行《中国人民解放军文职干部暂行条例》，军队干部制度的一项重大改革由此启动；五月，中央军委通令嘉奖老山地区防御作战部队指战员……

尽管同样是在大山里，参军前的王忠心可不会关心这些所谓的大事。偶尔在自家那台黑白电视上看到这些新闻，他也会很快换个台。那个小小山村的青年，并不知道这些山外的大事件跟他有多少关系。而到部队这一年半，每天和战友们一起早上听半小时广播，下午起床后读半小时报纸，晚上看半小时新闻——部队的专业术语叫"三个半小时"——王忠心也渐渐习惯了，甚至对这些国内外大事产生了一定的兴趣。毕竟，像困在深井里的鱼一样没日没夜地窝在这大山之中，了解一下大山之外的世界也不是什么坏事儿，至少可以安慰自己说还好，还没有完全地与世隔绝。至于这些大事跟他有什么关系，将会怎样影响和改变他的生活，王忠心还不尽了解。他完全想不到地球另一端飘落的一片树叶，有一天会摇摇荡荡地落入他的掌心。尽管这可能要过很久很久。

是的，我们不能苛求一个来自山村刚刚参军一年多的上等兵，要求他每时每刻想着念着的都是关乎祖国的大事情。没错，在佩戴起鲜红的领章

第二章

帽徽、操作起那雄伟的导弹时，王忠心感受到了军人的光荣，第一次触摸到了自己跟祖国间那根隐形的纽带，但必须承认，没有一个人能永远地沉浸在这种崇高的情感当中，即便是再无私的人也逃脱不了浪潮般涌过来的现实。而此刻，一九八八年的谷雨节气刚刚过去，我们的主人公王忠心陷入了一种左右为难的选择当中。

没什么不好承认的，人们最容易忘掉和改变的常常是初心。就在那天凌晨第一次钻进这片大山和之后的一段时间内，王忠心曾怀疑自己参军的选择，并对是否还要坚持自己的入伍初心——转志愿兵有些动摇。他不能确定自己是否愿意在这深山老林里待上十多年。有一阵儿的深夜，他甚至想过赶紧把义务兵这三年熬过去，然后退伍到陈大豪的家乡广东打工去。但后来，慢慢地，随着王忠心终于走进那个神秘的洞库，随着他渐渐能熟练操作那个可能惊天动地的"大家伙"，再加上他所在的连队风气很好，班长李炳华对他们更没得说，王忠心的想法也在不知不觉地发生着转变。那个被大山压下去的入伍动机又从他心底钻了出来。毕竟作为一个农村娃，他不是冲着大城市、冲着享受来的，而是想到部队里长本事、找出路的。所以，他又慢慢地坚定了自己最初的想法，还是要像汪庆国一样在部队长期干，转志愿兵。王忠心发现，和他抱着同样想法的战友不在少数，别说营里连里，仅在排里就有好几个。当然大家谁也不会说出来，这包含着一些自私的成分在里头，谁公开谁就可能被大家当成竞争对手。但就像同一阵营的人身上会戴着同样的标记一样，想转志愿兵的两个人往往对个眼神

就能相互确认。当然,他们会心照不宣。

这一年,志愿兵制度已在部队实行了九个年头。从具体运行情况来看,这个制度更像是一件为百十万农村兵量身设计的衣裳,转志愿兵成了很多农村兵的第一选择。要知道那时高中教育还不普及,高考对于很多农村青年来说可望而不可即。城里每年从农村招工的名额少之又少,还往往被一些关系户占了去,所以找来找去,到部队转志愿兵然后回家安置工作,成了农村青年跳出农村的重要出路。

转志愿兵的竞争显而易见是激烈的。当时的义务兵服役期是三年,想转志愿兵,需要干满三年后先申请超期服役两年,然后部队再从超期服役期满的战士里优中选优转改志愿兵——这个程序,王忠心去年年底时已心中有数,其中的不确定性因素他也搞清楚了。去年年底,他们班一个超期服役满两年的上士,就在竞争中败下阵来没能转成志愿兵。离队那天,那位在这深山老林里战斗了五年的老兵,抱着李炳华班长痛哭流涕……

含泪送走那位老兵的冬天,王忠心发现了另外一条转志愿兵的道路——考士官学校。隔壁班一个同样入伍五年的老兵,去年七月份刚从士官学校毕业回来,年底毫无悬念地转成了志愿兵,并且有个听起来很威武的称谓——军士长。当然,和王忠心一样有志于转志愿兵的同年兵们也纷纷盯上了这条捷径,特别是全营唯一一个公开宣称要转志愿兵的陈大豪,更是早早地就不知从哪里搞到了一套考士官学校的复习资料,有事儿没事儿就翻着学(直到这时,王忠心和其他战友才得知,原来这个见多识广的广东仔也来自农村）。到后来，随着距离考试时间越来越近，陈大豪竟然把复习资料带到导弹专业学习室和模拟训练室来找机会偷着看！他这种"刻苦的精神"营造出了一种空前紧张的气氛，引得越来越多的人效仿。大家也纷纷把买到的资料藏到挎包里"见缝插针"地复习……

王忠心左右为难——要不要像陈大豪和其他战友一样利用训练时间"偷学"？

当王忠心低着头轻声地把这个困扰他多日的心结吐露给隔壁连的同乡游小平时，游小平先是一愣，然后夸张地歪过脑袋盯了王忠心一阵，最后哈哈大笑起来。是的！在任何人看来这件事都太小了，就像上学时在课桌下藏本小说偷看一般，但对当时的王忠心来说，这是比苏联从阿富汗撤军还要大的事。

乡下长大的人都知道，村里的孩子往往分两种，一种特别调皮胆大，一种最老实、最本分，王忠心便是后一种。从小到大，王忠心都是村里长辈们公认的老实孩子，不会说捣蛋话，更没做过捣蛋事，从不给爹娘惹麻烦。所以到了部队后那么多的条条框框也没让他觉得不适应，除了那一次模拟训练时走神被班长点了一下名，一年多来从没挨过什么批。并且那次以后，他一举一动都在部队的框框里，在这个框框里他很安全、很自在。但这些天，当王忠心看到陈大豪和越来越多的战友利用训练时间偷着复习备考时，他的心渐渐地乱了……

王忠心是抱着转志愿兵的梦想来到部队的，他心里清楚，这很可能是

他这辈子唯一一个跳出农门、改写命运的机会,并且这个机会就摆在他的面前,是一条明明白白、平平坦坦的阳关大道,只要踏上去了,他就能在部队留下来,几年后就能转业回老家县城当个"公家人"。"公家人"啊,对一个祖祖辈辈在大山里务农的人家来说,那是一个多么闪亮、多么光宗耀祖的光环啊!只有家里出了这么一个"公家人",那些朴素的农民和所有的远方亲戚们"腰杆子"才会硬起来,遇到事儿心里才不会栖栖惶惶,才会不怕事……所以王忠心完全理解陈大豪和其他战友们,他们实在是太想考上这军校了。

当然,考不上军校也还有另一条路,就是先超期服役两年再转志愿兵,但据游小平悄悄告诉王忠心的体己话,超期服役后能不能转上志愿兵,除了干好工作,还要看能不能得到营连领导的赏识。而王忠心自知,他这个木头人最不擅长的就是这个。到部队一年半了,除了跟班长李炳华亲近外,他见了连长、排长都透着一股尊敬的疏远。他不像陈大豪,也不知道怎么跟这些直接影响他们命运的干部们搞得很熟络、很亲近。据说前不久的一个周末,连营长都让营部文书来连里把陈大豪叫了去……

即便如此,陈大豪都这么拼,想拼尽全力地抓住考军校这次机会,何况他王忠心呢?别人都这么做,为什么他不行呢?他到底是怕违反规定,还是想怎样?几个月后陈大豪他们都考上军校走了,三年后回来轻轻松松转个志愿兵,他就守在这大山里等着命运的裁决吧……过去的一个星期,每当看到陈大豪在导弹专业学习室和模拟训练室偷偷地拿出复习资料,王

第二章

忠心就这样一遍遍地质问自己。他越告诉自己陈大豪这样做从规定和道理上讲都不对，眼前就越只有陈大豪埋头学习的背影，耳朵里就越全是他"哗啦哗啦"翻书的声音——上周五那天，当王忠心又一次看到陈大豪"偷学"起来时，他的心突然慌起来了，一件往事从王忠心的记忆深处翻腾了出来。

那是他八九岁时，一个冬天的凌晨，天还黑乎乎的什么都看不见，母亲就带着王忠心兄弟俩进城了。头天晚上下了一夜的雪，这时还纷纷扬扬地飘着，那条王忠心渴望了好久的进城路上已积了厚厚的一层雪。尽管还没完全睡醒，但小哥儿俩还是摇摇晃晃地跑在母亲前面，因为他们就要去想了好几年的休宁县城了！那时还没有改革开放，还在为一家人吃饱肚子犯愁的父母当然不会有闲心带王忠心小哥儿俩进城赶集。如果仔细看的话，就会发现，王忠心小哥儿俩一人肩膀上扯了一根指头粗细的麻绳，绳子头在他们手心里攥着，另一头拴在一辆独轮车的车梁上。车上堆着满满当当一车柴火。车后身材瘦小的母亲躬着腰双手架着车把，使劲维持着平衡……那是一个普普通通的清晨，那是一个历史里永远不会记载的场景，谁也不会在意这个时刻在皖南的一条山路上蹒跚着这样的母子三人。三十多里的茫茫雪路上，那三个小小的人影儿全都身体前倾着、默默地一步一步走着，留下一路吱吱呀呀的声音……天蒙蒙亮了，雪地上歪歪扭扭的车痕和深深浅浅的脚印已经被新落下的雪轻轻覆盖，那条冷寂的山路好像不曾有人走过。王忠心母子三人赶到了县城。母亲在县城东关的粮食局门前

支好独轮车叫卖起来，王忠心小哥儿俩却搓着小手抖抖索索地跳着脚。正是三九天最冷的时节，小哥儿俩刚才在路上使力不觉得冷，还出了一身的汗，这时候停下来却像掉进了冰窟窿。但很快，渐渐清晰起来的县城又让王忠心兄弟俩忘掉了寒冷，原来这城里的房子长这种模样，这城里的街道这么直、这么阔气，这城里的人这样穿衣、这般说话……小哥儿俩扭头探脑、瑟瑟缩缩地用冰冷的手摸着冰冷的墙角，往东走走，往西走走，走到一个路口左右张望一下又赶紧往回走。

车空了。一根根父亲带着兄弟俩上山砍了一个冬天的柴火，换成了几张皱巴巴的毛钱。母亲边招呼着兄弟俩，边架起车子准备走。就在这当儿，从粮食局的门里推出一个蒸笼摊儿来，蒸笼上蒙着厚厚的棉被。王忠心正好奇里面是啥，就见两个与他年龄相仿的男孩相跟着跑到了那个摊位前。男孩还没开口，就听那个摊主冲他们笑道："你们小哥儿俩又上学去啊！还是每人两个肉包吧！"话音未落，蒙在蒸笼上的棉被被掀开一角，一股蒸汽从里面涌出来，把那个摊主罩了进去……那两个背着书包的小男孩已拐了个弯儿不见了，王忠心却看到母亲冻得通红的脸冲他笑着。她伸出两只手，一手握着一个冒着热气儿的包子……那是王忠心第一次吃肉包子，他和弟弟吃了大半路……

穷苦出身的王忠心决定试一下。周一，他和往常一样走在赶往模拟训练室的山路上，只不过在挎包里悄悄地塞上了绿皮的复习资料。

训练开始，李炳华班长下达了"号手就位"的口令，王忠心像往常一

第二章 亮剑

样坐到了那把铁椅子上,操作起了面前那一片他已经很熟悉的按钮。一切如旧,每个战友包括陈大豪都埋头操练着,一时间噼里啪啦的声音此起彼伏。眼瞅着又要入夏了,窗外那棵松树孔雀开屏般把那扇窗户遮了个严严实实,几乎没什么光透进来了。哎,曾经飞落在窗台上的那只小鸟呢?王忠心心里一激灵,原来自从上次走神挨批之后,他再没注意过正对着他的这扇窗户,再没留意过窗外的风景。而这次,刚刚,他又走神了——他手上操作着各种按钮,心里却想着藏在挎包里的那本书。

就在这时,他听到身后的门"吱呀"一声开了,又"吱呀"一声关了。他再一瞥,就见陈大豪正轻车熟路地把手伸进挎包里。刚才是李炳华班长出去了,这一两个月来,他们那些志愿兵、班长都会在训练展开之后集中到一个学习室去补习理论,说是前些年着急准备打仗,基础打得不牢要补补课。陈大豪已经埋下头复习开了。王忠心吸了口气,心跳着把手伸向了那个挎包。他摸到它了,他的手贴着它的封面犹豫了一会儿,然后捏紧它一吸气从挎包里抽了出来。

他像陈大豪一样把教材摊开在自己的大腿上,慢慢地,胸膛起伏着看起来。他的眼盯着教材上那些加粗了的黑体字,耳朵却守着身后那扇门。那些字捉弄人似的在王忠心眼前跳动着,刚找到这个,那个又跑了。王忠心找着看着却越看越着急,一种他自己都无法解释的矛盾心理冒了出来:他一边怕李炳华班长突然推门进来,一边却又隐隐地盼着班长快点儿回来,好像他被困住了需要班长来解救……

门"吱呀"一声开了，陈大豪两腿一张把教材漏下去，然后又两腿一合夹住，手跟着就摁到了按钮上。王忠心脑门一紧、身子一颤，也急忙张开腿把教材漏下去，结果却没夹住——书"啪"的一声掉到了地上。

王忠心好像被人喊了"定"字诀，呆在了座位上。他想弯腰去捡，却半分动弹不得。那本书好像变成了一盆炭火，一颗颗汗珠从他的额头上、后背上冒出来。"完了，完了……"王忠心正给自己判决着，却听得"李炳华班长"说道："哎，你们班长不在吗？"

回去的山路上，溪水依旧，轻一脚重一脚跟在队尾的王忠心歪过头看了一眼李炳华班长的背影，心里又后怕又庆幸：刚才万幸不是李炳华班长！他不知道要是班长看到他在训练时偷着复习功课会怎么看他，该对他有多失望……他逼着自己不再去回想刚才那一幕，他觉得他在全班战友面前是赤裸的，他觉得自己很羞耻，像偷东西被人抓了个正着……王忠心觉得对不起李炳华班长，他觉得之前所有为自己开解的理由统统瓦解了，想转志愿兵、不想再回去当农民，就什么都可以做、什么都可以违反了么？父母一辈子吃苦受穷，这么做过吗？班长这样教过么？即将二十岁的王忠心陷入了前所未有的自责和反思当中。从此，复习资料再没被他带进模拟训练室。

两个月后，一九八八年七月，上等兵王忠心和全军近万名士兵一同走进了军校考场。走进考场那一刻，这个瘦小的农村青年是胆怯的，又是坦然的。

第二章

第二节　考上军校出大山

　　这是一列由西南往东北方向开去的绿皮火车，伴随着"呜——"的一声长鸣，乌漆墨黑的火车头上喷出一团雪白的蒸汽。这是一年当中最热的时节，太阳才刚刚从地平线下露出小半个身子，车厢里已经感受到了从天边涌来的一股热浪。在这列火车第三节车厢的中部，一个青年把胳膊搭在打开着的窗户上，一动不动地望着远方喷薄而出的太阳。

　　这个青年我们已经很熟悉了，他就是第二炮兵某导弹旅上等兵王忠心。在祖国边境的深山老林里生活了快两年的他，看起来比我们刚认识他时精干了不少，尽管没穿军装，但理得短短的小平头、很是有神的眼睛，一举一动都透露出一股军人的味道。看得出来，望着太阳缓缓升起的王忠心是兴奋的、喜悦的。他当然还记得那年参军路上第一次见到日出时的震撼，只不过同样是那个太阳，王忠心的心境却大不一样。那一次，十八岁的他不知道要到哪儿去，更不知道明天在哪里，他那颗山村青年的心是悬着的、缩着的；而这一次，他知道要去哪儿，还知道去那儿之后会怎样，所以他已经在部队历练了快两年的心是舒展的、绽放的，也是踏踏实实的。他对着窗外长长地、大口地呼着气，尽情地体味着当兵两年来头一次走出大山的畅快，半个月前那一幕清晰地浮现在脑海里。

　　那一天，部队像往常一样在洞库里进行实装操作，正在自己的战位上紧张训练的王忠心突然被身后的李炳华班长喊了去。跑过去时王忠心还在

心里打鼓，他刚才没走神儿啊……结果没想到，训练时一贯严肃的李炳华班长竟微笑地看着他，还伸出右手来温柔地搭在了他的肩上，然后轻轻地吐出一句话来："忠心，你考上了……"

王忠心一怔，不自觉地往前探了探头。他咬着班长的话音问道："你说啥？"李炳华班长笑了笑，也往前倾了倾身子，一字一顿地对他说道："王忠心，你——被——第二炮兵工程学院青州士官学校——录取了！"

一缕阳光穿透大山、照进洞库，温暖而耀眼的光芒在王忠心的眼前四射飞溅起来。这个年轻的士兵瞪大眼睛，张开嘴，脑袋像喝醉了酒般眩晕起来——他考上军校了！军校，他考上了！他一个农民的孩子、大山里长大的孩子，考上军校了！

一时间，过去二十年里所有的往事一起涌向他的脑海，一幕幕悲伤的、痛苦的、喜悦的场景在他的脑海里撞击叠加；一时间，他的脑海里又一片空白，像真空般什么也没有，什么也记不起来了，只是心头突然涌上一股不知从何而来的酸楚，当着李炳华班长的面，他哭了。他没有把脸扭到一边儿去，他知道班长懂他的眼泪，相信班长知道考上军校对于一个农村兵来说意味着什么……

直到走出洞库、走在了回营的路上，王忠心热腾腾、空荡荡的脑袋才慢慢地清凉起来。他慢慢地、慢慢地相信这一切是真的。他才想着要把这个天大的好消息告诉亲人们。他想一路飞奔着跑回家，跑到田间地头去冲着干了一辈子农活的父母大声喊："爸，妈，你们的儿子考上军校了！"他

第二章

想象着父母听到这句话后的样子，他们肯定满身满脸泥巴地呆在了水田里，他们不知道军校是个啥，却知道那是祖坟上冒青烟的大好事儿。父亲会喝两口自己酿的青梅酒，母亲也会喝两口，姐姐、妹妹、弟弟还会劝着从不喝酒的他也喝上几口。对了，还有那条总是跟着他在旷野里飞奔的"小黑子"，也会立起前腿来在他身上撒欢儿。他还想一个人架起自行车，到那条走过十八年的山路上双手脱开把野野地骑上一气，还要大大方方、自由自在地扯着嗓子吼一吼那首《一无所有》，嘿嘿，管他路上有人没人呢……但王忠心不能，跟在队伍末尾的他紧绷着嘴唇，像往日一样沉默地亦步亦趋地走着。

当晚熄灯后，宿舍整个地陷入了黑暗和寂静，只有一袭月光透过窗户静静地洒在王忠心的床铺上。这名即将离开大山前往军校的士兵侧着身子躺着，一丝睡意都没有。他能感觉到，像新兵连时一样睡他下铺的陈大豪也在来回地翻着身子没睡着。就在熄灯前，全营在营部门前集合，营长当着全营战友的面宣布了王忠心考上军校的消息，并说王忠心为营里立了一功，要是没有王忠心，今年全营在考军校上就被剃了光头。激动之下，营长还把王忠心喊到了队伍的最前面，领着全营官兵给王忠心鼓起了掌。

营部门前吊着一盏白炽灯，王忠心背朝灯站着，他知道大伙儿看不清他的脸，但还是腼腆地低下了头。他知道同班战友陈大豪、同乡游小平和其他没有考上军校的战友们都站在对面，他似乎能感觉到他们正使劲盯着他，眼神闪烁不定。王忠心理解他们的心情，他知道他们向着跳出农门发

起的第一次冲锋失败了,不知为何,他忽然觉得和他们一样的失落和难过……这个结果他也没想到。其实从那天捡起掉到地上的复习教材开始,王忠心都以为最后考上军校的会是大豪和小平,落榜的会是自己,毕竟他们复习准备的时间要比他多得多,还真没一个人像他一样,改变命运的大考在即,还在"不务正业"地看导弹操作规程,还在向班长请教导弹操作要领。因为从那天起,王忠心已经做了最坏的打算和最难的决定——即使两个月后考不上军校,他也不会再在训练时间像一个小偷般偷学功课。这倒也不是什么大不了的事,只是他确实做不到像大豪一样"一心两用"。所以,王忠心一直没有告诉父母他在准备考军校,他怕父母跟着他悬着心,怕考不上父母跟他一样难受。

但这是为什么呢,为什么刻苦备考的大豪他们没有考上,反倒是"不务正业"的自己考上了呢?人的心理真是奇怪,这么一想王忠心还真有些说不出来的惭愧,好像老天爷偏袒了他,又好像他欺骗了战友,就跟大豪熄灯前冲他开的那个玩笑一样:"你小子是不是背着我们偷学来着?"而他只能呵呵一笑,具体原因他真讲不出来。他只知道他在训练时是专心致志的,不用竖着耳朵听门,而在复习备考时更是专心致志的,因为知道自己复习时间比战友少,所以在课余时间和熄灯后到学习室复习时他总是格外投入。而他在专业训练上的认真也同时收获了回报,就在收到军校录取通知书前一周,在导弹专业资格认证考核中,王忠心一口气通过了连、营、旅三级联考,在同年兵中第一个拿到了两本导弹专业上岗证书。

第二章 砺剑

火车呼啸着钻进了一个山洞,车厢里陷入了一片黑暗。对于最后为什么是他而不是大豪他们考上了军校,王忠心还是没想出个所以然来。而差几个月才满二十岁的王忠心更没意识到,人在年轻时的成功经历,会自然而然地成为将来处理很多事情的原则。这次成功考取军校的意义,对王忠心来说,远远不只是跳出农门这么简单。只不过,这件事更大、更深的价值,要到日后随着时间的推移和更多事情的考验,才越来越凸显出来。

天黑了又亮了,跟上回入伍报到时一样,这次王忠心和基地其他十多名战友一路上同样倒了三回车。与上次倒车时如坠云里雾里不同,此次倒车王忠心心里清亮宁静,因为他知道,这一路上无论怎么倒车,目的地都是青州。

青州,古九州之一,汉武帝时称青州城,东汉至三国间,青州城为东方之重镇。民国时期,撤青州府,改称益都县。一九四八年青州解放,一九八六年改称青州市。这些关于青州的历史沿革,此前从没出过家门的初中毕业生王忠心自然不知。他所知道的,只是坐落于此地的青州士官学校是第二炮兵部队唯一一所综合性士官学校,是为了培养在部队越来越重要的士官人才而成立的,组建没几年,培养的上千名士官学员几乎全成了各个部队的操作和管理骨干,一多半当上了技术能手,还有超过十分之一的学员被提拔成了干部。据说,北京二炮总部的一位领导曾这样评价:在战略导弹部队,青州士官学校培养的人才,同指挥干部队伍和技术干部队伍一道,"三分天下而有其一"。这些情况,是几年前同样从这个学校毕业的

李炳华班长告诉王忠心的。临别时，李班长没有叮嘱王忠心到学校后珍惜机会好好学习，只是语调平静地给王忠心介绍了一下这个学校的概况，并且把他那个绿皮的剪报本送给了王忠心。

火车抵达青州站时已是晚上，本以为少不了像入伍报到时一样绕个大半夜才绕到山里边去，结果没想到一问之下，检票员随手一指，用山东方言说道："喏，就在那块儿，离这儿不到五公里。"当王忠心和其他战友走近青州士官学校的大门时，王忠心还是不敢相信，他即将就读的这所军校竟然坐落在市区。直到王忠心把铺盖放到了自己宿舍的床上，他才真正相信，他将第一次在大山之外生活，第一次在一个城市里生活。不过此时王忠心还不知道，在往后漫漫三十多年的军旅生涯中，这也将是他唯一一次在城市里生活。

相比在城市里生活，更让王忠心觉得兴奋和幸福的，是在他面前缓缓展开的做梦般的"大学"生活。尽管王忠心上的只是中专班，但谁又能说这不算大学呢？初来的一个月里，王忠心每天盼着天亮，天亮了他就能提着统一配发的印有学校校徽的黑色皮革书包，走在秋光清丽的校园里，就能坐进庄严神圣的教室里，听课，学习，向老师请教问题……王忠心给父母寄去了一封挂号信。在信里他说，选择参军的决定做对了，虽说之前在边疆的深山老林里待了两年，但就冲自己竟然还有机会上学，就值了！不然，此刻的他一定是扛着锄头走在田间地头，很可能已经像村里的其他同龄人一样，早早地结了婚生了孩子。当然不是说那样不好，但王忠心越来

第二章

越觉得，人来到这个世上一遭，总得出来见见世面，看看家乡以外的世界。

这不，就在上周，王忠心已经外出了一次，他在同班的山东籍战友的推荐下去了青州最有名的古城。走在十里古街那条风雨千年的石板路上，头一回触摸到历史古迹的王忠心，生出一种从未有过的情绪。只在初中学过两年历史的王忠心，头一回觉得历史是真实的、活生生的，当年历史书上的那些人和事原来都和他一样真正地存在过。据说当年青州也是兵家必争之地，也驻扎过很多军队，岂不正和今天一样……山中青年开蒙晚，那天过后，王忠心虽说对历史、对人世仍然只有一种懵懵懂懂的感觉，却头一回意识到了自己的存在，头一回跳出了自己来打量自己，这个乡村青年的视野终于头一回超出了自己。在和战友一起返校的路上，王忠心像往常一样沉默，不过这沉默里有了过去不曾有的思考。二十岁的军校学员终于开始思考：我是谁，我活着是为了什么。这些在庄稼人听来会笑掉大牙的问题，王忠心此前也从未想过。而就在几天后，一个长篇小说联播节目让王忠心陷进了这个问题，不能自拔。

那是一个中午，十二点半左右，王忠心和同班的战友都躺到了各自的床铺上准备午休。突然一个靠窗的战友打开了收音机，一个台一个台地搜着节目。另一个战友说道："听段评书呗，找找有没有单田芳的《白眉大侠》？"结果，白眉大侠徐良没搜出来，一个主人公叫作孙少平的小说联播倒让大伙儿竖起了耳朵。王忠心记得清楚，那一集正好说到孙少平初到黄原打工的故事："临别之际，少平这个无依无靠的乡下穷小子，竟然从总共

六十五元的工钱里抽出五元钱来给主家,说算是帮工……"

　　几乎是一瞬间,少平这个跟他出身相仿、年龄相仿的青年击中了王忠心的麻筋,这么一个普通的乡村青年竟然能做出这么高义而令人钦佩的事来。孙少平?少平?好熟悉的名字啊,王忠心忽然间想起来了,他在两年前从陈大豪那儿借来的《花城》杂志里就看到过这部小说,只是不知为什么,当时的他看后除觉得自己家和少平家一样穷苦以外,没有更多的感受,谁知两年后再次相逢,他对少平产生了强烈的认同。不仅王忠心如此,那个中午,他们整个宿舍里没人说话,没人翻身,就只有那个广播的声音……

　　此后,每到中午十二点半,这间青州的军校宿舍里的学员们便准时打开收音机,开始收听这部叫作《平凡的世界》的长篇小说。当时王忠心他们是住在一栋三层小楼里,渐渐地,越来越多的宿舍在中午都传出那个来自黄土高原的故事。这群和少平年岁差不多、家境差不多的士兵学员们跟着播音员李野墨的声音,一起回到十年前的中国,一起走进那个平凡却无比亲切的世界。对王忠心来说,那个世界里的每一个人物都那么亲切地围在他的身边,让他觉得那个双水村就是他的汪溪村,憨厚善良的玉厚就是他的父亲,兰花是他已经找好了婆家的姐姐。而他和少平一样,也是穿着由于短小而吊着脚的裤子上的学,也曾经因为贫穷而敏感,特别是少平宁愿跑到黄原城里揽活扛石头,也不愿待在村子里和少安一起开砖窑,不正是和他一样想到外面的世界看一看吗?但不同的是,少平看报、看书比他

第二章

多，对自身、对人生的思考比他多。听多了少平那些对于农民子弟来说颇显不务正业的"思想认识"，王忠心突然理解了自己参军前那小半年时间里种种反常的心理和表现。原来，他一口气爬到山顶，一个猛子扎进水里憋半天不上来，这些乡亲们无法理解的、带有神经质的举动背后，是一个即将独立开始自己人生的青年对这个世界的懵懂和探究，对未来的迷茫和求索，只不过王忠心自己当时不知道而已。

后来的那些日子里，王忠心走在平静的校园，心却栖息在了那个交织着艰苦与幸福、贫瘠与丰厚的平凡世界里。早上出早操时，他想着少平，想着那个在原西县城走街串巷的忧郁、敏感、自尊、要强的乡下青年；在上课、下课行进的队列里，他想着少平，想着那个普通的青年怎样一步步觉醒、一步步成长，怎样一次次做出让人敬佩的举动来；在躺到床上听着窗外微风习习的夜晚，青春期的王忠心偶尔也会想起他的晓霞在哪里……

一百多天以后，《平凡的世界》广播播完了，王忠心还沉浸其中意犹未尽，所以他就在后来一次外出时寻遍青州城找到了这套书。王忠心一遍遍翻开它，找到那些让他心头一热的场景和细节一遍遍重温。少平的痛苦，少平的奋斗，少平的不甘平凡，常常让他心潮澎湃，甚至让他不自觉地流下眼泪——在过去的岁月里，他曾像少平一样艰苦，那么将来的日子，他也要像少平一样活着。

彼时的中国，已经比少平所处的那个平凡的世界往前走了十年。那个世界里存在的诸如饥饿、批斗等困扰着人们的问题已经渐渐远去，但也有

一些因为改革开放带来的新问题悄悄冒出来。对于这些,刚刚开始认识这个世界的王忠心暂时还感觉不到,他心中只是藏了一个独属于自己的喜悦——少平渴望像他的好朋友金波一样当兵的梦想,他替少平圆了。而且,他还上了军校。

在这期间,军队还发生了一件必将载入史册的大事。在中华人民共和国成立三十九周年这一天,中国人民解放军换上了崭新的军衔服装,我军正式恢复军衔制,王忠心新兵下连时佩戴的红领章和五角星帽徽永远地走入了历史。对军队来说,这件事意义重大,是我军正规化建设的新的里程碑。而对王忠心来说,《平凡的世界》意义也很重大,这是一个青年开始有意识地活着的里程碑。

第三节 "老伙计"换代了

山中的岁月过惯了,会觉得山外的日子像飞一般快。两年前跨进青州士官学校校门的那个瞬间似乎还在昨天,时间已经走到了一九九〇年的夏天,王忠心正背着背包迈出那个开启了他自我意识的圆拱形校门。根据中专班学制安排,王忠心已经完成了两年的军校学习任务,接下来将回部队进行为期一年的岗位实习。

所有的告别都显得仓促,即使早就知道要离开的时间。校门前是一条长约百米的柏油路,是王忠心他们去年夏天时出公差铺的。路两边移植的

第二章 砺剑

王忠心（后排左一）在青州士官学校求学期间与同学合影留念

杨树苗如今已扎下了根，这个时节正好枝繁叶茂。去车站方向的路要往东拐了，走下这条黑漆漆闪着光的柏油路时，王忠心回头望了一眼。人世间很多东西只有告别时才会拥有，比如故乡，比如回忆，再比如母校。从此，除了村里的小学，乡里的中学，王忠心的母校里又多了一个青州士官学校。在用力地望了一眼母校的大门和门里那条草绿色的跑道后，王忠心果决地拐过了弯去……

尽管不能确定自己是否会延续李炳华班长向他介绍的学校的辉煌，但

王忠心可以确定,这两年里他完成了自我精神上的启蒙。从外表上看,王忠心跟两年前相比没胖也没瘦,个子也没再长,只是那双眼睛比原来更亮了。如果说过去的二十年间,这个从未走出过大山的乡村青年想什么、看什么、做什么都出自一种朴素的下意识或者说无意识的话,那么此后,经过军校历练的士兵王忠心对人、对己、对事都有了一个比较明确的判断和选择的标准,对于这辈子大概想做一个什么样的人、想做些什么事,不再懵懵懂懂、随波逐流了。而彼时的王忠心万万想不到,近三十年后他竟会成为母校的客座教授。

两年间,变化的不只是他,山中同样大变,他所在的部队竟从藏身了十二年的深山老林里搬了出来,搬到了几百公里开外的群山之间。故事讲到这里,必须交代一下历史背景了。一九六六年第二炮兵组建之初,作为中国军队的核心军事机密,一个个战略导弹基地一成立就隐藏到了苍茫的大山里。当时的路透社、法新社报道称,中国人民解放军的行列里又添了一个新的兵种,不过这支神秘的部队刚露出地平线就很快消失了,不知去向。这样一直到了一九八四年的十月一日,当西方苦寻十多年一无所获时,我们的战略导弹部队突然钻出大莽林,走上了长安街,一时天下皆惊。此后一年,中央军委就做出了实行军队建设指导思想战略性转变的重大决策,即从"早打、大打、打核战争"的临战准备状态,转到和平时期军队建设轨道上来。就是在这个思想指导下,王忠心的部队离开了组建时就进驻的深山,去年年底移防到了另一处山中,从此部队从备战打仗的应急状态,

第二章

转入了和平时期的建设。变化的不只是部队的驻地,那个曾让王忠心一生中第一次感受到震撼的"大家伙"也光荣退役了,一种性能更先进的巨型导弹入驻该旅,部队开始了王忠心入伍后的第一次转型发展。

那是王忠心生活了两年的大山,那是和他并肩站立了两年的无声战友,尽管在山里时日日想着离开,尽管为它吃尽了苦头受尽了煎熬,当突然要说"再见"甚至连说声"再见"的机会都没有时,已经踏上返程的王忠心还是涌起了一腔的不舍。除此之外,还有一个人的离去让王忠心整个人陷入了伤感与遗憾——去年年底,王忠心的新兵班长、下连后的班长——李炳华退伍回家了。

王忠心从山东学成归来,李炳华班长却回山东老家去了,王忠心和他的班长就这样擦肩而过。正当回到连里的王忠心为没能再见李炳华班长一面而抱憾不已时,已经超期服役的中士陈大豪甩给王忠心一个土黄色的信封,还赠送了一句醋意浓浓的话:"班长就是偏心你!"原来,李炳华班长退伍前给王忠心留了一封信,让大豪转交给他。王忠心把背包往自己的床上一扔,伸手从床下抽出小马扎,急急地坐在床前撕开了这封信——

忠心你好:

你看到这封信时,我已回了山东老家,如果顺利的话,可能已经安置到了县里,跟你嫂子、侄子生活在了一起。

我走的时候,班里的兄弟们都在,就你一个人不在,所以给你留

两句话。忠心,我知道,你看起来不是很聪明,用咱们农村的话说,就叫不是很灵光,在跟战友们和连队干部们交流交往上不是很主动,也不是太擅长。我给你留这封信的目的就是要告诉你,千万不要把这个当缺点,也不必羡慕那些擅长交际的战友。要知道,做人做事是一辈子的事,别人可能一开始感觉不到你的好,但时间长了自然知道。你还有一件事让我惊喜,就是你们考军校前,班里连里不少人利用训练时间偷偷复习备考,你们以为我不知道,其实我只是不想点破,我知道考军校对咱们农村兵来说意味着什么。但你让我没想到,甚至让我都有点儿佩服,只有你在考试前还能做到该复习时复习,该训练时训练。了不起啊!班长佩服!就冲这一点,我就相信你一定成,因为无论多大的诱惑在眼前,你都能守住本分。最后也证明了,先把本职工作干好的你考上了,其他把本职丢了的战友却没考上……我希望不管将来什么时候,你干出多大名堂了,比方说提干了,都不要忘了守住本分。守住本分,就守住了长远。这就是班长想和你说的话,在部队好好干吧,忠心!

…… ……

这封没有贴邮票的信王忠心珍藏了好多年。李炳华班长的表扬让他一下子红了脸,他似乎又听到那本教材"啪"的一声掉到了地上,发出刺耳的回响。而愧疚之外,王忠心更多的还是对李炳华班长的佩服和感激,因

第二章

为他之前从未跟班长提过对那些灵光战友们的羡慕,即使在他心里这种感觉也是隐隐的并不能说得清楚,可班长怎么就一眼看了出来,并且一语解开了他的心结!其实,就在离开军校前几个月,他还真为这个事儿纠结过,不知道回部队后要不要改变一下自己……如今看了班长专门留给自己的信,这个试图更好地融入部队、得到更多认可的青年如释重负。当然,班长这封信里还有一个让人耳红心热的词,就是"提干"。王忠心反复看了两遍,天哪,班长竟然觉得他还可能提干么?提干呦,当干部……

"嘿!班长给你说了啥?让咱也看看呗!"王忠心正想着有朝一日自己穿着一身干部装出现在村里的情景,陈大豪突然凑到了他身后,作势要夺信。王忠心回头瞅了大豪一眼,咧起嘴一笑,缓缓地折起信纸,装进信封,站起身答道:"呵呵——大豪,你这两年过得好吗?"大豪哈哈一笑,像两年前一样只要有个话把儿就能说个不休:"嗨!生活上倒是过得挺好,这不你也看到了,咱们搬出了大山,除了训练和值班到山沟里去,平常生活都在这个山口。山口就是个村子,住着百十号人呢,天天能见到人!吃得也好多了,你别以为你上的军校比咱们这里先进,咱们连队去年就吃上自助餐了。想不到吧,知道啥叫'自助餐'不?换的那个新的'大家伙'比之前那个还威武,说是打得更远更准了……不过这两年就有一点不好,那年你走之前不是刚发了《军队基层建设纲要》吗,这两年就是天天抓这个《纲要》,旅里面一个连队一个连队过,一条一条抓落实。唉,现在干个啥都有个《纲要》拘着,日子倒是正规了,可不如以前自在了!我都担心,

你在外面过了两年舒服日子,这次回来都不一定能适应……"

王忠心边整理着床铺边听大豪讲演着,他倒不担心不适应部队变得严格的管理,现在他面对的一个大考验是,他刚刚接受了一项命令——他被调整为测控专业的测控号手。测控专业,从新兵刚下连分配专业时王忠心就听说了,那是导弹部队最难的专业之一,光需要操作的仪器设备就有数十台,操作规程更是上千条,电路、气路、液路图每张图都有密密麻麻几万个节点,据说没个几年工夫都拿不下来。至于这个专业到底是做什么的,在整个的导弹发射中处于什么样的地位,王忠心还记得当时李炳华班长给他们打的那个比方:测控号手,就是导弹发射前给导弹"体检"的人,"体检"完给出导弹有没有毛病、能不能发射的"体检报告"。如果说不能发射,那么要指出问题在哪儿,并且去解决问题;如果说能发射,那么要签字画押,对导弹发射负责。

坦白说,听到命令那一瞬间,王忠心的心里是狠狠失落了一下的,甚至还有一丝抱怨,因为他在军校的两年学的是老型号导弹的发动机专业,如今导弹换了,专业也用不到了。他不由地有些质疑,难道在军校的这两年他就白学了,那些他听过的课、记下的笔记、下过的功夫就这样付诸东流了?他突然觉得,军校所学与部队所用之间竟然有这么大的差别……

几天后,王忠心随着队伍走进了他生命里的第三座深山。那个短短几年时间里新构筑的气势恢宏的洞库,那枚更加巨大的乳白色导弹,让他打了个激灵,他前几日的失落和抱怨顿时烟消云散——他有什么可失落的呢?

第二章 砺剑

导弹换了不是坏了，而是更新换代了，说明国家的腰杆子更粗、更硬了。他被调整到测控专业，是部队对他的认可和重用，他的岗位更重要了、更核心了，能为这个更加先进的导弹做"体检"还有什么好抱怨的呢？说不定，这还是李炳华班长推荐的呢！（这一点，还真让王忠心给猜中了，不过他还不知道，在其后的另一件事情上李炳华班长同样推荐了他。）在十年之后的一次实战演习当中，王忠心在军校时进修过的发动机专业帮助他很快地找到并排除了一个突发故障。那一天的王忠心才终于明白，天下哪里有白下的功夫。那天的王忠心突然想起之前的失落，终于释然一笑。

走出洞库，走在跟此前有几分像又有几分不像的山路上，王忠心体验着一种无以言说的畅快。他没想到，纠缠了几日的心结突然之间就打开了。回宿舍后，王忠心把这个体会记到了李炳华班长送给他的绿皮笔记本上，军校期间他已记下了不少，很多是他看《平凡的世界》的感受。

又要从头学起了。对此，王忠心倒不怕难，更不觉得难为情。四年前他曾经以初中生的底子硬是从零开始拿下了头一个专业，何况此时的他已在军校进修了两年。尽管所学专业不同，但学习的基本方法和诀窍是相通的。他相信自己只需要像儿时那次抓鱼一样一步一步去解决问题，就一定能学好。至于将不得不和那些挂着一道杠的新兵们同步学起，他心里更没有任何障碍，因为当年李炳华班长在补课时也没少向他们请教问题，他们不仅没笑话班长，反而从心底里佩服班长。

山变了，四季轮回未曾变，兵如流水未曾变。半年多过去了，冬去春

来，又走了一批老兵，又来了一批新兵。这一天，正在连队门前默记着操作规程的王忠心，突然听到身后有人喊了一声"班长"，他稍稍一怔，接着继续背记，结果没想到身后那人往前赶了两步绕到了他的身前，又怯怯地叫了一声"班长"。王忠心又是一愣，见是新兵杨磊毕恭毕敬地站在他面前，他这才明白过来，班里这名新兵正是在叫自己。就在上午的全连军人大会上，已经基本"搞定"测控专业数十台仪器、上千条操作规程、数万个线路节点的王忠心被任命为班长。

班长？班长……

他当班长了么，他也要被人叫班长，也要有自己带的兵了么？二十二岁的王忠心突然像刚入伍时一样心慌起来，他自己明明还是那个初次离家的新兵，还是那个需要被班长照顾的新兵，还是那个刚刚开始军旅之路不知道明天在哪里的新兵。今天，他突然要去照顾别人了，要去给那些像他一样初次离开父母的新兵以温暖和依靠，要去帮他们解答军旅生涯中的困惑，要去给他们指明军旅之路的方向了。他——行吗？他能做到像李炳华班长一样吗？对无论来自哪里、无论脾性如何、无论优秀还是普通的战士都一视同仁，让所有的战士都喜欢他、信赖他，看到他心里就踏实，有什么心里话都想对他讲？班长呵，他过去喊李炳华班长时并没有觉得这个称呼有多重，如今当别人喊他"班长"时，他才感受到这个称呼里蕴含着多少情感和寄托。他也终于明白了刚入伍时的那个困惑：为什么李炳华班长对素不相识的他们那么好，就因为他是他们的班长，他们是他的兵？

今天他知道了，这个理由已经足够了。

王忠心颤着嗓子答应了一声。他望向站在他面前的这名新兵，温柔地问了一句："吃饱了吧……"从这一天开始，王忠心接过了班长——这个他心目中一直专属于李炳华的称呼。他绝没想到，从一九九一年的这个春天开始，他这个班长一当就当了将近三十年。

新兵杨磊步子轻快地走远了，王忠心倒想起了另一件事——在上午的全连军人大会上，陈大豪同时被任命为他的副班长。大豪可是他的同年兵啊，大豪除了没像他一样考上军校外，在连队里其他各方面都比他强，并且已经有风声传了出来：要不是李炳华班长临走前郑重地向连队党支部推荐了王忠心，连里本来是想任命大豪当班长的……

第四节　开启班长生涯

从二十世纪七八十年代走过来的老兵大概还记得，"整治营区"这个概念是在一九八五年我军建设指导思想发生战略性转变之后的产物。过去随时准备"早打、大打、打核战争"，没有工夫也没必要整治营区，直到几年前走上了和平时期建设军队的轨道，分布在天南海北的各个部队才逐步抛弃了临战、临时、凑合的想法，开始把营区整治整治、美化美化，让官兵们在艰苦的训练之余也把日子过好。

一九九一年的春天，上任没几天的新科班长王忠心在连队受领的第一

项任务,就是营区绿化。连长把连队承担的那几百米的栽树任务划分成了几等份,每个班一份,王忠心也领回了一份。应该是职业属性的缘故,在部队里,当兵的似乎有个天性,一切事都要有个比拼。训练上不用说,每年都有各级组织的比武竞赛,体育运动上也比得很激烈,篮球、乒乓球、拔河都要分出个一二三来。集合、开会也要见缝插针地比一下,相互拉歌拉得山呼海啸,谁也不肯服输。还有后勤生产上也要比,特别是在去年十二月的全军军事工作会议上,"保障有力"列入军队建设的五句话总要求以后,各个连队之间在养猪、种菜这一块比得更凶了,哪个连队的猪养得膘肥体壮,哪个连队的连长、副连长脸上就有光。扯远了,要说的意思就是虽然只是个栽树,但各班之间也包含了比赛的意思在里头。所以当王忠心带领着班里的战士们走到他们班的"战场"上后,大伙儿摩拳擦掌,就等着班长一声令下马上开工。没想到,王忠心却捡起一把铁锹来了一句:"我先给大家示范一下……"

一句话让全班战士都泄了劲儿。嗨,不就是栽棵树吗,还用得着示范?副班长陈大豪没客气,直接回了一句:"王班长,栽棵树谁还不会啊,你还示范个啥劲啊?到时候咱们班落到别的班后面,可是你这个当班长的领导不力!"王忠心没接大豪的话茬,而是边低头忙活边对身后的战士说:"大家仔细看我怎么栽的,待会儿严格按照我的标准来干。咱们班到时候落后是我的责任,谁要是偷工减料我可让谁返工!"全班战士只好围成一圈,看他们这位"爱示范"的班长做示范。

第二章

王忠心似乎还真是不急,他首先不是铲土,而是从兜里掏出一个卷尺,从铁锹头往上量出了五十厘米,然后从地上捡了颗小石子在锹柄上做了个标记,这才弯下腰去一锹一锹地铲起来。先东面,再南面,后西面,最后北面,每铲完一面王忠心都把铁锹横过来比画一下。战士们看得明白,他是要确保每面宽度都是五十厘米,而往下也照样是五十厘米。看着这个方方正正的树坑,大伙儿哭笑不得,大豪歪着脑袋冲几个老兵一撇嘴做了个鬼脸。王忠心却似乎没看见,只是把铁锹一撑,说道:"每个树坑都要像这个一样,都要我验收过关了才能放树苗。"

大伙儿胡乱地应了一声,按照此前的分工,两人一组扛起铁锹、树苗就要开工,结果王忠心又喊了一声:"等一下——"大伙儿一个个不耐烦地半扭过身子来,却见王忠心不紧不慢地从裤兜里掏出一把小布条来,挨个给每组发几根,交代了一句:"栽好一棵就在树上系一根。"大伙儿一看,原来这布条上分别写着每组两名战士的名字。正当大家不解其意时,王忠心悠悠地说:"今天你栽的树,往后就是属于你的树了。往后你负责给它浇水,照顾它,它就是你在部队的见证,你在部队永远的战友。"

太阳西落,不断有其他班里的战友完工后从旁边走过,有的挤眉弄眼一番,有的调笑两句,更多的只是微笑着走过。王忠心班里的战士们只能把头埋得低低的,挖坑、栽树、填土,再系上那个无聊的小布条。直到太阳落山,王忠心才带着班里的战士回了连队。毫无意外,这次栽树比赛,王忠心的五班是最后一名。队伍解散后,陈大豪三步并作两步追上王忠心,

气吼吼地冲他说："瞧你这班长当的！"王忠心吸了一口气，回头瞅了大豪一眼："你说——要是李炳华班长在的话，他会不会像我这么做？"

一句话把大豪问住了。他张了张嘴，却什么也没能说出来。其实，还有两句话王忠心没说。一句是，他在青州士官学校时栽过一次树，当时就是一味图快，结果后来死了好几棵；另一句是，他心里想过，假如是少平来做这件事的话，他一定会把这件事做得踏踏实实的，毕竟种树不是比快，而是看种的树能不能活下来。这场比赛的结果，至少要到半年后才能揭晓。

一转眼，王忠心从军校回来半年了，当班长也快三个月了，他明显感觉到，如今部队对基层的管理教育，就跟大豪之前说的一样，确实比以前重视多了、严格多了、正规多了。除了大前年颁布的《军队基层建设纲要》，去年又重新修订颁发了"三大条令"。这一段时间各级都在组织学习贯彻，基地还搞了一个"学条令用条令知识竞赛"，他们旅里的代表队还拿了第一名。除了学条令、抓纲要，由于东欧剧变和苏联解体，部队还分阶段地用近二十天时间开展了坚持四项基本原则教育、形势政策教育，还进行了继续坚定社会主义信念教育和反腐蚀教育。对于二十二岁的年轻班长王忠心来说，对苏联和东欧那边发生的事儿他谈不上有什么认识，他只是觉得，无论从部队还是从家里写信告诉他的情况来看，现在的日子都越来越好过了，过去想都不敢想的事情竟然都实现了。这不，这年六月，又发生了一件王忠心从没想过的事。

这年六月，旅里进行干部调整，王忠心所在连的副连长提拔到隔壁连

第二章

队当了连长，王忠心所在二排的排长提拔成了副连长。由于暂时没有新干部补充，排长位置空缺，而王忠心刚好一年实习期满，正式从军校毕业，成了一名军士长，所以连队党支部研究决定，在没有新干部补充之前，就由王忠心任二排的代理排长。

那个年代，由志愿兵代理排长，甚至代理连长都不算新鲜事儿。在青州士官学校上学期间，王忠心就从报纸上剪下过两篇关于志愿兵代理干部的报道。他记得很清楚，其中一篇的内容是有个同样来自第二炮兵部队的叫贾定才的志愿兵，他代理指导员四个月，以身先士卒和公平公正的工作作风，赢得了战士们的信赖，使一个松散的连队焕然一新。无从探寻当时剪下这则报道的王忠心在想些什么，也有可能当时的他并没有什么明确的想法，但一定包含了对贾定才班长的钦佩之情。可他怎么也没想到，自己刚从军校回来一年，刚刚佩戴上军士长的军衔，竟然也当上了代理排长！这可是连李炳华班长都没当过的"官"啊。

那天指导员在连务会上宣布这件事时，王忠心觉得自己的心跳声在偌大的会议室里咚咚作响，尽管会前指导员已经给他透了个风。他觉得会议室里所有人的目光都像探照灯般照着他，那目光里有祝贺，但更多的可能是打量、是怀疑——这个王忠心人是好人，就是嘴皮子不行，他能当好代理排长吗？轮到王忠心表态时，他嗫嚅地说道："感谢连队党支部的信任。"正当大伙儿等着他继续往下说时，他却低下头双手交叉握在了一起，那架势是说完了。是的，他没表态说一定把这个代理排长当好，但在心里说了，

不仅要当好,他还要像贾定才班长一样干得让全排的战友服气!

这是他上任代理排长后的第一个星期天,王忠心第一次担任连队的值班员,这天早上他正忙着统计确定当天的外出人员。根据当时部队的外出比例,一个排两个名额,另外两个排的外出人员名单已经报给了他,只差二排的了。当二排的排值班员——六班班长将外出人员的名单报过来时,他发现二排的三个班每个班都报了一个人,他所在的五班也报了,报的是副班长陈大豪。代理排长王忠心丝毫没犹豫,直接把外出的名额给了四班、六班各一个。他觉得这件事自己处理得很漂亮,他能感受到六班班长眼睛里的服气。

十分钟后,王忠心在连队门前吹了一长一短两声哨,跟着喊了一嗓子:"外出人员集合!"对于日复一日地生活在围墙之内的士兵来说,外出实在是一个难得的出去看看的机会。即使只是到县城去,即使只有两三个钟头,即使什么也不做只是呼吸一下外面的空气,都是官兵们紧张封闭生活中的一种调剂。很快,外出人员列队完毕,王忠心开始逐个点名发放外出证。王忠心点着点着,发现陈大豪也换了便装站在队列里。陈大豪听着听着,发现王忠心点完了也没点到自己。他瞪大眼睛梗着脖子问道:"怎么没点我?"队列里传出"哄"的一声笑,还有人跟大豪开玩笑:"你是想浑水摸鱼混出去吧……"

"安静!"

接着,王忠心冲着陈大豪说道:"这次外出没有你,下周吧。"没等陈

第二章 亮剑

大豪接话,王忠心在外出人员中指定了一名士兵带队,这支队伍便往旅大门方向走去。被队伍抛下的陈大豪两步走到王忠心面前,指着他怒气冲冲地问道:"为什么没有我?!"旁边刚好有几名战友走过,纷纷扭头看着。右臂上挂着"连值班员"臂章的王忠心也一下子红了脸,说道:"第一,我是班长,咱们班里谁外出我说了算;第二,我是代理排长,排里谁外出我说了算!"说完这句,王忠心转身往宿舍走去,就听得陈大豪在身后说了句:"代理排长了不起啊?!"

随后几天,王忠心和陈大豪都没再提这件事,好像那天发生的争执就

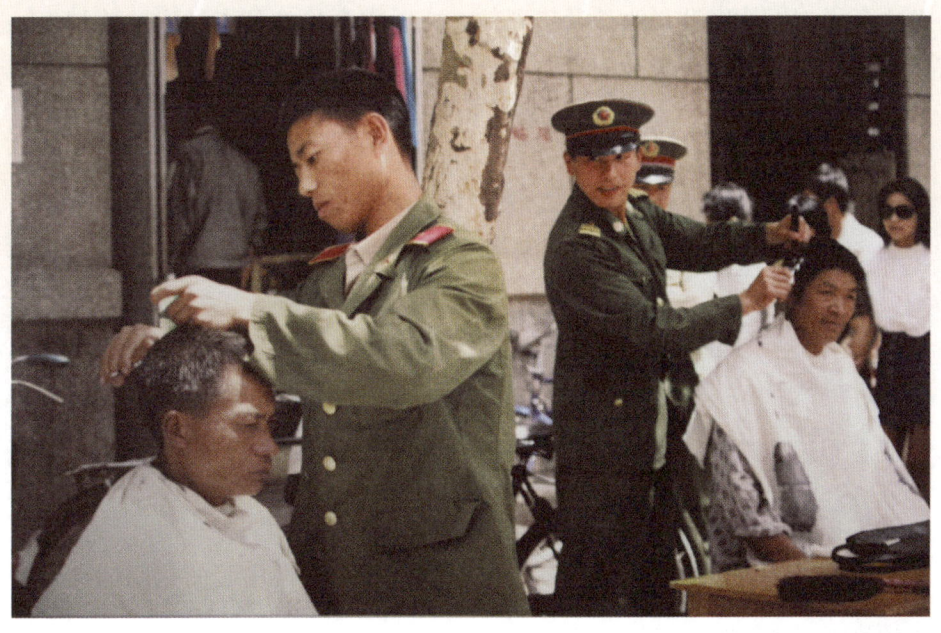

王忠心(左二)和战友们义务为群众理发

这样不了了之了。其实他俩都心知肚明,这个结还绾在两个人偶尔交接的视线中。王忠心有王忠心的道理。首先,他是班长,按部队规矩陈大豪想外出应当事先跟他说一声,而不能直接就作为班里的决定报到了作为代理排长的王忠心这里;再者,这是王忠心上任代理排长后第一次处理排里的事务,在安排谁外出这个战士们比较在乎的问题上,兼任五班班长的他必须把这两个名额给四班、六班,只有这样才能不让人挑毛病,说他向着自己班。当然他也找出一个自己做得不妥的地方,就是他把外出的名额分给四班、六班后,没跟陈大豪打声招呼(后来他也了解到,六班长想去跟陈大豪说这周外出没有他时没找到他,所以大豪也站到了外出的队列里)。除此之外,王忠心想不出来大豪有什么别的道理冲他发火。

日子一天天过得飞快,转眼又一个月过去了。这一天,旅军务科的人突然来到营里组织保密抽点,王忠心被抽中了。点验中,王忠心没想到,不知何时被他压在行李袋底部的那本《花城》杂志被翻了出来——那是新兵下连时大豪送他的……

虽说从一九八六年到一九九一年,甚至都不需要动脑子就知道是五年,但王忠心还是蹲在行李袋前一根一根屈起自己的手指,一九八七年、一九八八年、一九八九年、一九九〇年、一九九一年,逐个数了一遍。是啊,真的过去五年了,就这样过去五年了,王忠心在慢慢屈起的指间体会着岁月的流逝,轻轻叹了口气。他突然有些怀念起新兵时那些懵懵懂懂的日子了。他当即做了个决定。

第五节　初露锋芒

那天点验结束后,王忠心三步并作两步回到宿舍,直直地站到正坐在小马扎上和战友聊天的陈大豪面前,郑重地给他道了个歉。王忠心这个突然的举动让陈大豪一下子愣住了,新兵杨磊飞快地冲其他战士使了个眼色,起身就想回避一下。结果没想到王忠心一摆手,示意大家别动,然后顺手也抄起一个马扎坐了下来。

王忠心捏着双手,望向陈大豪,脑袋里浮现起五年前他们还是新兵时的样子。他一字一顿地用解释的语气,把自己当时没把外出名额给大豪的理由毫不隐瞒地告诉了大豪。一气说完,王忠心才意识到几个月过去了,原来那个心结一直还在,而这天终于解开了,他觉得从嗓子眼儿往下无比畅快!让王忠心万万没想到的是,大豪也坦诚地讲出了他的理由,并且他的理由竟然也挺有道理——一个是上一周外出时他们排里的两个名额就是分配给了四班和六班,当然当时还是副连长在当排长;另一个是他之所以外出的愿望比较迫切,是因为家里给他介绍了一个对象,他想出去拍张照好赶紧寄回家去……大豪也想过,他觉得自己唯一做得不对的地方,就是应该提前把自己想外出的事跟王忠心说一下。

就这么一件比芝麻还小的小事,在王忠心后来波澜壮阔的军旅生涯里也许连一朵小小的浪花都算不上,但就是这么一件小事,让王忠心记了三十年。就这件事,这个他新官上任后摔的"头一跤",他至少讲给十多个

新兵听过。因为这件事教会他一个再简单不过的道理——面对同一件事，你有你的道理，人家也可能有人家的道理。当你按照自己的道理来做的时候，也要表达对别人的道理的尊重。

这件事王忠心之所以能记一辈子，还因为他尝到了人间最美的滋味——化干戈为玉帛。就因为这件事，王忠心和陈大豪两个在分别担任班长、副班长时结下的那个隐隐的疙瘩，竟然也一同化解了。当王忠心把点验时翻出来的那本《花城》拿给大豪看时，大豪沉默片刻，突然对王忠心说了这么一句："上次栽树是你对了。我看其他班种的树已经死了十多棵，只有咱们班栽的树百分之百成活。你别说，咱们班里还真有人隔三岔五去给树浇水。那次我还听到杨磊在那儿跟他一个老乡指着树上的布条嘚瑟，说那是他的树……对吧，杨磊！"坐在旁边的杨磊和其他战士一同大笑起来。

转眼已是深秋。当二排代理排长兼五班班长的王忠心再次钻进闷罐火车时，距离他入伍时第一次坐闷罐车已过去了五年。

要说起来，这五年王忠心过得还行，三年前考上了军校，不久前转上了志愿兵，还当了代理排长，说是得偿所愿也不为过。但王忠心的心里还是有个挺大的遗憾，他当了整整五年兵了，还没打过一次实弹。过去的五个年头里，他日复一日地只是在学习室里学着理论，在训练室里进行着模拟训练，最有硝烟味儿的也不过是在洞库里搞一下实装操作，那枚深沉的、顶天立地的"大家伙"始终不问世事地沉默着。一年年，一回回，每当他

第二章

们训练完离开洞库时,王忠心总忍不住在跨出那扇铁门前回头瞅上一眼,深吸一口气——他是多么盼望着能亲手把一枚导弹点燃,送上云霄啊!

尽管李炳华班长早就给他泼过冷水,说他们手中这枚导弹不敢轻动,一旦动了就会惊天动地。就连李炳华班长自己当兵的十三年里都没有发射过一枚,甚至连远远地望上一眼实弹发射都不曾有过。据说,退伍前的最后一天,李炳华班长专门申请到洞库站了一班岗。他守了它十三年,陪着它沉默了十三年,没见它绽放过一次、绚烂过一次,临走了,他隔着铁门再守它最后一回。

所以在那次全连军人大会上,刚刚被任命为班长的王忠心莫名地闪过一个念头,他担心自己将来当满十三年兵要离开时,也会像李炳华班长一样,没打过一枚实弹。而这样的遗憾,在一茬一茬的导弹兵中根本不算新鲜。

只是王忠心万万没想到,就在一个月前,他们旅突然接到了来自北京的准备打一枚实弹的预先号令。这时,王忠心当上班长还不到一年……这是王忠心度过的最欢喜、最亢奋、最漫长的一个月了。直到那枚乳白色泛着荧光的导弹稳稳当当地卧在了拖车之上,直到猫着腰钻进遥远而亲切的闷罐车厢,王忠心那颗期待了一个月、悬了一个月的心才终于踏实了下来。几天之后,他就要打出自己军旅生涯的第一枚实弹了。

火车昼伏夜行,往祖国的大西北飞奔。这是该旅组建二十多年来首次远距离行军执行发射任务。而窝在闷罐车厢里的王忠心依然沉浸在欣喜当

中，眼睛在黑暗中闪着光。当时的他绝对想不到，之所以能有这次实弹发射，他竟然应该"感谢"几个月以前、几万公里以外发生的一场战争——海湾战争。

一九九一年一月十七日沙特阿拉伯当地时间凌晨二时三十八分，美国与其他国家组成的盟军展开对伊拉克的空中攻击行动，海湾战争爆发。空袭三十八天后，盟军发动地面攻势。两天后，盟军将伊拉克军队逐出科威特。一九九一年二月二十八日，双方达成停战协议，战争结束。

王忠心当然知道这场战争，但对他来说这场战争遥远而短暂。战争爆发时，他刚刚担任班长。当数千架次的美军飞机呼啸着飞抵伊拉克上空时，新任班长王忠心心头满当当装着的，都是他班里那些兵，是他如何能像李炳华班长一样当个真正的好班长。毋庸讳言，王忠心并不觉得这一场在另外一个地方上演着的战争跟他有多大的瓜葛。它不过是早上出完操后营区喇叭里传出的一条广播新闻，官兵们边听边整理着内务，直到它在第四十二天时戛然而止。

这便是这场战争的反逻辑之处，它爆发时少有人重视，它结束时却举世皆惊。这场战争在中国军人心中引发巨大的震动，一时间，大大小小数百次的研讨会在中国军队的各个层级迅速召开。王忠心隐约记得，那些天旅里总是连夜组织开会，连队的技术干部都会参加，而且常常在回来后表情沉重、一言不发。据陈大豪跟他透露，干部们都看了海湾战争的视频资料。

我们总是生活在一个时空当中，这个时空既是我们的生存之地，也是禁锢之所。我们在当时当地看到的，常常只是自己脚下踩着的、目光所及的方寸之地，唯有时移世易跳出那个时空之后，才能捕捉到它的全貌。作为普通一兵的王忠心也是如此。当时，他最大的感受就是突然有了那一次新导弹刚刚列装一年就要执行实弹发射的任务。这在以前从来没有过。在这之后，演习、拉动、实弹发射等重大任务日渐频繁。直到十年之后，当我们整支军队、整个国家进入了另一个发展阶段时，王忠心才清晰地看到海湾战争前后中国军队的历史性变化。

就在王忠心入伍前一年，中央军委做出了军队建设指导思想战略性转变的重大决策，从"早打、大打、打核战争"的临战准备状态，转到和平时期军队建设轨道上来。这个转变背后，是军队多年以来的"忍耐"——要服从和服务于国家经济建设大局，削减军费，基本停止了装备更新，军事领域的改革步伐滞后于社会和经济生活的改革。这就是海湾战争爆发前我军的基本状况。所以，当海湾战争在四十二天后即宣告结束之时，中国军队为之震惊。因为我军还延续着二战以来的"地面制胜论"和"大陆军主义"，王忠心他们还在练着"三打三防"——打坦克、打飞机、打空降，防核武器、防化学武器、防生物武器……谁也没想到，几乎是一夜之间，战争的模样全变了。

所以，海湾战争后，我军迅速调整了军事战略的方针，提出"军事斗争准备的基点放在打赢现代技术特别是高技术条件下的局部战争上来"，陆军部队大幅削减，海军、空军、战略导弹部队的比例大幅增加，海军、空

军、第二炮兵首长进入军委决策层,第二炮兵突出"核常兼备、一体威慑"。中国军队就此走向了技术导向型的建设之路。

二〇一二年国庆前夕,作为第二炮兵三名英模代表之一的王忠心受邀参加中华人民共和国成立六十三周年向人民英雄纪念碑敬献花篮仪式。坐在赴京的直达火车上,他在一本军事杂志上看到美国国防部官员讲了这么一句话——"海湾战争的最大副作用,就是惊醒了中国军队"。这位从二十世纪末跨进二十一世纪初的老兵,不由得想起当年闷罐车厢里的自己,长长地吐了一口气。

西北,戈壁,在漫长而漆黑的闷罐车厢里,王忠心已经完成了对这两个概念的意象填充。他似乎能看到那一片寸草不生的荒凉,那一团飞沙走石的凛冽,他觉得那将是一块缺少生命迹象的土地。可当王忠心跳下火车,双脚站立在祖国大西北的戈壁滩上时,他发现自己错了。

虽然这片古老空旷的土地上确实寸草不生,目力所及之处一片荒凉,但他完全误解了"荒凉"这个词的内涵。荒凉原来绝不是衰败,它不是不生草木,它只是大胆地、毫不掩饰地把最原始的地表裸露给你看,它的每一条龟裂的地缝里都喷涌着生命的能量。还有它的天空,这是王忠心第一次看到一个完整的没有被山峰切割、没有被密林遮蔽的天空,它就那么大大方方、坦坦荡荡地覆盖在大地之上。有风吹过,但不混浊、不暧昧,而是如井水般清冽。天地间一片干净。

这也是王忠心第一次在苍穹之下见到那枚他曾经日夜陪伴的导弹。让

第二章

他惊讶的是,他曾经那么熟悉它冰冷的肌肤、滚烫的血管、稳重的呼吸,可此刻竟像是从未谋面一般。它的模样、神态、气质竟整个地发生了变化,它像冲出山林的猛兽,睁开了眼睛,伸展起身躯,奓着每一个毛孔。它仰起头冲着天空低沉而悠长地嘶吼了一声,轻轻地抖抖身子,甩掉了昨天所有的矜持和内敛。

王忠心,这个身材瘦小的士兵,受命担任此次导弹发射测试任务中最重要的一岗二号手,负责给这枚等待着一飞冲天的"长剑"做最后的"体检",在这枚导弹冲入云霄前开出一张"可以发射"的许可证。

这一天,发射前的准备已经到了最后的时刻。这一刻的导弹测试大厅像闪电过后、惊雷将至前一般寂静,整个大厅的人都屏息凝神地盯着大厅中央的王忠心。谁都知道,一旦这个时候王忠心出现一丝一毫的失误,得出错误的测试结果,发射任务就将前功尽弃。所有战士的眼睛眨都不眨地盯着那个瘦小的身影,大家都替他捏着一把汗。

只见王忠心抬起左手,做出了第一个操作动作。他的身体是紧绷的,呼吸是急促的。为了这一天,他已经送走了一千多个日夜,越过了上千公里的山路;为了这一天,他早就准备好了誓言,准备好了力量。他早就摩拳擦掌地等待着今天的号令、今天的召唤,早就期待着倾听那一声撼人心魄的雷鸣……像过去演练过的几百次、上千次一样,分解、通电、检测、组合,王忠心惊奇地发现自己的心脏慢慢地平静了下来,这些操作他太熟了!他渐渐忘掉了自己是在戈壁滩上,忘掉了周围所有战友都在盯着他,

甚至忘掉了自己是谁，他觉得自己好像又回到了洞库，回到了模拟训练室，好像李炳华班长又如一座大山般站到了他的身后……两个小时后，他完成了所有的测试任务，一次性通过专家组验收，"导弹可以发射"。

三天后，一声巨响，大地剧烈地震颤了一下，随后那枚乳白色的导弹喷吐着烈焰冲向云霄。王忠心的耳朵"嗡"的一声，丢掉了所有的声音，天地间安静了下来。他能感受到那团火焰的炽热，好像被那枚直刺苍穹的"利剑"攫去了整个的灵魂，他愿意随着那枚导弹一起燃烧、一起飞天、一起壮烈！五年的等待，太值了，即使更长时间的等待，都是值得的！他为自己骄傲，为自己是一名导弹兵而骄傲。他也替李炳华班长骄傲。他相信，远方的李炳华班长也一定感受到了大地的战栗，一定会抬起头仰望天空，一定知道天边那一团绚烂的晚霞正是导弹喷射的尾焰！

十分钟后，末区传来捷报，导弹准确命中目标。战友们像浪潮般欢呼起来，把帽子高高地抛向天空，而王忠心静静地站着，站在那片炙热的土地上，被战友们热烈地簇拥着，两行清泪从眼眶里淌了出来。这时他惊讶地看到，在极远处的天边好像长着一棵树，孤零零的一棵树，骄傲神勇的一棵树。他知道，在这戈壁滩上只长一种树——胡杨。他知道这胡杨树，生三千年不死，死三千年不倒，倒三千年不朽。

这是青年士兵王忠心第一次感受到祖国的辽阔，第一次在更广阔的空间感受到自己的存在，他觉得自己的心胸好像"轰"的一声撑开了许多。此刻正是日落时分，晚霞满天。

第三章 淬火

当那枚终年沉默着、与他们长年相伴的导弹突然燃烧起来、嘶吼起来，呼啸着冲向天空，王忠心的双眼瞬间迸出两行热泪——人这一辈子总要有几次是为了除自己以外的事情而哭。这是王忠心第一次在心底涌现出牺牲的念头。他觉得自己愿意为了这一刹那的震撼、为了祖国的荣耀做更加长久的等待、更加长久的沉默，他也愿意在需要的时候和它一起燃烧，一起消失在苍穹……

第一节　三等功没有他

　　回到营区已经很久了，再次钻进深山的王忠心还是忘不了那片戈壁，忘不了戈壁滩上的苍凉和从日出一直刮到日落的风。人以年龄标记生命，却不以年龄划分生命的成熟。人的成熟往往以一个个标志性的事件为契机和节点，就像埋在地里的种子某一天突然发芽从地底下钻出来一般。从戈壁滩回来的王忠心，明显觉得自己比以往成熟了许多。

　　就在从大西北返回大西南的闷罐火车里，伴随着车轮撞击铁轨的声音，王忠心在几天几夜的黑暗里回放了他到部队这五年的时光。五年的日子过起来很慢，每一天的每一个缝隙里都挤着很多很多的人和事，回忆起来却像清风翻书般"哗"的一声一翻而过。当年朝夕相处的人、曾经牵肠挂肚的事都变得那么淡，淡到想不起来，淡到不真实，能想得起来的不过三四件事，三四件奠定了王忠心做人做事原则的"大事"。

　　比如王忠心初见导弹时感到头皮发麻和随之具象起来的国家概念，比如青州的那些个中午听到的广播节目《平凡的世界》，再比如和陈大豪在连队门前发生的那次小冲突以及后来的"一笑泯恩仇"。当然，还有这一次——当兵五年来的第一次实弹发射。当那枚终年沉默着、与他们长年相伴的导弹突然燃烧起来、嘶吼起来，呼啸着冲向天空，王忠心的双眼瞬间迸出两行热泪——人这一辈子总要有几次是为了除自己以外的事情而哭。这是王忠心第一次在心底涌现出牺牲的念头。他觉得自己愿意为了这一刹那的震撼、为了祖国的荣耀做更加长久的等待、更加长久的沉默,他也愿意在需要的时候和它一起燃烧,一起消失在苍穹……

人的记忆真是个不可捉摸的东西,当其他事情连个大概都想不起来的时候,这几件事最细微处的味道却都记得那么清楚、那么生动,几乎没有一丝失真。而人类看似随性的记忆其实也有内在的道理,跟一个国家在发展道路上走过的那些历史性节点一样,一个人也正是靠着一件件这样记忆深沉的事标记着自己的人生坐标,在这些看似偶然的事件铺展的道路上走向未来。而王忠心重新开始期待,期待着下一次再到西北去,再在那戈壁滩上像胡杨一般矗立。

回到营区的第一天,他就在李炳华班长送他的那个笔记本上写道:"中国人特别是中国军人应该要到西北去看看,到戈壁滩上去走走。只有到过那儿,才能真正懂得祖国的辽阔,懂得我们脚下这片土地的雄浑,才能感受到生而为中国人的骄傲,才能感受到军人的荣耀。"写完这段话,王忠心忽然笑了,过去二十多年里他从未说过这么诗意的话。看来还真像在军校时一位教员上课时讲的那样,封闭的部队、沉默的大山、雄壮的导弹把他们每个普普通通的导弹兵都变成了诗人。

但人从来都是半神半兽,半截在云端,胸中激荡着崇高、壮美、牺牲这些理想主义的东西;另半截踩在泥土里,被物质、利益、得失这些现实的东西包裹着。人们不会因为见证了感动、见证了崇高就一直生活在理想主义的净土中,现实的诱惑往往轻而易举地就把人们从云端拽下来。这不,

两个月前刚刚在精神上感受到实弹发射震撼的王忠心，也在这一年的年底遇到了一个现实的诱惑。在部队待过的人都知道，年底是部队一年当中最敏感的时期，从旅里到班里，从干部到士兵，每个地方、每个人都释放着一种心照不宣的敏感——因为年底是评功评奖的时期，各营各连、各排各班会竞争先进，干部会调整提升，士兵会面临退伍或选改志愿兵，当然也面临是否有可能荣获嘉奖甚至三等功。二排代理排长、五班班长王忠心最近的心情也因此产生了一些波动。

可以说，西北戈壁是王忠心的福地，他这个从前在旅里甚至在营里都名不见经传、沉默寡言的家伙，经西北一役一战成名，从那以后全旅官兵都知道了有个叫王忠心的人。据说，无意中王忠心创造了该旅的一个纪录，自建旅以来，从来没有一个测控号手训练不到一年就参加实弹发射，此前的最快纪录是两年半。所以，自打从戈壁滩上凯旋后，总有人打听王忠心长啥样。某次，组织科的一个干事来营里检查《军队基层建设纲要》落实情况，还专门把王忠心叫了过去，上上下下打量了好一番。说真的，王忠心倒不在乎自己是否成了旅里的名人，并且成了名人后他觉得干啥都不如以前自在。不过，据说旅里还有一个惯例，凡是当年参加了实弹发射并且在重要号位上表现优秀的，都会在当年年底的评功评奖中荣立三等功。

从理论上讲，王忠心当兵五年了，并且转了志愿兵，当了班长还代理了排长，怎么说个人档案里也得有一两个嘉奖，像他的同乡游小平就在当兵第二年的年底得了个连嘉奖。对了，游小平在王忠心考上军校之后的第

第三章 淬火

二年也考上了青州士官学校，今年六月已经从学校学满两年归来。至于在连队一直很活跃的陈大豪，更是已经拿了两个连嘉奖。

那时是二十世纪九十年代初期，人们改善物质生活的渴望还没有影响到对荣誉的追求。小学生们谁先加入少先队、戴上红领巾，谁的小胸脯就挺得高高的，更别说那个时候的部队了。一个很多年后会觉得很小的连嘉奖，部队都要开大会隆重地宣布、表彰，并且还会用盖了部队邮戳的信函把官兵的立功受奖喜报寄到他们的家乡去，而当时的地方也很重视本地籍官兵在部队取得的荣誉。当地的人武部和民政部门的同志会一起敲锣打鼓地把喜报送到获奖官兵的家里。去年年底时，王忠心的弟弟在给他的一封信里还提到了邻居家汪庆国的事，说汪庆国去年在部队立了功，县里、乡里、村里的干部都到他家里去看望，放着鞭炮把立功的大红喜报送到了他父母的手里。弟弟在信里还提到，围观的老乡们散去时从王忠心家门口经过，有人有意无意地问了王忠心父亲一句："哎，你儿子好像也在部队吧，应该也干得不错吧……"

这天晚上七点的时候，远远看去，王忠心所在连队除了三个房间亮着灯，其他房间全黑着。这三个房间中的一个是俱乐部，大伙儿像往常一样集中在那里观看《新闻联播》。唯一不同的是这天上午，俱乐部主任刚刚从机关领回来一台彩色电视机，说是北京产的，牡丹牌，所以在集合哨还没吹响时，就有不少急性子官兵跑到俱乐部来，着急看这彩电里的人是啥模样。另一间是连队会议室，连队党支部一班人围坐在一个长条形木桌旁，

等着支部书记、副书记来开支委会。而这第三间,是指导员的宿舍,连长、指导员正关着门商议着什么——了解党的工作流程的同志知道,这是在召开支委会研究决定重大事项前进行会前酝酿,在开会前交换意见、统一思想,以避免在会上产生较大的分歧。

俱乐部里,那个二十一英寸的大彩电在十分钟前就打开了。在电视机出现第一幅彩色画面那一刻,大伙儿一起惊呼了一声之后,再没人发出声音,用陈大豪的话来说,"那天的俱乐部里除了电视的声音,就只有眼珠子滚动的声音"。大伙儿看得无比认真,像看外星人一样看着电视机里跟自己一样的人。王忠心是这周的连值班员,所以他没坐在五班班长的位置上,而是坐在整个队伍最北侧,旁边就是刷着绿漆的窗户。王忠心身板笔直地坐在坐了五年的小马扎上,向右扭着头盯着彩色的电视画面,看起来和其他战友看得一样认真。但只有他自己知道,他总是一不注意就走了神,耳朵和心思像长了腿一般漂移到隔壁的会议室去——那里正在召开支委会,研究今年的立功受奖名单和留转志愿兵的人员名单。

连队干部们当然没有给大伙儿通报这次支委会敏感的主题,但下士以上的战士们都知道这些支委们在开什么会。因为紧急组织了整整四天的反腐蚀教育的缘故,今年的评功评奖和志愿兵留转工作已经比往年晚了好几天,再拖的话老兵都要走了。而王忠心心里想着的,自然是今年连队的三等功会不会给他。跟前两年一样,今年机关分给连队的三等功名额依然是两个:一个是干部的,一个是战士的。而连队选来选去,最后有两个战士

第三章 淬火

竞争这个三等功的名额,一个是王忠心,一个是一班班长龚生根。其实,与一班班长相比,王忠心还是有底气的,毕竟一班班长没有参加今年全旅最大的任务——实弹发射。他已经在脑海里想象着三等功喜报寄回家时父母的喜悦,似乎听到了锣鼓和鞭炮在他家那个老院子响起的热闹……

半小时的《新闻联播》结束了,王忠心站到队伍前面,下口令让各班依次跑步带回。然后他把电视关掉,把俱乐部的灯也关掉,最后离开。会议室还亮着灯。王忠心飞快地扫了一眼,走了两步又扭头看了一眼,里面的气氛好像挺凝重。他心里正"咚咚"地打着鼓,肩膀却被重重地拍了一把。他吓了一跳,扭头一看,原来是陈大豪。他正坏笑着看着王忠心,凑到王忠心耳朵旁调侃着说道:"嘿!立功了请客啊!就吃你们安徽最有名的'傻子瓜子'!"王忠心挠了挠头咧嘴一笑,没说话。跟陈大豪并肩往宿舍走着,王忠心心里倒泛起一阵痛快来,自从上次他主动找陈大豪道歉并掏了心窝子之后,俩人之间就再没了之前那种隔膜,作为副班长的陈大豪跟王忠心配合得挺好。尽管他还是一如既往地爱调侃王忠心,前两天还感叹说就是今年转了志愿兵也只是个专业军士,不像王忠心从军校回来的叫"军士长",职务里带个"长"字儿,透着一股威风。走进宿舍前,王忠心看了笑嘻嘻的陈大豪一眼,心里倒有些佩服起来,陈大豪面临的是能否留下来转志愿兵的考验,可看他好像完全没负担似的。王忠心在心里取笑了一下自己,索性不去想立功的事了。

一周后,全旅在新建成的能装下全旅官兵的大礼堂里隆重召开年终总

结表彰大会。奏唱国歌之后，旅长在大会主席台上宣布立功受奖名单。一个营一个营地宣布，到王忠心所在的技术营了；一个连一个连地宣布，到王忠心所在连了。王忠心站在队列里，脚有些打战——旅长念出了龚生根的名字……

一连几天，无论在哪里、在干啥，王忠心都沉浸在对过去的回忆中。当时为了以最快的速度拿下测控专业的数十台仪器、上千条操作规程、几万个电气路节点，他从夏天练到冬天，从树树蝉鸣练到漫山寂静。有时走在路上，他都走火入魔般地走起"电路图"，有一回还一脚踏进了路边冰冷的小溪里。还有一回，吃饭时吃着吃着他捏起筷子突然做出了插电缆的动作，给对面的陈大豪甩了一脸汤汁。被选中参加实弹发射后的那一个月，王忠心更像着了魔一般长在了训练室。练到后来手连筷子都捏不住，夹了菜都送不到嘴里。好几回从梦里惊醒，都是梦见实弹发射时他出了差错使导弹卡了壳，一摸心口一窝冷汗……当然，下的这些功夫、吃的这些苦当时他倒不觉得怎样，只是如今想来有些委屈，他觉得自己做的这些努力好像没人知道、没人认可，那些汗水好像就这样白白地洒掉了，没留下一点痕迹。到部队五年，这是他第一次有点儿心疼自己。

地球照样转，部队还是按照它的节奏运行着。很快，这座大山的深处和全军所有的营盘一样响起了"驼铃"声，又一批老兵卸下了帽徽、军衔，胸前像入伍时一样戴上了大红花，他们就要走了。这天上午，已经转了志愿兵并且当了二班班长的陈大豪隔着窗户喊了王忠心一声，说旅里接老兵的车来了，赶紧出来送送。王忠心走出宿舍，连队门前已经燃起了一串红红的鞭炮。只见连队炊事班门前停了一辆解放车，车厢板打开了，战士们簇拥着几个老兵正往车前走去。陈大豪远远地就喊了一嗓子："哎，等等，等等，兄弟们慢走啊……"老兵们一回头，围着的战友们让出一条道来，陈大豪冲上去挨个与老兵拥抱，把后背拍得啪啪响。跟在后面的王忠心也挨个和老兵抱了抱，抱到最后一个时，正是一班班长龚生根。俩人都怔了一下，王忠心和龚生根对视了一眼，也抱在了一起。就在松开那一刻，王忠心听到龚生根在他耳边轻轻地说了句："忠心，谢谢你，把三等功让给我……"

第二节　全旅首位"全能王"

装了退伍老兵的解放车以善解人意的速度缓缓驶离，渐行渐远，悠悠地往东一拐，不见了。王忠心愣在了那里，龚生根那双沧桑而真诚的眼睛仿佛还在不远处凝视着他，那轻轻的一声"谢谢"在王忠心的耳畔不断地回响、放大。

龚生根班长就这样走了，他像李炳华班长一样当兵十三年，在深山老林里十三年，守着那枚导弹十三年，最终却从未亲手点燃过它。王忠心这才想起来，上次实弹发射本是龚班长的最后一次机会，可旅里把这个机会给了转行才一年的他。当时的他只顾着自己喜悦、激动，哪里注意到不远

处那个落寞的身影,哪里想得到这将是龚班长军旅生涯中永远的遗憾……他已经得到了亲手发射导弹的荣耀,已经见证了导弹飞天的震撼,却还一直心心念念想着要这个功,难道天底下所有的好处都天经地义地该给他么?

王忠心呆呆地站在那里,面红耳赤地垂下头,怯怯地缓了一口气,又使劲抬起头向车辆消失的地方望去。一粒愧疚的种子在他的心底发芽散叶,往他的胸腹、四肢滋长蔓延。他忽然间产生了一个奇怪的念头,也许部队设计这些荣誉都是拿来考验人的,它们其实和真正的荣誉无关。当然,彼时的王忠心还没有意识到,比起他随后得到的三等功、二等功乃至全军的荣誉,这个他没有得到的三等功带给了他更多的东西。

"嗨!发什么呆?也想退伍了?"陈大豪喊了半天王忠心都没反应,"啪"地拍了他肩膀一下,"走了走了,他们走了,咱们还得干哪!"是啊,老兵已经远去,战斗仍将继续。以海湾战争为起点,在接下来的几年间,第二炮兵部队进入了一个从未有过的快速发展期,很多标志性的成就相继见诸报端。在祖国大西南这个无名的山坳里,王忠心继承了李炳华班长留下的传统,每天下午组织班里的战士自主读报,振奋人心的重大消息不时传诵在这些普通导弹兵的口耳之间——

> 目前,二炮建成技术保障体系,已基本具备独立发射、独立技术决策和独立实施各类技术保障的能力,标志着战略导弹部队战斗力全面形成。

第三章 淬火

战略导弹部队打造了一支具有较高水平的军事指挥员队伍，一支能在关键技术问题上拍板定案的技术骨干队伍，一支训练有素、操作熟练的士官队伍，部队对武器装备使用进入成熟阶段。

据了解，第二炮兵部队每次执行大型试验发射任务，都成立以总工程师为首的技术把关组。以总工程师为核心的技术队伍已经具备了独立担负发射任务、独立进行技术决策和独立实施技术保障的能力……

如果说这些来自全局的进步和飞跃还不能给这群最基层的战士最直观的感受，那么一九九三年冬季的这一天，下士杨磊读报读到的一则来自他们自己部队的报道，则让大伙儿一下子欢呼起来——

隆冬。夜幕降临，某山区几支导弹发射分队接到命令后紧急出动。绵延的盘山险道上，数百辆军车载着各种特种装备闯过险道难关，按规定时间齐装满员到达预定发射阵地。这是二炮某部带战术背景的导弹发射分队进行冬季合成演练，标志着这支战略导弹部队已初步具备常年作战能力……

读完这篇报道，杨磊笑着望向他的班长。杨磊，还记得吧？就是三年前第一个喊王忠心"班长"的那个新兵，就是那个指着系在树上的小布条

跟老乡吹嘘"这是我的树"的新兵。当然了,如今的杨磊早已不是当年那个稚嫩的新兵蛋子,他在当兵第二年时像王忠心一样考上了青州士官学校。记得在杨磊去青州之前,王忠心像当年李炳华班长叮嘱他一样也叮嘱了杨磊两句。当时杨磊笑着说:"放心吧班长,我要沿着你走过的路阔步前行!"今年夏天,杨磊学成归来又分回了王忠心的班里。

王忠心和他的战士并排坐在一起,还像新兵时一样坐得规规矩矩。唯一不同的是,当时他坐在排尾,排头是李炳华班长;如今他坐在排头,排尾是一名像他当年一样的新兵。战士们知道杨磊目光里的意思,便一起扭过头去,笑着给他们的班长鼓起了掌。而已经当兵当到第七年、当班长当了三年的王忠心还像当初一样羞涩。他连连摆着手示意大伙儿别鼓掌,却说不出一句客套话来。

原来,就在上一周,王忠心刚刚被旅里抽调参加这次见诸报端的演练归来。实事求是地说,王忠心班里的战士倒不觉得这次演练有多重要,他们津津乐道、回味无穷的是这次演练前那次选拔参加发射单元骨干的大考核。就在这次考核中,王忠心在上次实弹发射两年之后又一次惊动了全旅。

考核按岗位号手位依次展开。王忠心首先参加了他上次一战成名的最为关键的一岗二号手位的考核。他的表现没得说,比两年前更加纯熟,甚至可以说是行云流水。围观者包括一同参赛者都频频点着头,对王忠心还是这个号手位的"统治者"表示认同和接受。他们最清楚,要流畅到王忠心这个程度,场下要下多少功夫,手上要磨出多少茧子。但大伙儿没想到

第三章 淬火

王忠心在严整军容

的是,当第二个号手位的考核展开后,王忠心竟然又上场了。

四周细浪般泛起了隐隐的议论,不过还好,现场还有一位班长也同时参加了两个号手位的考核。王忠心考核优秀。

考核继续。当王忠心第三次上场时,现场"嗡"的一声议论声四起。墙角一个声音轻轻传了出来:"逗能吧……"不知道王忠心有没有听到这句话,他一贯面无表情的脸只是变得更加没有表情。他又拿到一个优秀。

轮到第四个号手位的考核了,现场观众的目光都投向那个矮小的身影——"轰"的一声,现场炸了锅!王忠心又站起来了。他再一次走上了

场地中央。考核开始,考核结束。王忠心优秀。

接着,考官宣布第五个号手位选手入场,然后扭头看向了王忠心。全场一片寂静。据说该旅历史上曾有过一位班长精通五个号手位的操作,但那只是传说。

王忠心进场了。满场掌声。结果如何已不重要,尽管王忠心还是优秀。第六个、第七个号手位考核,官兵们期待地盯着王忠心;第八个、第九个号手位考核,大伙儿莫名地提起一颗心来,生怕王忠心不上场……最后一个号手位考核,全场所有人都屏住了呼吸,所有人都注视着王忠心,所有人的嘴巴微张着,心悬着,拳头捏着,并且默默地为他准备好了绝不会吝惜的掌声……

也许不是每个人都能创造奇迹,但人们总是渴望见证奇迹。此役之后,王忠心凭借全优的战绩成为旅里首位"全能王"。同为参赛者的陈大豪,后来倒是坦诚地对王忠心说出了他当时的心理活动——当王忠心参加第二个、第三个和第四个号手位的考核时,他是抱着不屑甚至有些嘲讽的态度在看他,觉得这个家伙在开玩笑、在逗能,他就等着看王忠心出洋相;当王忠心参加第五个、第六个号手位的比拼时,他变成了怀疑、变成了打量,他很好奇这个个头较小、沉默寡言的同年兵哪来的这股子劲儿,过去他总觉得自己比王忠心更全面,至少在口才方面有绝对的优势,但那一刻,他心里竟有些羡慕甚至妒忌;而当比拼进行到最后几项时,他在心里不自觉地为王忠心加油,也不知怎么了,他觉得自己和王忠心好像从比拼对手变成了战友、变成了一伙儿的，王忠心赢了便是他赢了……

末了，陈大豪沉默了半晌，感叹了一句："唉，人的心理真是奇妙……"而在随后的演练中，王忠心毫无悬念地入选发射单元，并被委以重任，担当控制指挥，负责综合测试的总调度，成为所有指挥岗位上唯一的士兵，开全旅先例。

在杨磊和王忠心班里的其他战士的概念里，或者说在所有部队、所有战士的概念里，他们的班长厉害就是他们厉害，他们的班长牛就是他们牛。那次考核过后，走在营区里，杨磊他们的胸脯一个比一个拔得高！对了，陈大豪那次还告诉王忠心一个秘密，两年前王忠心一战成名时，营里曾有人在背后这样说："年少成名，往往很难持久……"王忠心听了微微一笑，对陈大豪说了这样一句话："新兵们都在进步，他们叫我一声'班长'，我自己不能不进步。"

王忠心说得云淡风轻，陈大豪却知道，在这句话背后王忠心下了多少功夫。这两年，好多次他曾无限同情地看着王忠心，觉得他这个同年兵日子过得太枯燥、太无聊。而这一次，陈大豪似乎隐隐感受到了王忠心的快乐。

这年年底，王忠心荣立三等功。无悬念，无争议。这是走过七年军旅之路的王忠心获得的第一份军旅荣誉。那天，王忠心第一次登上大礼堂的主席台，从旅长手里接过那枚三等功奖章。转过身来向台下的战友敬礼，台下黑压压一片，他忽然想起那年李炳华班长登台领奖时，他也是坐在台

下，使劲抬头望着班长。他猛地又想起了李炳华班长退伍前给他写的那封信，想到了班长在信的最后提到的那个词——"提干"。每年四五月份是部队士兵提干的季节，今年营里比他兵龄长一年的另一个连的老兵已经提干走了，按兵龄、按惯例的话明年应该轮到陈大豪和他这一批八七年兵了。部队的习惯，一九八六年年底入伍的士兵统称八七年兵。

冬去春来，又一批新兵下连。按往年节奏，跟新兵前后脚下连的，还有今年的提干名额。今年旅里的名额比去年少了一个，只有四个，营里倒跟去年一样，分到了一个。营里要求各连党支部推荐两人。通知下到营里、连里时，全连战友和营里熟悉王忠心的战友都对王忠心表示了祝贺或者祝福。显然，他们觉得这个提干名额非王忠心莫属。

一贯沉稳的王忠心却惶恐起来了。那颗原本平静的心逃离了原来的位置，悬在了半空不上不下。这个从大山里走出来的乡下孩子，哪里想过有朝一日自己会穿上皮鞋，会"穿上四个兜的衣裳"，去当个干部啊？何止他没想过，他的父辈、祖父辈、曾祖父辈，都没想过到了王忠心这一辈，家里还会出个干部。王忠心小时候怎么看怎么木讷，怎么看怎么老实，相比之下反倒是小他两岁的弟弟更聪明灵活些。后来，王忠心的母亲对到家里采访的记者说，他们对这个长子的最大想法，就是在村里盖个房，在本村或者到邻村娶个媳妇，生俩娃，平平顺顺地过完这一生就好了。

七年前王忠心选择参军，到部队后还考上了军校，转了志愿兵，全家老小已经非常知足了。只要再过个五六年，王忠心就能转业回家，他已经

第三章 淬火

可以妥妥地被安置到县上，顺理成章地当个"公家人"啦！提干？虽说那年李炳华班长临走前给他埋下了这颗种子，但王忠心并没有在意，没给它浇水施肥。这几年，他只是闷着头苦干。当然，这苦是身体上的苦，他的心里是踏实的、是快活的，他觉得自己好像找到了折腾那些按钮、电缆、电路图的窍门。通过这几年的努力，他已经从刚入伍时的不显山、不露水变成了如今的骨干，他完全可以歇一歇、停一停了，但他觉得人总得做些什么，每天长进些什么，不然他会觉得无聊，坐在饭桌前吃饭都觉着没劲儿，躺在床上睡觉都觉得是飘着的，睡不踏实。

休假回家时，几个见过世面的亲戚倒是提醒过王忠心，叫他不要总是低头耕地，还要抬头看天。除了把自己手里的活儿练好，还要注意跟领导、跟上层搞好关系。王忠心知道亲戚是好意，他也尝试着学过。曾有一次他特意去找连长聊天，但在连长宿舍尴尬地坐了半天，结结巴巴地啥也没说出来。他觉得自己做不到一边耕地一边看天，看天不仅容易把地耕歪了，还会把心给整乱了。所以这些年他依然闷头干着，无所求地干着，谁知道干着干着前面还真就出现了这么一道曙光。

王忠心认真地在心里琢磨着这个事儿。目前看起来这个事可能性好像挺大，因为通过这几年的努力，他在专业素质上已经是旅里的尖子，特别是通过上次考核又在全旅出了名。从营里、连里来说的话，应该说只有陈大豪对他有点儿竞争力。别看这家伙平常喜欢开玩笑，看起来好像整天嘻嘻哈哈，其实在专业上还是认真的。在测控这个专业上也只有他能挑战一

下王忠心,但——好像还是有些差距。翻来覆去这么一琢磨,干部——这个光芒万丈的身份,好像一下子离王忠心很近很近,几乎就是一步之遥。

家里上次来信又催他找对象,他已经虚岁二十七了,在当年可是标准的大龄青年了。当然这在部队来说比较普遍,因为跟老家联系不方便,当时不少志愿兵过了婚恋年龄都还单身,其中有的便偷着在驻地找对象。王忠心倒没有,一是他不想违纪,另外他知道自己再过几年就要回老家,在驻地找个对象将来咋办?他不能不负责任。而如今有可能提干,他心里动了青年人常有的念头:要是提了干,对象就会好找些。大概一个多月前,王忠心收到了汪庆国的一封信,汪庆国在信里说去年他失去提干机会之后已经没有这个可能了,他已经超龄了,只能等着志愿兵转业了。在信里,汪庆国像儿时的"司令"一般嘱咐王忠心,如果有可能的话,一定要抓住提干的机会,那可是鲤鱼跳龙门、一步登天的事儿。

不出意外,很快,连队党支部根据测评结果向营里推荐了王忠心和陈大豪。接下来就看营党委的决定了。人与人之间就是这么奇妙,那几天,本来关系已经磨合得很好的王忠心和陈大豪,在连队走廊里偶然撞见了都有些不自然。毫无疑问,他们两个里面只能有一个提干,或者一个都提不了。那几天,王忠心感觉全连官兵都在悄悄地注视着他和陈大豪,只是大家心照不宣地不再跟他俩开提干的玩笑。所有的战士都知道,这是关乎个人命运的大事件。

名单报到营里,一周没有动静。这一周,王忠心还是像往常一样每天

第三章 淬火

下午带着班里的战士到菜地搞生产,只是路过营部时会不由自主地往营部会议室望上一眼。有一天巧了,王忠心刚好扭头往那边看时,却见营长正好朝他这边走来,并且也看见了他。他本想等等营长、跟营长打声招呼,但两个人还离着十来米远,他还扛着个锄头,身后跟着一排战士。他只好远远地冲营长微微点了点头,然后扭头向菜地走去。至于营长有没有看到他点头,王忠心就不得而知了。

时间又到了新的一周。这天下午开饭前,部队像往常一样到菜地搞生产。王忠心班里的菜地在山坡上面,陈大豪班里的菜地在山坡下面,往常他俩在菜地里总要一个坡上一个坡下地打声招呼,相互"品评"一下对方的菜地。可这天有点奇怪,当王忠心像往常一样走到梯田的边缘准备招呼陈大豪时,却见陈大豪瞥了他一眼,飞快地扭过了头,把一个战士叫到身边,指着菜地说起了什么。王忠心一看,便也扭头锄草去了。等他锄草又锄到边缘、直起腰往下瞅时,发现陈大豪已不见了。

这天晚上熄灯后,王忠心像往常一样在学习室看专业书。说实话,这几天他虽然在看书,却总是看不进去,心思动不动就飞了。正当他提醒自己集中注意力时,学习室的门"吱呀"一声开了,连队文书闪身走了进来。文书径直走到王忠心身边,悄悄对他说:"排长,指导员请你去他宿舍一下。"王忠心很奇怪,问了句:"现在吗?"文书没说话,点了点头。

指导员的宿舍在连队的正中间,王忠心从学习室出来就看到指导员竟站在宿舍门外等他。宿舍的灯光照出来,在走廊的地面上打下一道亮光。

看到王忠心，指导员远远地就冲他伸出了手，一把握住了他的胳膊，热情地把他拉进了宿舍。然后，指导员一回身，把门关上了。连队门前的走廊恢复了黑暗。

第三节 同年兵提干了

大西南这个地界，由春入夏就是一夜的事儿。等时间进入七月，即便是大山深处，也已经热气袭人。这天一大早，就有一个身影在五班窗户外徘徊。那人几次举起手想敲一下开着的窗户，却在半空中又停住了。他在窗户底下站了几分钟后，终于一转身，走了。

这个人往旅机关方向走去。这个人是陈大豪。这天，是旅里四名提干对象到基地报到的日子。

是的，今年的提干对象，技术营党委最终推荐的是陈大豪，陈大豪最终成为旅里那四名幸运儿之一。王忠心，落选。

落选的消息是那天晚上指导员告诉王忠心的。其实，那天晚上，当王忠心跟着文书走出学习室，看到指导员在宿舍门口等他的那一刻，他就已经隐隐意识到了。再联想到下午菜地里陈大豪对他的躲闪，他猜到，营里应该是报了陈大豪。

在部队待到了第八个年头，即使不像陈大豪那般灵光，王忠心也早搞明白了，其实部队一年到头总共就那些事，年年如此。大伙儿在努力着什

第三章 淬火

么、争取着什么,一个人在成功或失败、得到或失去时大伙儿会是什么态度,他早已见惯。显然,指导员那与往日不同的、过分的热情,便是为了抚慰他这个落选者、失意者。

王忠心当然不会怨怪指导员这份热情,他心里明镜似的懂得这份热情背后的心意。所以当他跟着指导员走进宿舍,指导员关上门后,王忠心听话地被摁在了椅子上,还接过了指导员给他倒的一杯水。水温刚刚好。

指导员也坐下了。他伸手拧亮了桌上的台灯,又起身到门口关掉了头顶的白炽灯。王忠心眼前一暗,整个宿舍笼罩在了一片柔和的光线里。指导员把椅子朝王忠心挪了挪,掏出一支烟,给王忠心递过来:"来一支?"王忠心赶紧腾出右手推了回去,连声说"不了不了"。指导员拿火柴点着烟后吸了一口,吐了出来,又吸了一口,吐了出来,然后开口了:

"忠心啊,你家里给你介绍对象没?今年你打算几月份休假……"

即便事先已有预感,但人们还是不愿意轻易相信不好的消息。即便种种迹象表明,他已经落选了,王忠心心里却还是残存了万分之一的希望,也许,他的感觉错了呢?也许是他过于敏感了呢?但听到这个意想不到的、很突兀的问题,王忠心心底那一点点烛火般的希望彻底破灭了。那颗悬了好久的心一下子从半空坠落,飞快地、不可阻挡地坠落。王忠心的喉结涩涩地滚动了一下。他微微抬起头,看向指导员,却见指导员正盯着他。他又低了头,轻轻答了一句:"没有,"停了停又答,"还没打算。"

很多年后,王忠心还是能清晰地记起此刻的心情。那是一种什么样的

心情呢？王忠心一直没办法用一两个词来形容，痛苦？委屈？抱怨？都不尽然。不经这一事，王忠心还不知道那颗拳头大小的心脏竟能释放出如此多、如此复杂的情绪来……那个东西、那个拿到了就能脱胎换骨的东西明明就在眼前了，甚至一伸手一踮脚就够得着了，手一攥紧就握住了，却还是差了半步，差了分毫。几乎是一眨眼的工夫，那个真真切切的东西就不见了，忽然间就消失得干干净净、无影无踪，好像从来不曾存在过，好像梦一场……

王忠心完全不记得指导员后来讲了什么，大概是说营里是从综合素质考虑的，他还年轻、明年还有机会，等等。王忠心一动不动地坐在椅子上，认真地听着，眼睛定定地盯着手里的白瓷杯，盯着杯里似乎冻住了的水。在指导员往前探着身子寻求他的回应时，他会点点头，表示认同。只有他自己知道，其实他一句话都没听进去。他心里明白，其实这个时候他不需要听什么，特别是道理，他只是需要打开闸门，把正在从心底不断泛起的情绪放出来，不做任何抵抗地任这些情绪肆虐，他需要时间……

夜很深时，指导员为王忠心打开了门，把他送出门。他走出很远时，才听得指导员的门"吱呀"一声关上了。他的身后暗了下去。他从走廊的台阶上走了下来，把自己放到无遮无拦的夜空下，仰起头，只见夜空深蓝，像往日般事不关己地深蓝着。他转圈寻找着那个常挂在他窗口的月亮，这晚却没有找到。他的目光越过黑黢黢的山脉，向夜空的最北边望去。他想着另一片夜空下的家乡，夜空下的那栋小院子，那个小院子里的亲人……

第三章 淬火

他突然很想家，很想回家，他觉得疲惫极了、困乏极了，他想像儿时一样躺在父母身边好好睡一觉，睡几天几夜。就在这时，一股尿意突然不解风情地从腹间急切涌来。也难怪，刚才王忠心没听指导员说话却喝掉了三四杯水。他三两步就转到了连队一侧的山石后面去——夜深山深，谁还去厕所！

而让王忠心怎么也没想到的是，竟是这一泡尿让他的身体放松了下来。彻底释放以后他才发现，原来从走进指导员房间开始他浑身上下就是紧绷着的，里里外外都是缩着的、收着的，心缩成小小的一团，脸扯成一张拉满的弓。这一松懈下来，脖子后面还有些酸胀感慢慢地滋长起来。他三两下攀上了那块黄昏时总要上去坐一会儿的大青石，往四周看了一圈儿，黑压压的什么也看不见、什么也听不见，天地间一片静寂。突然间一句脏话冲口而出："去球，睡觉！"王忠心"呼"的一声从石头上蹦了下来，大步流星地钻回宿舍，脱鞋，上床，很快就睡着了。入睡之快，让第二天醒来的王忠心很是诧异。

自从担任了代理排长以后，王忠心已经养成了在起床号响起前十分钟醒来的习惯。他每隔一周就要作为连值班员值一次班，他要早些起来站到连队门前去，在起床号响起的那一刻吹上一声长长的哨子，对着营房威严地喊上一嗓子"起床"。刚开始他还需要最后一班岗叫他，半年后，起床号响起前十分钟他都会自动醒来，无论值班与否。他喜欢整座军营醒来前的安静，坐在连队门前草坪上等着军营醒来的他内心也很安静。

但这一天,像过去的几年间一样提前醒来的王忠心并不平静。提干失败的情绪也跟着醒来,再一次围住了他,像成千上万只秋蝉围着他,拼了命对他叫着:"你败了,你败了,你当不了干部了,你只能当个兵……"除此之外,王忠心还非常清楚,只要天一亮,他提干失败的消息就会传遍全连全营,他还要面对战友们那种明明知道却还要假装不知的眼神。

山里天黑得早亮得晚,但窗外还是渐渐地亮了,依然躺在床上的王忠心渐渐地怕起来。他不知道自己该表现出什么样的状态,脸上该是什么样的表情;他不知道该怎样面对战友们的眼神,是该配合他们的假装还是……他知道,即使他毫不掩饰地表现出内心的失落、痛苦,甚至抱怨,战友们包括连长、指导员都会理解的。但是,要这样做吗?

正当王忠心在心里做着剧烈而迷茫的挣扎时,起床号突然从窗户外钻了进来。一声长长的哨音随之响起,一排长辨识度极高的、带有四川口音的"起床"口令唤醒了排房里的所有人。整个宿舍没人作声,却瞬间行动起来。王忠心条件反射般一骨碌翻身坐起,像其他战士一样紧张地忙碌开来。他喜欢营区醒来前的宁静,也喜欢营区醒来那一刻的忙碌。已经在排房里度过两千多个黎明的王忠心早就觉得,相比实弹发射时的惊天动地、比武考核时的硝烟四起,起床号吹响后的排房才是部队寻常生活中最有生机的时刻。所以有时不值班,他也会提前起床先把内务整理好,然后在号声吹响时静静地看着排房里上演的无声战斗——无论睡在上铺的还是睡在下铺的,无论是新兵还是老兵,都在床上床下沉默而紧张地忙碌着,仿佛

第三章 淬火

即将奔赴战场前收拾自己的行装,整个排房里的气氛像大战来临前一样紧绷着,气压像暴风雨来临前一样低沉……这也是他后来享受副团级干部待遇、有条件住单间时,仍然不愿意离开排房的一个原因。这天,当王忠心跟着他的战士们急匆匆收拾完内务,"咚咚"跑出宿舍时,他回头看了一眼,一股浓浓的战斗气息像潮水般汹涌着,王忠心瞬间做出了决定。

一切跟王忠心预料的一样。他提干失败的消息像一颗石子投进湖里荡起的涟漪一样,一圈圈儿地由内往外扩散着。先是连队的班长们知道了,然后是上士、中士们知道了,最后新兵也知道了。当然没有一个人告诉王忠心他知道了,王忠心是从战友们看他的眼神里看出来的。他觉得自己在那一段时间像情窦初开的姑娘般敏感,不论在连队走廊上还是在后山菜地里,即便只是擦肩而过,只要有一个眼神上的交接,王忠心就能准确地判断出这名战友是否已听说了他落选的消息。他能从他们的眼神里读出同情、安慰,当然也有好奇。王忠心清楚地知道,在他敏感地感知着战友们的态度时,连队上上下下更在观察着他,战友们远远地从各个角度打量他。很多次在他与战友面对面走过后,他的后背上都能感到战友扭回头射来的灼热的目光。他知道,他们在看他提干失败后的反应——发牢骚,训练中不像过去那么认真了,甚至就此撂挑子不干了?

半年后,提干一事早已随风飘逝,一天夜里,杨磊和王忠心站凌晨一点到三点那班岗,两个人聊起天来。杨磊就跟他的班长开玩笑说:"班长,你当时让大家'失望'了!"因为他们预期的种种反应全都没有出现,他们

使劲地想从王忠心脸上、身上找出一点儿带情绪的东西来,却徒劳无功。在旅里随后展开的三百公里徒步野营拉练中,刚好轮到担任连值班员的王忠心像往常一样操心、敬业,全连急行军、强行军、野炊、露营、宿营等战术课目每一项都组织得井井有条,走、打、吃、住、藏,方方面面没出一点儿差池。因为组织有序,连队还受到了旅长的表扬……

听了杨磊这话,王忠心咧嘴一笑,那笑里略带些伤感,更多的则是欣慰。那些日子,他当然是痛苦的、失落的、沉重的,毕竟他失去了可能是他人生当中唯一的一次改变命运的机会。如果一开始就没有一点希望也好,但明明看到了希望,而且希望很大,然后这个希望破碎了,他感觉到小时候荡秋千从半空最高处落回时的那种失重、那种落差,但王忠心只有在独处时才有机会感伤。在一天走了八十公里终于找好了露营地,全连的官兵都睡了后,王忠心仰天躺下,那种挥之不去的情绪便会乘虚而入,伴他入睡……所以王忠心很感谢这次恰逢其时甚至可以说是雪中送炭的野营拉练,紧张的节奏,巨大的压力,疲惫的身体,没有给他太多感伤的时间。露营的夜晚,就那么直接躺在大地之上、夜空之下,感受着来自土地的踏实,看着星星在头顶闪烁,王忠心头一次觉得天空那么近又那么远,自己那么独一无二又那么渺小。

令王忠心最感欣慰的,是那天早上跑出排房时他做出的决定。他可以不去克制自己、压抑自己,可以任心里的情绪宣泄在脸上,可以像杨磊他们预想的那样撂下挑子表达态度……这些都在情理之中,他这样做了不会

第三章 淬火

有人感到意外，甚至不会有人觉得他做得不对。但他没有这样做，他像没发生过这件事一样，像过去一样说话、走路、做事。

尽管一开始还有些许的失落，但他渐渐发现，当他一天天这样做着时，他的心态、心境竟然也在发生着悄悄的改变。野营拉练那几天，他忙得根本没工夫去注意战友们看他的眼神，等他记起这回事时却发现战友们的眼神里早就没了最初对他的打探，他变得坦然起来了，战友们也随之变得更坦然了。等回到营区，王忠心内心的感觉与外在的表现也越来越一致起来。他慢慢地疗着伤。他的呼吸正常了，走路正常了，眼神正常了，去菜地时不再不受控制地往营部偷瞄了，看到营长不再纠结尴尬。他觉得为提干操心的日子太无助、太煎熬了，比他苦练操作的日子还要苦。虽说只是短短几天，却胜过他几年的辛苦，毕竟操作器材是他自己完全可以掌控的，他的心是踏实的、托底的。而此刻，当确定失去希望后，他觉得好像卸下了一个沉重的包袱，背在身上、压在心里的一个包袱，那颗坠落到底的心恢复了正常的跳速，踏踏实实地跳动起来。对于将来，他做了个决定：只去想去做通过自己的努力能掌控的事情，这个没做好要怪自己，其他不可控的事情不怪自己，也不必去想，该怎样便怎样……

至于这一转念起自何时、从何而来，王忠心也不知道，如果说刚刚得知提干失败之后那些灰色的情绪是可以预料的，那么后面这些心绪却让王忠心始料未及。他这才知道，原来提干失败之后会有这么一个心路历程。他忽然懂了一个道理，很多事不是当事人根本不知道到底是什么感受，旁

观者往往只是在想当然。他提醒自己将来看人看事千万不要想当然——这算是提干失败一事给王忠心的一个馈赠吧。

当然,情绪是会反复的,会一会儿转念到这边,一会儿转念到那边。即使已经想明白了,王忠心有时候还是会想假如提干了会怎样,此刻会在哪儿,会拥有怎样的人生……让我们再多给王忠心一些时间吧。其实,这两三个月来,他还有一个心结没打开,那就是陈大豪。陈大豪还在尽量地躲着他,王忠心自己也还没准备好,还没想好该怎么面对陈大豪,以什么样的态度、什么样的眼神。他们之间的接触被他们自己严格地限制在了公事公办上。陈大豪没再跟王忠心开过玩笑,王忠心也没再跟陈大豪聊过天。

那天早上陈大豪临走前在五班窗户外徘徊时,其实王忠心是醒着的。他犹豫着要不要坐起来,走到窗边去……他最终没有。但听到陈大豪离去的脚步时,王忠心轻轻地下了床走到窗边,静静地望着陈大豪越走越远……

第四节　基地司令来观战

陈大豪渐渐地从王忠心的视野里远去,提干失败的余波越来越淡,时光已经到了一九九四年的年底。正是年终总结之际,搞完个人的、班里的、排里的总结,一个周日的上午,难得闲下来的王忠心心血来潮地把班里收藏了一年的报纸搬到了刚配发的一个大长条桌上,坐下来有一搭没一搭地翻看了起来。这一年,虽说他也像往常一样早上听广播,下午读报,晚上看《新闻联播》,但所有的新闻好像都从耳边一滑而过,没留下什么印象。此刻,坐在冬日纯净的阳光下回溯时光,王忠心发现,这一年除了自己提干失败之外,还发生了不少事件——

这一年的二月,联合国教科文组织首次指出,贫富差距就是知识差距;四月,《焦点访谈》在中央电视台综合频道正式播出;七月,彗星、木星相撞;九月,俄罗斯与中国同意不再以核武器互相瞄准对方;十月,由长篇小说改编的电视剧《三国演义》开播;十二月,长江三峡工程正式开工,香港回归倒计时牌在天安门广场矗立……

当王忠心的目光在这些国内、国际、天文、水利等形形色色的新闻当中跳跃时,他忽然觉得曾经深陷于一己得失的自己有些可笑、有些可怜,像一个拿被子蒙住了脑袋的人,全然不知在这床被子的外面,一个接一个即将改变历史的事件正在发生。

即使把视线收回,聚焦到军队上,王忠心同样发现,他身处其中的军队在这一年也发生了不少事情。一些有标志性意义的历史性会议召开了,比方说全军法制工作会议。在这个解放军历史上第一次全军性的法制工作会议召开后,部队正式迈出了依法治军的步伐;一些可能直接关系王忠心个人命运的政策调整了,国务院、中央军委决定,从这年冬季起对退伍军人安置政策进行重大调整,在安置形式上,由过去按系统分配、包干安置改为有条件的地方可试行供需见面、双向选择、包底安置;还有刚刚召开

的军委扩大会议决定,要高度重视军队的思想政治建设,把它摆在全军各项建设的首位,爱国奉献、革命人生观、尊干爱兵、艰苦奋斗这四个方面的教育,即将向全军铺开……

　　阳光温柔地照在王忠心身上,从他的侧脸缓缓地移到了后背,让王忠心觉得身上暖暖的,浑身上下、里里外外舒展开来。虽说是冬天,王忠心却觉得春意盎然。这一刻,王忠心听到那个系在他心底的结"啪嗒"一声——开了。

　　旅里似乎也算准了王忠心从那件事中走了出来,几项大的比武竞赛活

王忠心(左三)与战友们一起打篮球

动随之展开。首先开始的是建制连和个人共同科目比武。在其中的五公里越野团体赛中,王忠心重新找回了彻底释放的感觉,身材瘦小的他像一头牧羊犬般在连队的方阵里忽前忽后地奔腾着,带领着、鼓励着、守护着整支队伍绕过一个个山坳,掠过一座座山峰……最终,他们连夺得全旅建制连第一名。

接着是新型导弹专业知识竞赛。相比共同科目比武的尘土飞扬,这个竞赛要安静得多,却也紧张得多,毕竟这是评判一个导弹兵优秀与否的核心标尺。专业理论普考、技术骨干笔试、故障分析、电路图默画……竞赛的难度越来越大,王忠心的心却越来越平静,越来越像沉在水底的鹅卵石,任溪水流过、水草拂过而不动声色——即使新上任的基地司令员专程赶来,就在一旁观战。这里倒是有个小伏笔,十年之后,当王忠心又一次走上赛场,这位司令员竟然巧合地又一次前来观战,只不过彼时他已是第二炮兵司令员,王忠心依然是班长……

转眼山中又是一年,一拨老兵又走了,一拨新兵又来了。王忠心进入了当兵的第九个年头、当班长的第五个年头。他带的新兵杨磊都接替陈大豪到二班当了班长,王忠心刚当班长时带领杨磊他们栽的树也已经根深叶茂了。王忠心一切如旧,只除了一件事——他开始跟老家的一位姑娘通信了。姑娘叫杨红苗,跟游小平的老婆是同学,游小平就是介绍人。对了,游小平这个老乡也在去年提干中落败了。不过这个游小平还真利索,三下五除二在去年年底回家娶了个老婆。

一开始没有通信地址,王忠心给杨红苗的第一封信寄给了游小平的老婆,请她转交。为了让姑娘早日收到信,已经二十八岁的王忠心奢侈了一把,花了一块二的邮资寄了挂号信。二十多年后,已经把女儿送到大学的杨红苗还留着当年王忠心写给她的那几封挂号信。女儿王杨有一次放寒假回家,还模仿王忠心的语气声情并茂地朗诵了一番。这里就让我们摘录几段,感受一下那个年代的爱情吧——

杨红苗:

你好!你收到此信,一定很惊奇吧。这么冒昧给你去信,你也许很生气,如果是的话,在此还望你多多见谅。经战友介绍,对你有所了解,知道你是一个很有能力而且具有事业心的人,对人诚恳大方。不知道是否真的如上所说,但我深信你一定是一个很好的女孩。介于此,我真诚地想跟你交一个朋友,如果愿意,请速回信,切盼!此致,祝你生活愉快!

王忠心

杨红苗:

你好!你的来信已拜读,对你虽谈不上很了解,但从你的信中,我可以看出你是一个很坦率的人,今生有缘和你相识也算是缘分,能认识你这样一位朋友,我很高兴。红苗,我想你对我还不是很了解,我还是应该自我介绍一下：本人家境贫寒，出生在农村，比你长一岁，文化程度不高，只受过中等教育，身高和长相都被人列为三等残废，经历过生活的艰辛，通过自己的努力，暂时走出了农村。本人爱好广泛，什么都想学，却没有一样精通，在部队还算过得去。本人最大的毛病就是不喜欢自吹，俗话说得好，日久见人心，书信并不能证明自己是怎样的一个人，因为花言巧语任人说、任人写，我想你也会有同感。人应该让别人去说，让时间去证实，你说对吗？在此我就不多说了，还是让我们慢慢地去体会、去感触……红苗，我是很喜欢照相的，由于本人确实不上相，照得不好，就奉上几张，还望喜欢。这次就谈到这里，以后再叙。此致，祝你生活愉快！

王忠心

红苗：

你好！昨天收到你的来信，阅读数遍，很高兴，感谢你的真心，知道你现在很忙，去信打扰还望谅解。红苗，也许我们是真的有缘，自从我将信发出之后，就天天盼望着你的来信。能盼到你的来信，我很高兴，高兴的人何止我一人，战友们的心情和我一样。原因很简单，平时收不到信和不爱写信的我，忽然间有位异性朋友的来信，怎能不叫战友们高兴和惊讶呢？特别是对我这位大龄青年来说，可谓是官兵中的特大新闻，把我闹得抬不起头来。出于平时的战友情，我不得不

将你的信和照片公布于众,作为朋友我想你不应该有什么想法,如果有的话,在此向你道歉。你也许觉得这种事情很可笑,部队的生活就是这样,你现在还不了解部队的生活,若有机会,你还是了解一下军人的生活,当你走进这个圈子的时候,你就会尝到其中的酸甜苦辣。红苗,从你的来信和相片,我知道你把我看成是你的真诚朋友,不知我的理解和想法是否正确,但我总觉得你是我的真诚朋友。你的来信中有些语句不通和错字,我这样指出请不要见怪,如"没天"应为"每天","极时"应为"及时","现上"应为"献上"等。不管是字的错别还是语句的不通,请你相信,我能理解远方朋友的心情,它表达出了一个朋友的真诚。夜已很深就此搁笔,以后再叙。祝你:天天快乐!

远方的朋友 忠心

红苗:

你好!今天是周末,你过得愉快吗?白天我参加了一下文体活动,可是今晚我不知道自己该干些什么事。想看一会儿书又看不进去,真想找你聊聊天。不知什么缘故,自从认识你之后,我就没有一个晚上在十二点之前进入梦乡。当我闭上眼睛时,你是第一个闯入我世界的人,使我无法入睡,叫我真正体会到了什么叫作思恋,这种滋味叫人欢喜让人忧。喜的是能认识一位知心朋友,想你的时候每一刻都能给我带来快乐；忧的是恐怕得了相思病，或是自作多情。也不知道这一切是不是一个梦，如果是的话，我将是很痛苦的。你要知道军人是很坚强的，在训练场上，能体现出军人的刚强，在血与火的战场敢于冲锋陷阵，但在生活中，在感情方面，体现出了男人的脆弱，特别是对于我们军人来说更是一种痛苦的现象。红苗，我想到什么就说什么，还望你理解。在我二十五岁前我还未考虑过个人的婚姻问题，但最近这两年我开始考虑个人问题。这两年亲朋好友曾为我介绍对象，不知是我的要求太高还是她们的条件过高，可能是各自的观点不同，也可能是她们根本就不了解军人，终究未谈就各自东西。因为军人的职业就意味着牺牲和奉献，不知你是怎么理解军人的，是否考虑过这些问题……红苗，在认识你之前，生活中只有父母了解我，其次是战友，知道我的为人，也许现在又多了一个你。我不想欺骗自己和别人，也不喜欢玩感情游戏，因为这样只能给别人和自己带来痛苦，所以我想干什么事都应该认真对待。你知道吗？认识军人是一种痛苦，因为要尝试常人难忍的思恋之苦，体会不到花前月下漫步的情调，你说对吗？不打扰你的工作了，以后再叙。此致，祝你工作顺利。

王忠心

…… ……

写信需要时间，寄信需要时间，信在路上需要时间，等待回信需要时

间。就在王忠心与杨红苗辛苦而甜蜜地鸿雁传书时,一九九五年度的提干工作又开始了。据比王忠心大一岁、已经超龄不符合提干条件的游小平透露,今年的提干名额会比去年多,因为从往年来看都是大年小年轮换着来,去年少今年肯定多。他提醒王忠心,今年一定要抓住这个最后的机会,吸取去年失败的教训。

这个问题王忠心不是没想过,去年面临提干时就想过,他甚至在心里琢磨过要是找关系的话该找谁,但他最终没有这样做。没这样做的原因有二:一是他给自己打过好多次气,但就是迈不开那一步,他总觉得那样像做贼,像是要去偷一个本来应该光明正大拿到的东西,就是得到了也会被人戳脊梁骨;二是王忠心相信真金不怕火炼。

随着提干工作的一步步推进,王忠心还是恼火地发现,自己那颗去年经受了一次磨砺的心又一次收缩、战栗起来了。他有些搞不明白,既然已经很清楚接下来能不能提干不是他能左右的,他完全不应该去想这件事,只需要听之任之、心平气和地做好自己的本职工作就好。但他发现,这个他去年提干失败后花了大半年时间才想明白的道理,如今落到现实上是这么难。他的心还是像去年一样悬起来了。他的心里很矛盾,他甚至希望这次提干干脆像游小平一样没这次机会,这样他就可以死心塌地地、好好地当他的兵,但命运偏偏又给了他希望……

名额下来了。跟游小平预测的一样,今年全旅有六个提干名额,每个营报三个到旅里。王忠心毫无悬念地被报到了旅里,但最终在旅里他被刷了下来。他带的兵、现任二班班长杨磊榜上有名。

提干结果出来后，杨磊第一时间到菜地找到了王忠心。他怯怯地蹲在了正蹲着拔草的王忠心面前，看着满手泥巴的班长，使劲张了张嘴，却什么也没说出来。

第五节　给同年兵敬礼

这是七月份的一天，一顶黑色的雨伞正在急遽坠落的雨点中移动。伞的下面，一个身影正蹚着已淹过小腿肚子的积水努力跋涉着，水面被他撕开了一条道，像是一块黑布被剪做了两半。雨下得正急，县城的街道跟山路上一样空无一人。眼看着天就要黑了，雨却丝毫没有停下的意思。这个人越走越急，每路过一个店铺都跑过去把伞沿抬起来瞄上一眼，然后继续往前赶。

终于，在跑到又一个店铺门前时，这个人钻到了探出来的门檐下面，弓着身子收起了雨伞。他飞快地整了整已经全淋湿了的白衬衣，往后捋了捋不知是被雨水还是汗水打湿了的小平头，深吸了一口气，拿中指和食指在门帮子上轻敲了两下。

这是一家裁缝店。店里亮着一盏白炽灯，正对着店门口立着一台缝纫机，缝纫机后头坐了一个短头发的姑娘。姑娘侧着头半趴在缝纫机的台面上，一块白底的花布正从她手下不断地吐出来。也许是外面的雨声太大，

姑娘没什么反应，一双脚把脚踏板踩得飞快。门外人站直了腰等了一会儿，抹一把脸，"咚咚"又敲了两下，轻咳了一声。这次姑娘听到了，她飞快地抬起头，手里和脚下的活计并没有停。她探询似的朝门外望去，与门外人四目相对……

这是王忠心和杨红苗的第一次见面。

许多年后，已经年过半百的王忠心和杨红苗还记得当年这一幕，当时的雨声、灯光，每个细节都记得清清楚楚。有好多回，女儿王杨问起他俩的爱情故事，杨红苗总是眯起眼睛回忆起那个雨急风狂的黄昏。当时突然出现在她门外的王忠心浑身湿漉漉的，真是狼狈。她赶紧把他让进店里，给他拿毛巾擦头，嘴里轻轻埋怨着怎么来也不提前说一声，心头却涌上一团团棉花糖一般的甜蜜——这个看起来瘦小的家伙竟然冒着风雨赶了几十里山路来看她，就因为他听说县城遭了水！她不知道他是怎样一步一步从狭小泥泞的盘山路上走过来的，又是怎样一条街一条街、一家店一家店地找到了她这里来的。昏黄的灯光下，杨红苗一下一下地眨着眼睛，望着虽然衣服湿了却依旧坐得笔直的王忠心，跟那个她从照片上看到的、通过信件感受到的人相互印证着。这就是从几千里之外给她写信的那个人么？就是在信里跟她坦陈自己是个"三等残废"、家境贫穷的"远方的朋友　忠心"么？……当王忠心突然转过脸来瞅了她一眼时，杨红苗却像摇拨浪鼓般迅速摆过了头，然后手足无措地站起来转过了身去。她捏着自己的手指不知该干点儿什么。幸好，她看到了放在墙角的暖水瓶。她走过去边抖着

第三章 淬火

手倒水，边在心里想：这个王忠心，眼睛真大！

接下来，王忠心在杨红苗的店里待了七天。这七天，每天上午七点，王忠心在杨红苗开门之前就站在了门外；晚上九点，王忠心在杨红苗打烊之后到一个家在县城的战友家里借宿。这七天，王忠心早晚都很准时，就像在部队出操一般。至于这从早七点到晚九点的时间里，王忠心也不跟杨红苗说话，他只是默默地拿着一个扫把把门里门外打扫得干干净净，拿一块抹布把店里所有落灰尘的地方擦个锃明瓦亮。上午十一点半，王忠心就跟着杨红苗去旁边一个菜场买菜，然后回来做饭，吃完饭杨红苗踩着缝纫机"哒哒哒哒"做衣服，王忠心就背对着她坐在一张桌子前面看书。杨红苗有时做完一件衣裳抬头看一眼王忠心的背影，嘴角一抿偷笑一下，笑完却觉得心里是那么的踏实……

当然，关于这七天，王忠心和杨红苗有着不同的解释。杨红苗告诉女儿，是你爸赖着不走，非要待在妈妈店里；王忠心则告诉女儿，是你妈不想让我走，我从她眼神里看出来的。

休假的日子很短暂，爱情的滋味很甜蜜，当王忠心坐上归队的列车时，第二次提干失败的痛苦已经像火车头上面喷出的蒸汽一样烟消云散。窗外的树木一棵棵闪过，远山在天边勾勒出云彩般的轮廓，王忠心一遍遍想起那个侧着头专注于缝纫的姑娘，和她一抬头认出是他时慢慢张大的眼睛。王忠心觉得自己心里很熨帖，他已经开始想象再过两三年服役期满后回家和她生活在一起的日子，到时候他就不让她替人打工了，他要给她开家属

于自己的缝纫店……

这次回家,除了陪杨红苗的那七天外,王忠心其他时间都扛着锄头陪父母下地干活。他还记得十多岁时插秧,父母把他和弟弟甩得很远,如今却是他把父母甩得很远,常常是他已经干到地头了,回头看时父母却刚挪到一半。离家八年,父母已经老了,他们在这块地上干了一辈子,可他们依然对这块地充满热情,他们依然对生活没有太多的要求,觉得每年能有个好收成就非常知足。一个黄昏,又一次从后面慢慢赶上来的父母一抬头,发现王忠心正看着他们,老两口便一起冲王忠心笑了一下。这笑容转瞬即逝,王忠心却灵魂出窍般呆在了地头,父母布满沟壑的脸上怎么会绽放如此美丽的笑容,这笑容怎么会这么幸福、这么知足啊?

离家八年,王忠心自认为在部队经历了不少事,看了不少书,还上了个军校,当上了班长、代理排长,他觉得自己见了不少世面,开了不少眼界,对人这一生的认识和理解恐怕已经远远地超过了不识字也从未出过山的父母,可父母这简简单单的一笑让王忠心瞬间羞红了脸。他终于明白,在人生这条大河面前,父母才是真正参透了水情、扎到了河底的泳者,看似默默无闻,却解生活真味。而他则还浅浅地浮在河面上,以为早就找到了前行的方向,却总是被一两朵浪花迷了眼。他回想起入伍之初最大的目标,就是能转上志愿兵。如今他转上了,如愿以偿了,却又想着要提干,提干不成他又觉得痛苦、觉得失落。他忽然想到,按照这样的思路,假如他这次提干成了又会怎样?会不会当了排长想当连长,等当上了连长是不

第三章 淬火

是还想当营长,而当了营长是不是还想当团长、当师长?要是这样得寸进尺的话,那永远有失落的时候,并且最终都将是失落。想到这一点,王忠心头皮一紧、心里一惊,觉得这样的人生好可怕、好可怜,他不要这样……王忠心记得清楚,那天是农历的六月十五,当他扛着锄头和父母肩并肩慢慢往家走时,月亮已经早早地爬到了东边的山头上,地里和小路上都像铺了一层纱,他们一家三口没人说话,王忠心觉得心里像从山上流下来的溪水般宁静。

对了,这次回家王忠心还听说一件事,他舅舅汪旺家今年被评为了全国劳动模范,四月份刚到北京参加了全国表彰大会。回想起来,王忠心和这个舅舅都不怎么爱讲话,常常是一大一小背靠背坐着。但这回突然听说这个消息,王忠心还是半天不敢相信这是真的,因为他舅舅不过是个村主任,还是他们这个大山里县级贫困村的村主任。他知道舅舅这个村主任当得挺用心,这些年一直在想办法带领乡亲们脱贫致富,这次回家他也有明显的感受。但他怎么也想不到,舅舅一个小得不能再小的村主任,竟然因为干得好被国家知道,竟能到人民大会堂开会,在人民大会堂领奖!

王忠心专门跑到舅舅家里,讨来那个大红的劳模证书,静静地看了半天,然后抬头看了看舅舅,舅舅还是那个再普通不过的舅舅啊。不知为何,他突然觉得舅舅有点儿像《平凡的世界》里的孙少平。《平凡的世界》写到少平伤愈后重返煤矿就结束了,但王忠心相信,以少平的做人原则和境界,就那样一直走下去,他也一定能当劳模。王忠心想起八年前初中毕业后,

每次到乡镇上帮家里跑腿时看到那些打扮入时的同龄人，自己都隐隐会有一些抱怨，觉得人生不公平，为什么有的人出生就在城里，他却出生在深山里面？如今他渐渐明白了，其实大家无论生在哪里，无论处于什么地位、岗位，无论是什么样的身份，在做人上都是平等的，都全看自己的选择。像他舅舅、像少平这样地位不高者，也可以做人做出大境界，可以走出壮阔的人生。离开舅舅家时，王忠心一直想着北京，想着人民大会堂，他觉得舅舅一个村主任能干出这么大名堂，他作为一个班长……

时代的进步往往首先反映在交通上。王忠心发现，相比八年前参军时的几经辗转、行路漫漫，这一次从安徽老家到大西南的时间缩短了将近一半。当他还在回顾、总结着当兵八年的成长和这次休假的体会时，那个修葺一新的旅大门已经出现在了他的眼前。

盛夏的大西南林木茂盛，时近中午，王忠心背着背包穿行在浓密的树荫之下，一步步往连队的方向走去。只要地理条件许可，绝大多数营区的布局都简明有序。旅里换防前东一块西一块完全是因为藏身在大山的峡谷之间没有办法，五年前换防到此地后终于把营区布置得像棋盘一般整齐。旅部在主干道的东侧，旅机关家属院在主干道的西侧，一百多米的主干道走到头是个方方正正的广场，大礼堂就坐落在广场的东侧，广场再往里也就是再往北走，就是几个营，技术营在最西头，几个连队从南往北一字排开，王忠心的一连在最前面。

从主干道一拐出来，王忠心一眼就看到了连队的平房。还真是在一个

第三章 淬火

地方待久了就会有感情，眼见着那排红砖小平房越来越近，王忠心竟产生了到家了一般的情感。他越走越快，越走越急。这时，王忠心看到那排平房前面站着一个人，那个人正在那儿来回踱着步，不时抬起手腕来像是在看表，从着装来看是个干部，从背影看又好像很熟悉。王忠心边走边在脑海里搜索这个熟悉的背影会是谁，脚步不自觉地慢了下来。他突然停住了脚步——他想起来了，也认出来了，那是陈大豪。

王忠心明白过来了，去年陈大豪提干走后已经一年过去了，他这是提干上学回来了，又回了他们连队。唉，平常一天天的日子觉得过着很慢，每当聚散离合时却发现一年年过得飞快，那个陈大豪渐渐远去的早晨明明就在昨天，可转眼已是一年。陈大豪正式成了一名解放军军官，王忠心却经历了第二次提干失败……

不知是听到了王忠心的脚步声，还是感受到了背后的目光，陈大豪扭过头来，两人四目相对，两个同年兵相顾无言。王忠心注意到了陈大豪右臂上"连值班员"的臂章、捏在手里的闪着光的铜哨。显然，陈大豪已经上任排长一职。

陈大豪也望着王忠心。虽然距离不过七八米，但陈大豪觉得他是在"望"王忠心，这个背着背包的同年兵好像是从八年前参军时走来，他想起了他俩分到同一个班后第一次见面时的情景。陈大豪不自觉地把哨子慢慢收进了手心里，紧紧攥起。他忽然觉得身上这套刚穿上时觉得很帅的干部服像长了刺，扎得他浑身不自在。过去这一年，他几次想给王忠心写封信，

可刚刚开个头又不知道该怎么写下去，便不得不摁下了这个念头。半个月前，陈大豪从解放军体育学院结业归建，一路上他都在想着见到王忠心该说什么、该注意些什么。他甚至根据王忠心可能说什么、给他什么反应准备了好几套预案。结果没想到回到连队却听说王忠心休假了，他那颗悬了一路的心才放了下来。但此刻，王忠心突然站在了陈大豪的面前，他一紧张，之前设想的各种预案一个都想不起来了。

就在陈大豪手足无措之际，王忠心做出了一个动作。临近午饭时分，不少战士已经走出了宿舍准备集合开饭，他们看到了对面站着的王忠心和陈大豪，也瞬间明白了当前的局势。他们止住脚步，闭上了嘴，只是张大眼睛看着连队门前这对同年兵。有些人也在心里猜测着剧情的走向，大多数人替陈大豪担着一份心，他们想无论怎样，这个一年前"抢"走了王忠心提干名额的人，今天恐怕难逃一个尴尬。就在越来越多的人加入围观者行列时，他们看到王忠心的右肩轻轻往上一颠，顺势把肩头上的背包摘了下来，然后稍稍一弯腰把背包就地放在了脚下。大伙儿把眼睛瞪得大大的，各自猜着王忠心要做什么，可他们万万没想到，王忠心竟然慢慢地抬起右臂——他竟然标准地给陈大豪敬了个礼！

王忠心给他的同年兵、在他手下当过副班长的陈大豪敬了个礼。

陈大豪呆住了。他万万没想到，王忠心见到他的第一个动作竟然是给他敬礼。陈大豪探询似的盯着王忠心的眼睛，看到了他眼神里的真诚，也感受到了这个军礼中的诚意，其中绝没有半点嘲讽调侃之意！陈大豪陡然间热血上涌,他也飞快地抬起右臂、张开手掌标准地回了个礼——他此前攥在手里的哨子飞了出去……

这经典的一幕很快在连里、营里传开了,旅里的消息灵通人士也纷纷通过各自的老乡、同年兵听说了这个故事。绝大多数人都在心底、在私下里称赞王忠心,觉得他做到了很多人做不到的事,甚至觉得他在这件事上做得比他上次当上"全能王"还了不起。当然也有人不以为然,觉得王忠心没必要搞这种形式的东西,甚至怀疑他只是装装样子……而最感动、最受震撼的自然是陈大豪,王忠心这个敬礼的举动完全不在他的预想范围之内。此前他最大的期望就是王忠心不要让他太难堪、太下不来台就足够了,可怎么也没想到,王忠心竟然通过敬礼这个举动打消了他此前的顾虑。唉,他终归还是低估他这个战友了。他没想到,经历两次提干失败的王忠心已经彻底放下了对提干的念想,已经完全接受自己就是一个兵、就是一个班长,特别是这次休假回来,他更是决心把所有心思都聚集到把这个班长当好、尽好班长的本分上。敬这个礼,只是因为王忠心觉得班长给排长敬礼,天经地义。后来看到这次敬礼引起的强烈反响,王忠心才慢慢地琢磨出其中的道理来——这个敬礼既是对陈大豪的尊重,也是对自己的尊重。我尊重你,你才会尊重我,尊重从来都是相互的。

王忠心找指导员销假时,指导员告诉他,陈大豪回来后连里任命他回二排当排长,王忠心就不用再兼任代理排长了。由于通信联络不方便,这个事就没有第一时间通知王忠心。指导员欲言又止,只是蜻蜓点水地说了

句:"你俩是同年兵、老搭档了,相信你们会继续配合好。"王忠心抬头看了指导员一眼,又侧过了头去,轻轻"嗯"了一声。从这一天起,班长王忠心在排长陈大豪领导下开展工作。

第四章 告别

列车轰鸣着驶过来了，稳稳地停在了月台旁边。王忠心跟在游小平的身后，拽着车扶手一步一步地爬上了车。踏上最后一个台阶时，他回头看了一眼，突然心头一酸，眼眶里涌出一汪泪来。过去坐那么多次车，他知道都只是暂别，唯独这一次，却是永别，他可能这一生都不再回来了……

第一节　部队发来急电

这是一九九五年的一个周六的晚上。从这一年的五月一日开始，部队和其他国家单位一样有了双休日，过去实行了几十年的单休日制度成为了历史。

中秋已过，夜里略有了一些凉意，排长陈大豪关着门待在自己的单身宿舍里。宿舍陈设简单，一床一柜，一桌一椅。不过，和当兵当班长时比起来可是天壤之别，至少自己不用再和班里几号人一天二十四小时挤在一起。即便仅仅想到这一点，大豪心里都已经很知足了，当了八年兵，他终于有了一个可以独处的空间。

这一刻的陈大豪正趴在桌子上安安静静地给老婆写信。他在信里告诉老婆，自从有了双休日以后，部队的业余时间比以前多了很多，旅里不久前还开办了周末育才学校，开了好几门高技术课程，他也报了名，准备学学那个长得像电视机一样的名叫"电脑"的新鲜玩意儿。

就在这时，陈大豪听到"咚咚"两下敲门声，紧跟着一声"报告"透过门缝挤了进来。报告声很认真，也很熟悉，两个多月来，陈大豪已经习惯了这声"报告"。他赶紧手一撑桌面站起来，两步跨了过去，"吱呀"一声拽开了门——没错，站在门口的正是他的同年兵王忠心。

陈大豪知道是王忠心。从他住进这间排长宿舍开始，王忠心每次来找陈大豪，都要认认真真地打一声"报告"。他还记得王忠心第一次站在门外

第四章

喊"报告"时,他一下子从椅子上跳了起来,臊了个面红耳赤。他一把抓住王忠心的胳膊,连声说:"忠心,忠心,你可千万不要这样,你这不是骂我吗?"却见王忠心一本正经地说道:"大豪,咱们同年兵的感情不用说,但从职务上讲,你是排长我是班长,我到你的宿舍给你汇报工作,喊'报告'是条令上规定的,天经地义。"

"规定是规定,但咱们没必要这么认真嘛!你这一喊'报告',我这心里挺不舒服的,觉得咱俩变生分了……"

"我明白你的感受,我在喊这个'报告'之前,也想过这个事儿,也犹豫过要不要喊这声'报告'。我是这样想的,如果我进你的房间不喊'报告',你虽然不会计较,但排里的战友会怎么想?他们会不会觉得我对你不够尊重,会不会觉得咱俩之间还有个结?再加上我代理了两年排长,过去排里都是听我的,如果我不带头表达对你这个新排长的尊重,排里的战士会猜疑、会为难、会纠结,不利于咱们排拧成一条绳……况且,我这也是向你学习呀,我当班长、你当副班长时,你对我也很配合嘛!"

这是陈大豪自打认识王忠心后听他讲过的最长的一番话,听得出来,关于"报告"这个事儿,王忠心真是认真想过了。而人世间大多数误会、矛盾、问题,都扛不住一次开诚布公的谈心。听完王忠心这番话,陈大豪一句话也说不出来了。他只是定定地看着面前这个比他矮半个头的同年兵,觉得自己很惭愧、很幸运。在随后的日子里,每当听到王忠心在门外喊"报告",他想客气一下、推拒一下时,就会被王忠心那一脸认真的样子所

打动。他能听出来,王忠心那声"报告"里没有世俗意义上的高低贵贱之别,只是革命分工不同、按条令办事的意思。所以他也不好再推拒,再推拒的话就反而显得他真把自己当个干部、把王忠心当个兵了。

这会儿,陈大豪已经把王忠心让进了宿舍,提起暖瓶给他倒了杯水。王忠心被陈大豪摁到椅子上后开门见山地说:"大豪,我是来给你提意见的……"陈大豪一听,有点儿紧张,倒不意外,准确地说他甚至一直在等着这一天的到来。因为他相信,虽说王忠心可能主观上真心实意地做出了接受他领导的选择,但在具体的工作、日常的生活中难免会有摩擦,会有让人不舒服的事情发生。这不,该来的总要来,陈大豪脑筋转得飞快,头皮都紧了起来。等王忠心提完意见,陈大豪却傻了,他怎么也没想到,王忠心讲的竟是这样一件事——

原来,当天下午,排里接到了到旅里出公差的任务,陈大豪考虑到王忠心这两天正在准备全旅的军事技术比武,就没叫王忠心的五班,只带着四班、六班去了……

王忠心前倾着身子看着大豪说道:"我知道你是在照顾我、偏袒我,但大豪你有没有考虑四班和六班兄弟们的感受?你知道,大伙儿平常心里最烦的就是周末出公差,你这个时候只带四班、六班的兄弟出公差,你有没有想过他们可能会有意见?这意见既是对你,也是对我,还会对整个五班的兄弟,但最严重的问题是会影响咱们排的团结一心。"王忠心说着说着激动起来,"咱们这个排我带过两年,这两年我考虑最多的就是在分派任务上

第四章

尽量公平。这两年我最骄傲的,就是咱们排二十几号人不管啥性格、啥脾气都能团结到一起,我可不想因为你对我的照顾让咱们排不那么团结了……"

几年后的一个春节,陈大豪已经当上了连长,并且带领连队在全军刚刚推行的"双争"评比中夺得先进连队。那个春节,刚好陈大豪的老婆和王忠心的老婆同时来队里过年。大豪夫妇便把忠心夫妇请到了家属房里,两个女人在厨房做着各自的拿手菜,两个男人在一个小木桌上喝着小酒,大豪这才酒后吐真言——

就是那晚王忠心找他谈完后,他才彻底打开了自己的心结,在面对王忠心时心里不再有一点点疙瘩。也就是在那晚后,他终于找到了自己和王忠心的真正差距在哪儿。过去他总觉得虽说王忠心在专业上比自己强,但在口才、管理等其他方面不如自己。如果一定要比的话,顶多是半斤对八两,各有所长,并且他总觉得自己在综合素质上要更胜王忠心一筹。但在那晚之后,他彻底服了。虽然他已经是个干部,王忠心还是个兵,但他不得不承认,王忠心的境界比他高,王忠心眼睛里看到的地方比他大,王忠心想的事情是他没想到的,做的事情是他做不到的……

大豪喝干一杯酒后盯着王忠心的眼睛说道,就是在那晚之后,他才真正地从心底佩服起王忠心,真正地对他这个同年兵服气了。大豪说他要好好谢谢王忠心,他这两年连长之所以当得还可以、全连很团结,其实很大程度上是王忠心教他的。是王忠心让他明白,人在什么情况下能让人主动

地、发自内心地去佩服。不是靠职务，不是靠给点儿什么好处，而是靠做人，因为这个人能做到别人做不到的事情。

即使后来当了副营长、营长、旅副参谋长，陈大豪一直都跟班长王忠心保持着无话不谈的亲密关系，两家人也经常在远离各自家乡的大西南像亲戚一样走动着。

一九九六年的春节，刚刚回家和杨红苗完婚的王忠心收到了陈大豪的一封挂号信。大豪在信里告诉他，今年旅里将开始为期三年的战备值班，目前干部缺编，计划要补齐缺编数，所以士兵直接转干比例肯定要比去年大得多。大豪说，虽然按规定王忠心已经超过了提干年龄，但过去也有破格的先例，他建议王忠心见信后马上归队，他会帮着一起去找旅首长汇报一下情况，毕竟这可能是人生转折的最后一次机会了，不管怎样还是搏一下好，以后回家跟父老乡亲也有个交代。兵当到这个份上了，不努力一下是不行了……最后，大豪给王忠心来了一句："不要娶了老婆忘了兄弟！"

一直到大豪离开部队多年以后，王忠心还收藏着大豪给他写的这封信。信上的字迹早已褪色了，但王忠心对当时看完信后的心潮澎湃记忆犹新。他感受到了每一行字背后大豪的心意，他知道，大豪这是对他掏了心窝子……说实话，那一刻王忠心颇有些激动，他很为自己提干失败后的选择骄傲。他没有对大豪心怀怨恨，没有不配合大豪的工作，而是像没发生这一切一样主动化解两人之间的心结，主动支持大豪，结果和大豪建立起了像少平在煤矿时和安锁子之间一样的生死情义。他把这封信骄傲地拿给新

第四章 告别

婚妻子杨红苗看了。他人生中头一次觉得这一生的主动权其实还是掌握在自己手里，人生在哪里、遇见谁、遇到什么事情不可知也不可控，但可以选择怎么做。每个人这一生终归是自己选的，怪不得别人和老天。

王忠心确实提前结束休假返回了部队，不过不是为了早点儿回来跟着大豪去找领导，而是王忠心随后收到了旅里发来的一份电报，因为台湾方向的一些动静，部队要搞一场长途机动演习，让他马上归队。

台湾的事王忠心是知道的，准确地说应该是发端于去年，就在他正经历着军旅路上第二次提干失败的打击时，美国总统克林顿突然宣布允许中国台湾地区领导人李登辉到美进行"非官方的、私人的访问"。当时部队立即组织了相关教育，班长以上干部骨干还传阅了一份内部材料，王忠心大概记得其中一句分析——当时中美间的战略纽带因苏联解体和东欧剧变已不复存在，中国将取代苏联成为美国的对手，美国即将开始对中国进行战略遏制，因此想通过此事试探一下中方在台湾问题上的底线。

中国的反击立即开始。那时已经到了王忠心当年休假的后期。就在王忠心日日跟着父母在水田里劳作时，第二炮兵部队进行了导弹试射，在八天时间里向距离台湾基隆港五十六千米的彭佳屿海域发射了六枚导弹。早已在部队养成看新闻习惯的王忠心从电视上看到了这些公开报道，内心激荡不已，也隐隐觉得有些遗憾，因为当准备了、沉默了几十年的部队终于有一天要为祖国挺起腰杆时，他却在安静的乡间过着日出而作、日落而息的生活。有好几次，他想对父母提一下提前归队的事，但看到父母望他的

眼神，王忠心实在张不开嘴，他只能在心底期待一份召他提前归队的电报。那次，电报终归也没来，台湾海峡的海浪似乎渐渐地平歇了一些，他休完了整个假期。

只是王忠心没想到，更大的冲击到了今年才降临。春节前刚刚回家完婚的王忠心那天突然看到新华社一条简短的爆炸性消息——

中国人民解放军将于三月八日至十三日在华南沿海的外海，进行导弹试射演习。

新闻稿上标出了经度和纬度，并称它是"禁制区"，警告所有的商船都要远离该区。而跟这条新华社消息一起到来的，就是部队发来的电报。在紧急归队的火车上，王忠心有对新婚妻子的依依不舍，而更多的是内心的波澜壮阔。他想起授领章那天第一次看到那枚导弹时的震撼，想起实装操作那天第一次触摸到那枚导弹时的敬畏，想起第一次亲手把导弹送上云霄时的泪流满面……而所有这一切，过去这八年在深山老林里的所有埋头苦练，都是为了这一刻祖国的需要，他和他的战友们终于等到祖国要用他们的时候了——还有什么褒奖比得上一句："祖国需要你！"王忠心忽然想到了他已经好久没想起的李炳华班长。他不知道班长现在过得怎么样，但他相信，班长也一定会在夜里仰望着祖国东南的天空，一定会为光荣的第二炮兵握紧拳头……

第四章 告别

回部队当晚,王忠心就随部队紧急出动了。虽说不是往东南方向,但上级的指示很明确:配合台海实弹演习,随时准备战斗。所以在长途机动演习中,王忠心和战友们密切关注着台湾海峡的情况,为前线战友的赫赫战绩骄傲。据通报,我第二炮兵部队以四发导弹全部准确命中目标的佳绩,圆满完成了地对地导弹向东海和南海海域发射的训练任务。

而后来机缘巧合看到西方关于这段往事的一条报道时,王忠心不禁轻轻一笑——

华盛顿三月七日的美国东部标准时间上午十一时(北京时间八日凌晨零时),美国情报卫星侦测到两枚飞弹由隐藏在大陆东南深谷和山脉里的机动发射器发射升空的浓烟。负责操作中国核子飞弹及传统飞弹的中国第二炮兵部队士兵为飞弹窜入夜空而欢呼……

王忠心虽然不是那些夜空下欢呼的战士,但他作为一个士兵亲身参与了这段历史,书写了这段历史,他觉得自己就在那些欢呼的战友当中。

此次台海危机后,美国两党主流派别形成一个基本共识:中国的崛起和强大难以阻挡。"孤立"和"遏制"中国不是上策,与中国保持"接触"才符合美国的长远利益。一九九八年,克林顿总统正式访华,并在上海公开阐述了美国对台政策的"三不"主张。美国总统公开做出上述承诺,这是第一次。

而王忠心就在他们演习结束之后,经历了他军旅路上第三次提干失败。与前两次不同的是,这一次的失败没有在王忠心的心底掀起一点波澜。

第二节 给女儿的信

一支部队就像一个家,官兵们会把这个家收拾得越来越有模有样。一九九六年的秋天,当台海上空的烟云渐渐地消散之后,王忠心的旅里又新修了一条路。这条黑亮的柏油路跟之前的主干道垂直,把原本分居东、西的大礼堂和刚建好不久的文体中心连了起来。

路修好了一定要在两边栽上树,没有树的路总觉得光秃秃的少了点儿什么。这一天,任务下达,一连受领了其中一段,连长把任务交给了一排,一排长带领一排的战士扛起铁锹就奔赴了"战场"。可没想到,一排长带着大伙儿赶到这条新路和主干道的交叉口时突然一个转弯,拐上了主干道。

正是秋高气爽时节,主干道两旁的枫杨在蓝天的映衬下格外的英姿飒爽,成千上万片树叶在风中"哗啦啦"作响。大伙儿正边走边疑惑地低声议论着,一排长突然停下了脚步。他转过身来,冲着队伍下达了一个"向右转"的口令,战士们转向了西面。西面是一排树,别的什么都没有。正当战士们不解其意时,一排长走到了队伍和这排树中间。他拿手指着树在空中划了个弧:"大家看看,这排树跟旁边的有什么不同?"

战士们往左看看、往右看看,有人看出来了,他们正对面的这十多棵

第四章

树整齐而茂盛，树龄、身形都很接近，而这些树的旁边，隔三岔五就有一两棵树龄、身形都小一些的树。一排长点点头，以平静的语气告诉他的战士，正对面的这些树当年是一次性成活的，旁边那些个头小的是第一次没成活、后来补种的。这些树，是几年前他当新兵时跟他们班长一起种的，他们那次种的树一棵都没死。说到这儿，一排长直直地走向其中一棵树，双手抚摸、拍打着树干，抬头往上看去，似乎在寻找着什么……

您可能猜到了，这位一排长正是杨磊——那个王忠心带过的新兵。就在两个月前，杨磊也像陈大豪一样从解放军体育学院提干培训归来了。一连原来的一排长刚好提升为了副连长，杨磊也就被旅里安排回了连队，任命为一排长。而杨磊回到连队的第一件事，就是找他的班长王忠心。他还记得，一年前得知提干的消息后他第一时间在菜地找到王忠心，想对他的班长说点儿什么却什么也说不出口。王忠心拍拍他的肩膀，半开玩笑半认真地叮嘱了他一句："走之前，记得托其他战友帮你把那棵树照顾好……"

一年后的这一天，新排长杨磊跑遍了连队的角角落落——学习室、俱乐部、菜地，都没找到班长王忠心，于是他就想着先去找他当年的副班长、如今的二排长陈大豪聊两句。结果没想到，当他兴冲冲地一步跨进大豪的宿舍时，却看到背对着门口坐着一个人——那像一片杨树叶般瘦削单薄的背影他太熟悉了，正是他的班长王忠心。杨磊瞬间涨红了脸，几乎转身就想跑，这场面太尴尬、太难堪了——一个是王忠心当年的副班长，一个是王忠心当年带的新兵，这两个人都提干了、当排长了，王忠心还是个班长，

还在原来的位置上,并且,刚刚第三次提干又失败了……

换位思考,杨磊不知道自己能否承受这样的双重打击。正当他不由自主地想退出门口时,却被眼尖的陈大豪一嗓子叫住了,王忠心闻声也转过了头来。杨磊不得不一步一步挪到王忠心面前。他只觉得浑身上下每个器官都逃离了原来的位置,哪儿哪儿都透着一股不自在。杨磊怯怯地望向王忠心,嗫嚅着喊了声:"班长!"却见王忠心很快地从椅子上站了起来,伸手拍了拍他的手臂,笑着说了句:"回来了?"还是一样的声音,一样的笑脸。杨磊连忙使劲笑着答了声"是",紧跟着吐出一句:"班长,你还好吧?"

相比提了干的当年他的副班长和他的新兵,杨磊不知道王忠心能好到哪儿去。所以这句话一出口他就狠狠地掐了自己手心一下,在心里骂了自己一句。但他没想到,看到他下意识地抬了半截想去捂嘴的动作,王忠心和陈大豪相视一笑,然后眼睛里含着笑意说道:"好,好!我今年可算是结婚了,嫂子就是你们当年抢着看的照片上那个!"

听到这个回答,迅速而仔细地察看了王班长脸上的表情,杨磊这才慢慢地松了口气。显然,王忠心班长并没跟他计较这句不是很妥帖的问话。但他想起刚才王忠心和陈大豪对视的那一眼,在脑袋里打下一排惊叹号——那是怎样一种对视,怎样一种心无芥蒂,甚至默契啊!杨磊万万没想到,当年同样当兵,如今一个成了干部一个还是兵的两个人,竟然会彼此心里都没有疙瘩,竟会像当年一样亲密无间!其实就在两天前归队的路

第四章

上，杨磊还一直在纠结，假如曾经的忠心班长和大豪副班长如今不和会是怎样一种局面，他该如何处理好跟两个人的关系。并且杨磊悲观地觉得，他一定会面临这个问题，结果……

直到陈大豪拍了他一巴掌，才让他从惊讶和回忆中挣脱出来。他就听大豪说道："我知道你在想啥，我就告诉你一句话吧，你就看看我跟老王现在是什么感觉，你就知道所有你心里想的那些东西，一个一个一个，全是多余的……"杨磊瞪大了眼睛，他知道大豪从来快人快语，但没想到大豪在这么敏感的事儿上都这么直接，竟然当着王班长的面把他心里的担忧直接给捅出来了。

直到快开饭时杨磊才和王忠心一起离开大豪的宿舍。走过狭窄的宿舍门时，他把手贴在王忠心班长的后背上，一种莫名的感动从心底升腾起来。想起王忠心班长憨厚的微笑，他从心里漾起一股暖意。他一瞬间无比确定地感觉到，王班长把他当排长，但在心里并没有疏远他，依然认他这个兄弟。并且他隐隐地感到，一别一年，他这位在职务上和身份上原地踏步的新兵班长，似乎也发生了某种变化和进步，只不过他一下子还说不清楚到底是什么。

后来，杨磊还是有意无意地向排里的战士问起王忠心和陈大豪到底怎么样。几乎每个他问到的战士都表达了这样一种意思：一年多时间过去了，关于王忠心和陈大豪，大家之前预想的那种尴尬的局面、难以避免的戏剧性冲突一次都没有出现，要不是杨磊提起这个茬，他们几乎都要忘了王忠

心和陈大豪竟然是同年兵,好像他们最初就是一个干部一个兵。

至于杨磊说不清楚的王忠心的变化到底是什么,别说杨磊,彼时的王忠心也只是有一种朦朦胧胧的感觉。他觉得自己的思想在发生着一些改变,一些表面的虚浮的东西被清除了出去,一些根本的真实的东西慢慢地扎下根来。直到二十多年后王忠心快退休时回望自己的军旅生涯,这三次提干失败对于他的意义才终于清晰地体现出来。此时,已到知天命之年的老班长王忠心早已名满天下,获得的全军级、国家级勋章已经挂满他的胸前,他已经和其他各个领域的拔尖人物一样达到了同一个人生高度。这时一步步回溯他三十年间在深山老林里走过的军旅之路,他觉得,帮助他最终成就自己的最重要的经历,不是他在一次次演习场上的成功,不是他在一个个领奖台上的荣耀,而是这三次无论何时何地想起来可能都还带有一丝遗憾的提干失败。王忠心终于明白,是这三次失败彻底塑造了他自己,让他在二十八岁的年纪就幸运地找到了这一生对于他来说最根本的东西,让他在相对年轻的年龄就咬定了、咬准了要一辈子坚持的东西……

二十年后的夏天,又一个军校开学的日子,王忠心的女儿王杨也在那群奔赴军校的年轻人当中。当爬到学校宿舍的上铺整理内务时,她发现背包的最里面塞了一个白色的信封,封面上写着"王杨同志收"几个大字。王杨嘴角一咧,笑了,是爸爸的笔迹。她抽出信来,就那样跪坐着看完了——

第四章 告别

王忠心和女儿在一起

我的准军官女儿：

你好！首先热烈祝贺你光荣地成了一名中国人民解放军军人！在你即将开始你的军旅之路之际，爸爸觉得该对你说点儿什么。爸爸想了很多，最后决定给你讲讲爸爸三次提干失败的故事。

那还是发生在一九九四年到一九九六年的事，爸爸当时连续三年提干没成。第一年，败给了同年兵，就是你大豪叔叔；第二年，败给了带的兵，也就是你杨磊叔叔；第三年，败给了年龄。现在我讲起来可能有一定戏剧性，当年却是扎扎实实地让爸爸痛苦、委屈、不平了

很久……人生没有假设,爸爸也不知道假如当年有一次提干成功了现在会是什么样,特别是最后一次时假如爸爸跟着你大豪叔叔去找一下领导,不知又如何。但爸爸谢绝了你大豪叔叔的好意,因为爸爸已经坚持了两年,这最后一年不想半途而废。爸爸不知道假如那次成功了,你又会在哪里;爸爸更不知道,自己的人生走向会不会变,人生原则会不会变。回头来看这三次提干失败,却实实在在地教给爸爸一件事情,就是做人要本分,不要贪,要踏踏实实地把分内事做好,而不要去想分外的好处。这样做,短时间内甚至十年二十年可能会吃亏,但只要坚持不懈地把分内事做好了、做到一定程度,该得到的都会得到,老天爷从不会亏待任何人。就拿爸爸来说吧,爸爸这一辈子就是个兵,是个班长,当兵、当班长简不简单,渺不渺小?但爸爸在那三次提干失败后就没再去想别的任何事、别的任何好处,就是一门心思地在班长这个点上往下扎,把班长这个事琢磨得透透的,把班长当得透透的。结果最终在班长这个岗位上突破了,得到了这么多认可和荣誉……

  爸爸知道,这些话可能你一下不能完全懂。不懂不要紧,更不用急,因为最根本的人生道理就那么多,一代代人早就总结出来了,但总归要每一代人自己去经历、自己去感悟。爸爸最后告诉你一句话,人生充满挫折,但挫折带给人的成长远远超过顺利,并且越是巨大的挫折越是能强有力地塑造一个人,只要我们把这所有的经历、所有的挫折都当作促进自己的经验,而不是伤痛,不是包袱。

第四章

好了，就说这些，让我们像战友一样问声好吧！等你毕业了，爸爸还得给你敬礼呢！

一辈子没当上干部的爸爸

信的落款是"一辈子没当上干部的爸爸"。这是王杨记忆中爸爸王忠心头一次跟她说这么多话。虽然确实不能完全懂得，但她明白，那是爸爸在部队大半辈子得出的最重要的经验……

还是继续把镜头对准一九九六年。这一年，除去台海危机，全军还有两件大事发生。一件是全军悄然兴起了学条令、用条令，加强部队正规化管理的热潮，正规化建设和现代化建设相伴而行，像两个巨大的轮子带动着我军跟随时代步伐前进，"把严整之师带入二十一世纪"成为那几年的一个流行语。另一件是凝聚我军三年训练内容改革成果的新一代军事训练大纲颁发，全军掀起了学习贯彻新大纲的练兵热潮，我军军事训练揭开了新的篇章。以这一年为起点，部队进入了高速发展期，对于班长王忠心来说，也进入了退伍倒计时期——这时距离他一九九九年十三年服役期满仅剩下了三年时间。在训练之余，他也开始想着三年后回到老家，和父母、妻子一起生活的情景。就在即将进入一九九七年时，妻子来信告诉他一个喜讯，他很快就要当爸爸了。

第三节 带出全军典型

在距离退伍仅剩下最后三年的时候,王忠心的同乡游小平和其他同年兵一样,开始琢磨甚至担心起回到地方后的前途,开始为退伍后的前途做准备。而自从开始推行双休日制度起,部队利用周末时间开办的"第二军校"为游小平他们提供了便利。回看那段历史我们会发现,从古至今,在中国的这片土地上没有任何一个时期的军队像当时那样,为军人学习民用技术创造出那么优越的条件。谁也没有想到,此前已经喊了十多年的"培养军地两用人才"终于在有了双休日后达到高潮。

当时最流行的新生事物是电脑,游小平便参加了"第二军校"的电脑班,期待着回家工作时能派上一点用场。王忠心和游小平是"同学",他也参加了电脑班,周末上课的时候两个人总坐在一起。课间休息时,两个人经常会畅想起回到老家后的生活,里面有期待,也有担心,特别是三四年前《退役士兵安置条例》修改以后,听说一些志愿兵转业安置到了企业,却因为企业倒闭而成了下岗工人,等于在部队干了十三年回到地方后归了零。虽说这样的事例不多,但只要有就难免让即将退伍的战士心生忐忑,毕竟谁也不敢保证自己不会成为"幸运"的那一个。

游小平很焦虑,并且随着退伍日子的一天天临近越来越焦虑。他渐渐地不再满足于只是周末学电脑,在政治教育的时间、训练时间也常常见他抱着一本电脑书。后来,他觉得只是学学电脑并不能保证回到地方能端稳

第四章 告别

饭碗,于是,便左顾右盼,看看其他同年兵在学啥,便也跟着学学。似乎多学一些心里便能多一些踏实。当然了,这是建立在他本身专业过硬基础上的。这些年,他在发射营干得也不错。他本来人就聪明,性格也要强,他在发射营的地位跟王忠心在技术营的地位差不多,在全旅来看都是数一数二的,凡是旅里有什么大的演习,士官专家组里总少不了他俩。

当我们把镜头推远,就会发现当时不光游小平这些面临退伍的志愿兵如此,有些离退伍还早的战士也早早地开始未雨绸缪,把更多的精力用在了学习民用技术为将来退伍做准备上,结果导致军事技术不过硬。王忠心听说隔壁营里曾发生这样一件事,一个战士电脑操作得很溜,并且还在自学外语,但在一次实弹射击中五发子弹有三发脱了靶。不仅仅王忠心所在的旅里有这样的苗头,这已是当时很多部队的共性问题。由于多年身处和平环境,且受市场经济大潮的冲击,一些官兵对掌握一两门热门技术、将来回去找个好工作颇感兴趣,而对训练积极性不高。当时部队已经出现了不少战士会操作电脑却不精于操枪弄炮的现象。

后来人没有资格责怪当时的政策和制度,因为任何一个想法,想得再好,初衷再好,设计得再好,都只有在实践中才能检验出问题,并且可能当时没有问题但随着时代发展而逐渐产生了问题。就像"培养军地两用人才",就像"第二军校",它的一些负面效应只有在运行过程中才慢慢地显露出来。我们也不能责备游小平和其他战士,地方安置有时不能给为国家奉献了十多年、几十年青春的军人们心里托底,结果导致他们在部队时不

得不自己考虑将来的出路问题,以至于不能心无旁骛地投入训练,这个责任不能完全地由他们来负。

即将三十岁的王忠心当然也面临这个担忧。特别是父母日渐年迈,孩子即将出生,作为家中长子、即将成为父亲的王忠心已经感受到了肩膀上的担子,所以他周末已经很少外出。"第二军校"的课王忠心基本上一节都没落下,每次他都像个新兵一样听得特别认真,尽管讲这个电脑课的是刚刚分到他班里的上等兵徐海波。

跟同乡游小平不同的是,王忠心把学电脑等民用技术的时间严格界定在了周末和其他业余时间,他绝大部分的精力还是放在了训练和带兵上,放在了那枚据说又将"退休"的导弹上。当游小平有时开着玩笑调侃他一心为公、高风亮节时,王忠心只是笑笑,并没有解释。其实,直到多年后王忠心成了全国的典型、全军的榜样,他都在心里不认同、不接受那些给予他的"伟光正"评价。他后来在跟他带过的北大毕业的士兵高明聊天时透过底,说他绝大多数的选择并不是出于牺牲啊、奉献啊这些高尚的甚至听起来有些悲壮的东西,而只是基于他对人对事的判断。很多时候之所以选择不同,只是因为判断不同,看待问题的角度不同,仅此而已。

就拿这个时候面临的选择来说,在游小平看来,是要抓紧时间去学习、去准备到地方后用得到的东西;而在王忠心看来,却是要珍惜最后的时间好好做一下、体会一下只有在部队才有机会做的事情。他知道三年后一旦离开部队,他将永远不可能再进到这大山深处的洞库,永无可能看到、触

第四章 告别

摸到就那样沉默地守卫着祖国的导弹,他将只能像李炳华班长一样偶尔从电视上看看导弹那曾经无比亲切的身影了。

王忠心当然明白,在这最后的时刻不像他一样去用心体会部队的点滴,将来只会是情感上的遗憾,并不会影响他们往后实际的生活质量,而抓紧时间学点儿民用技术则会在安置时多些选择和优势。对这个问题,王忠心倒是有一个从未对人讲过的看法,他觉得将来离开部队回到地方后,他们退役军人的最大竞争力绝不是临时学到的那一点儿小技术、小特长,而是他们这么多年在部队生活日积月累凝结成的高度的纪律性和对事业、对单位的忠诚。至于现在一心二用学到的那点儿技术,将来回地方后真需要的话只要专心致志地学上几个月就足够了。再加上,王忠心可没忘记他当兵第二年考上军校的成功经验,当时他没像其他战友那样利用正课时间偷着复习功课,却偏偏成了全营唯一一个考上军校的士兵。正如我们之前做出的那个论断,人们在做出一个正确选择后的成功经验,往往成为之后面临类似选择时的基本原则。也就是从那次成功之后,王忠心在部队十年间养成了一个习惯,就是什么时间该做什么事情就做什么事情,绝不在该做这个事情时偷偷地想着、做着另外的事情。他的心和手是一致的,他不允许,也做不到一心二用。我们无从评价这个习惯的好坏,只是这个一心一用带给王忠心很多好处,让他在做任何事情上都有比较高的效率。

世界的不同源于看世界角度的不同。从这个角度出发的王忠心没有过多地考虑回地方后的发展,而是把精力更多地投到了一个人身上。这个人

就是他的电脑课老师,也是他班里的上等兵——徐海波。

说起来,在大山沟子里待的这十年,除了那枚一直沉默的导弹,王忠心一年到头春夏秋冬、一天到晚二十四个钟头都跟身边的战友待在一起,跟他在同一个屋檐下生活过的几百号战友都属于什么类型、有些什么脾性,他早就了然于胸。有一个秋日的周末他曾经数过,就在他那间小小的宿舍里,他已经接触过了二十一个省份的战友,哪个省份的有什么样的特点,什么样的特点该用怎样的相处方式他早就心知肚明。当了班长之后,他更是全身心琢磨这些不同特点的兵该怎么带了。当班长当到第四个年头时,不谦虚地说,王忠心自问已经可以像李炳华班长一样,能带好任何一个地方、具有任何一种特点的兵了,所以营里、连里后来渐渐地会把一些不太好带的兵也交给王忠心来带。

徐海波倒不是那种"不好带"的兵,而是旅里自建旅以来接收的第一位大学生士兵。考虑到徐海波的学历,旅里把他放到了对文化素质要求最高的技术营,技术营把他放到了一连,一连把他放到了王忠心班里。王忠心把徐海波安排到了自己的上铺。徐海波睡到王忠心上铺的第一个晚上入睡很快,不一会儿就打起了呼噜。而直到王忠心退伍前几天,徐海波才知道那晚在下铺一动不动的王忠心很久没有睡着,因为这是他在部队十年遇到的第一个大学生士兵。十年前入伍时只是初中学历的王忠心,无论如何也没有想到,十年后的中国军队竟然会有大学生士兵,而且他这个初中生成了大学生的班长。说实话,那晚王忠心倒不是担心管理不好徐海波,他

第四章 告别

自信能管理好任何一名战士，他只是在担心、在思考怎样才能不耽误这名大学生士兵在部队的成长，怎样让徐海波在部队有更好的未来。那晚，王忠心并没有想出一个明确的答案，他只是决定，把带好徐海波作为自己军旅生涯的最后一个挑战，当作一件十分重要的事情来做。

接下来的一两个星期，王忠心表面上不动声色，实际上却无时无刻不在关注着、观察着徐海波。他必须尽快地描摹出徐海波的性格特征，然后才好因材施教，给徐海波量身定做成长方案。这也是王忠心当班长七年摸索、形成的一条带兵经验。王忠心不怎么爱说话，他早已接受自己这个"缺点"，并且尝试把这个"缺点"变成长处。所以这些年带兵，在教育战士、引导战士、批评战士时，王忠心都会把功夫下在前期，找到每个战士真正在乎的那个"点"，然后三言两语，甚至很多时候就是一句话，一击而中。

很快，王忠心发现徐海波是孤傲的。也难怪，当时别说营里了，全旅也就这么一个大学生士兵。他能不孤傲吗？不过，王忠心判断，徐海波"孤在傲前"。虽说他和其他战士一样穿着同样的军装，身材、相貌普普通通，但他像夹在这支队伍里的一个异类，走到哪儿都要被人多看上两眼，有的人的目光隐蔽一些，有的却是直勾勾的。王忠心相信徐海波从战友们身边走过后，后背上都会一片灼热。

在一个群体中最怕的是孤独，特别是在部队这样高度集中统一的集体中，孤独更会是一种强烈的被抛弃的感觉。王忠心认定，这将是徐海波的

一个突破口。他决定，在面对徐海波、要求徐海波、赋予徐海波任务乃至心里想到徐海波这个兵时，要忘掉他的大学生身份，他就是一个战士，一个跟其他人一样普普通通的战士，没有什么大学生、高中生之别。所以，在随后的几个月里，王忠心像对待其他战士一样对待徐海波，训练、养猪种菜、出公差一视同仁，毫无分别。目光从别的战士身上移到徐海波身上时，没有任何波澜，没有任何高看，当然也没有低看。

一时间，大学生士兵徐海波都有点儿怀疑，这个叫王忠心的初中生班长是不是不知道他是大学生，知道的话怎么没有任何优待，让他和其他战士一样挑粪、扫厕所？渐渐地，这种怀疑又变成了抱怨，觉得王忠心不可能不知道，他这样做只是因为嫉妒，他像武大郎开店一样容不得店里的伙计比他高……

人往往如此，被孤立时，需要人们觉得他跟大家一样；而把他当大家一样时呢，他又觉得怎么忘掉了自己的身份，自己跟别人不一样。对于徐海波的心理反应，王忠心心知肚明。他清楚地感觉到徐海波对自己有误会、有意见，但他并不解释，更不着急。当班长七年，他已经琢磨出一个道道来，带兵不能沉不住气，带兵不怕暂时的误会，时间总会掀起那一层误会的幕布。

徐海波毕业于合肥工业大学计算机专业，入伍时背包里塞满了计算机软盘。这年春天，徐海波和全连战友一起奉命参加上级组织的一次作战演习。"战斗"开始后，徐海波就发现这次演习从作战指挥到实装操作大多是

第四章

计算机在唱"主角",可唯独情报收集仍在用着传统的手工作业方法。对此,徐海波不由得跟同班一个战友发起了牢骚:"这也太落后了,怎么不让计算机当情报员,我就会操作……"

牢骚发完就被徐海波忘了。他万万没想到第二天一早,"红军指挥部"一个参谋就找了过来,把他带到了旅长跟前。旅长详细询问了他昨天发的牢骚,琢磨了片刻,和参谋长商量了一下,当即指示指挥部给他特配了一台计算机。在接下来几天的演习中,徐海波利用计算机收集"敌情",传递导弹测试信息,分析处理各种数据,效率大大提升,演习大获成功。刚刚成为上等兵的徐海波一战成名。

从此以后,徐海波走出了一条天高海阔的军旅之路。他能独立操作导弹六个技术号位,五次参加比武五次夺魁,参与编写了三十万字的导弹技术教程,筹建了全旅的指挥自动化系统,当了班长,荣立二等功……

一九九九年的夏天,第二炮兵党委授予徐海波"科技练兵模范战士"荣誉称号,做出"向徐海波学习"的决定,借助"徐海波效应"推动部队科技强军。本来只准备服一下兵役干三年的徐海波成功提干。徐海波提干走的前一天晚上,旅里为这个给部队争了光的战士摆下一桌送行宴。席间徐海波向旅长敬酒时,旅长说了一句:"你真应该好好感谢你的班长王忠心……"直到那一刻,一直缠绕在徐海波心头的一个谜才有了答案——那天一早"红军指挥部"的参谋怎么就找到了帐篷里来?旅长怎么就知道他发了那个牢骚?怎么就敢在一次演习中听取一个上等兵的建议,前所未有

地让他利用计算机收集情报？

当知道这背后是他的班长王忠心时，一切就都顺理成章了。作战演习的当晚，在旁边悄悄听完徐海波想法的王忠心立即找了旅长，向旅长汇报了徐海波的方案，并愿意为他担保。当时，王忠心已经是旅里测控专业响当当的人物，在旅里的所有大项演训活动中都会被委以重任。他很少说话，所以他一旦说话分量就很重……那是王忠心当兵十年第一次找旅长，当年他面临提干考验时都没有找过旅长。

徐海波知道这一切的时候，王忠心已经退伍回了安徽老家。也已经当过几年班长、带了几年兵的徐海波，终于明白了最初王忠心为什么看起来像是不重视他，甚至在打压他。那是因为王忠心想通过这样的方法带动班里的、连里的战士忽略掉他的大学生身份，接纳他、拥抱他。王忠心最清楚不过，在部队要想脱颖而出的话，必须首先是个好兵，首先要符合主流的集体主义价值观，接下来才能谈个性、谈本事。这不是批评部队，这是部队作为一个战斗集体必须坚持的原则。所以王忠心才会有意忽略掉徐海波的大学生身份，先把他锻造成一个合格的战士。要是一开始就盯着徐海波的大学生身份，各方面都给予特殊对待，他的基础就会打不牢，就容易飘，就走不远。而在徐海波打牢了当兵的地基后，王忠心又默默地往旅里推荐他，给他平台，助他展翅飞翔……

事实证明，王忠心在培养徐海波上采取的策略是正确的。徐海波也成了王忠心自己军旅生涯中最后三年最大的一个成绩。他也没想到，临要走

第四章 告别

王忠心在训练间隙展示才艺

了,竟然带出一个全军重大典型来。这是当班长十年来最大的幸福,他觉得这也是军营对他最大的馈赠。这是后话。

第四节 退伍前的签名

车开了,缓缓开了,沿着那条已经被碾白了的主干道缓缓地向大门岗

149

驶去。

已是农历四月天气，主干道两侧的枫杨早已舒展着身姿，绽放出嫩绿的叶子。叶子在春风中轻舞着，把春日的阳光拨弄得泠泠作响。这树长得真快，才几年的工夫已经长到了十多米高。车善解人意般缓缓前行，几乎是阅兵时正步走过主席台的速度。车下的大豪、杨磊、徐海波和那些熟悉的身影已经越来越远、越来越小，像入伍报到那晚一样，坐在车厢最后面的王忠心一眼就认出了路西边那排树，那排当年他带着班里的战友们一起种下的树……

树长高了，王忠心也要走了。树在风中摇摆、歌唱、落泪，他忽然很感激多年前出的那个公差，种下的这些树。他莫名地生出一个想法，假如有机会再带一次兵，他一定要让他的每个战士都在这座军营里种下一棵树，将来战士走了，树还留在军营里，和一拨又一拨士兵一起成长。

王忠心是个感情充沛而又懂得克制的人，从这一点上来说倒有点儿像他日夜守护的导弹，一身的能量却从不轻易释放。但随着离队的日子仅剩下了两位数，王忠心也渐渐觉得一股不可名状的情感从心底生发出来，在胸间汹涌。本就寡言少语的他变得更加沉默，甚至有时候会坐在小马扎上或站在窗前发呆，倒也不是回忆过去，也没有去想将来，他的脑子里只是一片空空荡荡。据徐海波后来描述，他这位班长那些天里没事就把手插到兜里，围着连队的房前屋后、猪圈菜地走上一圈。连着三四个周末，他操起一把剪刀一个人把连队门前的冬青修剪得整整齐齐……好多时候，徐海

第四章 告别

波望着窗外低眉垂眼、默默剪着冬青的王忠心，总觉得他一定是在哼着一首歌。也就是在那个时候，这个大学生士兵终于对他这位初中生班长生出了一种内心折服之后的敬重。他觉得他的班长是一位真正的战士。好多个刹那，他想从宿舍里跑出来和班长一起做这件事，但又忍住了，他觉得班长一定是想一个人做，他觉得他终于懂了他的班长。

退伍的准确日子已经定了，连队党支部已经免去了王忠心的班长职务，连队的训练、工作他已不必参加，接下来的一周时间主要留给他办理各种离队的手续。就在这时，连队突然受领了一项任务，为导弹做最后一次测试，然后将导弹移交给兄弟部队。王忠心是一天夜里在水房洗漱时从两个战士的聊天中得知这个消息的。他湿着一只脚就敲开了连长的房门，向连长提了个请求——让他参加这次测试。连长陈大豪看着面前卷着裤腿的王忠心，这是这个他的同年兵第一次因为个人的事向他、向连队提要求。大豪看了王忠心一会儿，板起脸说道："我不同意——"几秒钟后，大豪没憋住，笑了。

两天后，王忠心沿着弯曲的山道一步步走进了洞库，踩着空旷的回声一步步走上了他的战位。他看到"老伙计"已经平躺了下来，像过去每次"体检"时一样沉默不语，把自己整个地交给了王忠心。王忠心也只是平静地看了一眼，然后埋头操作起他操作了十年的家伙什来。是啊，还用多说什么呢，他们早已没有人生初见时的激动，一句话、一个眼神亦或一滴眼泪都将是多余的，他们之间早已不用表达，所有的只是相伴多年的默契。

  一切如行云流水。"老伙计"一切正常。王忠心轻轻地吐出一口气,提起笔,略微地停顿了一下,在测试登记本上签上了自己的名字——王忠心。十三年间,这个名字他已经签了上百次,但这次不一样,这是他最后一次在这个本子上签名了。

  王忠心最后看了一眼他的"老伙计",转身离去,心中只是翻滚起一些惆怅,并没有太多悲伤。本以为是单方面的离开,没想到成了相互的送别。电棒在他的身后依次熄灭,洞库渐渐暗了下来,王忠心满面庄严地走着。三道门次第打开,他忽然好像看到对面走来一队人马,那队人的最后一排走着一个个头不高的家伙,一脸的稚嫩和期待,赫然正是人生中第一次走进洞库的新兵王忠心。他们在第一道门那儿擦肩而过,新兵王忠心即将佩戴上红领章、五角星,开始他未知的军旅生活,而老兵王忠心马上要卸下军衔,与自己的军旅生活道一声再见了。

  省会火车站。走进这个两年前在旧址上翻盖扩建的火车站时,王忠心大概地回忆了一下,这十三年间有五六次在这里转车。想起来挺遗憾的,在祖国的大西南当了十三年的兵,还从没在这个省会城市好好地转一转,当兵的前几年是没机会,后面有机会了却早已习惯了大山里的生活。上次休假转车时,王忠心鼓起勇气摸索到它最繁华的一条街上去,还没待上一个钟头就跑回了车站,他已经不适应那种大山之外的喧嚣了。奇怪的是,每次走进这个车站,入伍报到时那个梦境般的黄昏总会像一团迷雾似的罩住他,把他裹挟到那个似真似幻的时空里去。那个刷了石灰惨白惨白的站

第四章 告别

台牌，那个红漆描上去的湿漉漉的地名，那几道闪着寒光的冷冰冰的铁轨，还有那一列黑漆漆、神秘莫测的闷罐火车，排着队默不作声地向他涌来，等到了他的眼前却又模模糊糊的，消失不见了……

但这次不一样。当王忠心和游小平与其他省份的战友拥抱道别后走上月台时，那团每次都要起的雾并没有升腾起来。王忠心突然清晰地看到了过去十三年间他走过的所有画面，每一帧都飞速划过，但又生动无比——

他看到了新兵王忠心，军校学员王忠心、实弹发射场上的王忠心，想起班长王忠心、代理排长王忠心，想起第一次提干失败后的王忠心、第二次提干失败后的王忠心，还有第三次提干失败后的王忠心。他想起，距离退伍还有三年时的王忠心……

所有这么多的王忠心一个个排着队向他走来，他们穿着不同的军装，迈着不同的步伐，脸上挂着不同的表情，眼睛里闪着不同的光芒。每一个都那么生动，每一个都那么真实，也许有的正在经受痛苦、经受挫折，但每一个都是那么昂扬！

最后一次站在这条承载了青春年华的铁道旁边，回望永远回不去了的短暂而漫长的十三年，已经卸下军衔的退伍老兵王忠心觉得还行。虽说从十八岁到三十二岁这最美好、最珍贵的青春岁月都夯进了那沉默了千年的大山里，刻进了那生长了百年的老树里，渗进了汩汩流淌、不肯留驻的小溪里，但王忠心并不后悔。他觉得自己这十三年干得挺值，他当了兵，读了军校，转了志愿兵，立了功，当了班长，发射了实弹，在祖国需要的时

候站在了那支待命的队伍里。而最根本的,王忠心觉得心里最踏实的,回首过去他觉得最无愧的,面对未来他觉得最有底气的,是在这十三年军旅生活里,他奠定了自己的做人原则,他知道了自己这一生要做一个怎样的人,明白了在面临一些诱惑和考验时应该做出怎样的选择……

这一个个或大或小的选择,有的让他如愿以偿成功了,有的则让他在世俗意义上落败了,但如今回头来看,这些选择他都不后悔,至少现在来讲他觉得做的这些选择都是对的,从根本上、从长远来讲都是经得起时间和人心考验的,他的心里是踏踏实实的。他觉得自己不是一个功利的、浅薄的、让人背后戳脊梁骨的人。而在部队走过了这十三年,王忠心确定无疑地知道,此次重回家乡,他已经不再是那个懵懵懂懂的山村青年王忠心,他已经在更广阔的世界里感受过自己,不论是在一个县城里或是一个山村里生活,他都能在这个平凡的世界里活出有意义的、不会后悔的人生。

当然,王忠心也有遗憾,他这个时候走得并不甘心。因为就在他临走这几年,国家、军队发生了好多事、好多变化。一九九七年七月一日,中国恢复对香港行使主权;一九九八年,全国人民大抗洪;一九九九年五月,就在前两天,美国轰炸了我国驻南联盟大使馆……当了十多年兵的王忠心感受特别明显,这两年国家的发展突然提速,军队的重要性也越来越体现出来了,科技练兵热潮越来越热了,部队前进的速度越来越快了,他相信在部队将会越来越有作为。他还听说,士官制度又要改革了,干到高级士官的话可以在部队干一辈子,只可惜他赶不上了。人生总有遗憾,接受了

第四章 告别

这个遗憾，遗憾便不是遗憾了。

列车轰鸣着驶过来了，稳稳地停在了月台旁边。王忠心跟在游小平的身后，拽着车扶手一步一步地上车。踏上最后一个台阶时，他回头看了一眼，突然心头一酸，眼眶里涌出一汪泪来。过去坐那么多次车，他知道都只是暂别，唯独这一次，却是永别，他可能这一生都不会再回来了。

车开了，开出了车站，从一个高架桥上驶过，这个繁华的省会城市尽收眼底。他忽然想起当年初来报到时生出的想在这儿找个媳妇儿的念头，不由地笑了。游小平看他笑了，也没问他为何而笑，也跟着笑了。一切就这样过去了。在列车的前方，老婆、女儿，还有父母，都在老家等着他呢。

离家一十三载，志愿兵王忠心就这样解甲返乡了。

第五章　归队

"立即归队!""立即""立即","归队""归队"……这些强制的、不容置疑却那么亲切甚至亲热的字眼儿,让几个月来一直克制着情绪的王忠心再也忍不住了,他的眼里放出光,心里溢出了泪来。

第一节　妻子手心的钥匙

王忠心醒了。

他一翻身坐了起来,被子一掀,脚跟着着了地。绿胶鞋鞋跟朝里,鞋口朝外,没错,自打当了班长从上铺改睡下铺后,他的鞋就一直这么放,他脚一伸就套到了鞋里去。

王忠心跟着转身就想叠被子,却隐约觉得不对,起床号已吹响,整个宿舍里竟没一点儿动静,往日那种沉默的喧嚣、那种兵荒马乱也没有发生——这帮臭小子又想赖床!他刚想吼一嗓子,一抬眼,却看到床里面好像还睡着两个人……

王忠心慢慢地把掀开了一角的被子又盖了回来,并且小心地掖了掖被角,然后轻轻地把手撑在床边,弯起腰一动不动地望向了床里那两张面孔——那是他的妻子杨红苗和刚刚三岁的女儿杨杨。此刻,母女俩睡得正香。

窗外透进来一些微光,天还没有大亮,估计应该是六点左右的样子。这个时候,王忠心彻底清醒了过来。他睡的不是上下铺,这里不是宿舍,他已经离开了部队。如今他是退伍老兵王忠心,从今往后的日子里再也不用听起床号了。当然,他也听不到了。

王忠心悄悄地回过身来,倚坐在床边,借着微光打量起了这个他曾经住到十八岁的家。乌黑的屋顶上依然看不清藏着什么,乌黑的地面依然在

第五章 归

常走的那一块泛着光,沉默着的衣柜和桌凳还站在原来的位置,一切如旧。可它们像不认识他似的投来打量的目光,让他觉得有些不适应、有些不自在、有些失落。他把手垂放到腿上,又交叉握到一起,昨天那一幕虚虚实实地浮上了心头。

火车终于进站了。在穿过最后一个山洞、飞过最后一架桥梁、越过最后一片原野后,那列搭载了王忠心的火车终于慢慢悠悠地进了站。长鸣声中,火车最后"咣当"了一下,停在了站台西边儿,一动不动了。车窗早就打开了,举着红、绿两种旗子的车站工作人员正吊着嗓子指挥着站台上的人们,里面有准备登车的,也有接站的,那滚烫的乡音裹着家乡久违的空气从王忠心的耳朵钻进了心底,荡起一圈圈涟漪……

回来了,终于回来了,王忠心抬起手腕看了一眼三年前结婚时妻子送他的手表,表盘看上去像新的一样,在部队他不怎么带,也用不着。这时是下午四点十分。几乎在一个钟头前他就做好了下车的准备,把行李架上的背包取下来放在了座位上,把上面落的灰尘用手轻轻拍去,去了一趟卫生间,重新系了鞋带,洗了手和脸,刮了胡子——在车上两天已长了胡茬出来,对着镜子把卸掉了军衔的军装整得利利索索——他知道,妻子杨红苗一定带着女儿在车站接他。他早早地准备好了一切。

安徽休宁站是个小站,下车的乘客不多,王忠心和游小平背起各自的背包相跟着往车厢门口走去。王忠心在前,游小平在后,各自背着装了军旅十三载所有家当的背包从狭窄的过道穿过,不时蹭到过道两边的椅背。

急性子的游小平在后面叫了一嗓子:"哎,你倒是走快点儿啊!"王忠心也想快些走,却奇怪地觉得腿有些软,每一步踩下去都像踩空了一般。他知道,他人在这列车上,总感觉和部队还没有切断最后那一丝连接的细线,可能只是出去执行任务,等完成了就会像收回风筝般被部队召回去……但只要一下车,他就完全地、彻彻底底地跟部队再无任何瓜葛了,所有的一切都将永远地成为回忆。所以王忠心走得很慢。即将重新踏上故乡的土地,他有点儿发怯。

王忠心一眼就看到了妻子,看到了妻子怀里抱着的女儿。他一步跨了两级阶梯,跳到了月台上,小跑了几步又慢慢地向妻女走去。妻子穿了件大红的外套,就是结婚时穿的那件,女儿也穿了一件小红毛衣,还扎了个小辫子,辫子上绑了根红绳。这时,太阳从西边照过来,刚好斜洒在妻女身上,在妻子的头发上、女儿的红毛衣上氤氲起了一圈光环。妻子望着他一步步走近,眼里的那一圈光越来越亮,女儿也歪着小脑袋望着他,眼睛瞪得大大的满是打量,女儿对他的记忆应该还停留在一年前……

"红苗……"

王忠心轻轻地叫了一声妻子,分别一年的夫妻对视了一眼就错开了眼神。杨红苗扭头对女儿说道:"杨杨,叫爸爸,叫爸爸!"王忠心伸出双手想抱过女儿,一直歪着头盯着他的女儿却往后一缩,转身趴到妈妈肩上,"哇"的一声哭了出来。

"杨杨不认识你了吧!"旁边传来游小平的笑声。王忠心扭头一看,只

第五章

见游小平一家三口也在旁边团聚了，游小平正抱着儿子冲着他乐。杨红苗接过话茬，笑着说道："你一个月前刚休完假，你儿子当然认得你了！"

说说笑笑，这两对夫妻约好找时间聚聚后相互道了别，各自往家里赶去。两家不在同一个乡，但都在大山里面，约莫天黑前刚好能赶回家，父母兄弟们还在家里等着呢……

王忠心扭头看了一眼床里的妻子和女儿，想起昨天妻子接他时特意穿上的结婚时的衣裳，还有发髻上的那朵小花。一年多时间没见，妻子看起来憔悴了很多，眼角竟有了鱼尾纹。他知道她的不容易，这三年又要干缝纫店的活儿又要带孩子，他只能在信里、电话里安慰一下，表一下歉意，帮不上别的一点忙。女儿终于在晚上睡觉前轻轻地叫了他一声"爸爸"，慢慢地趴到了他的怀里……那一刻，老兵王忠心觉得四周一片安宁，那根绷了整个青春岁月的弦"噗"的一声松了下来，过去十多年的军旅生活从他的脑海中一闪而过，变成了一个遥远的梦。从一年前开始琢磨退伍至今，王忠心终于觉得退伍挺好，终于可以踏踏实实地陪在妻女和父母身边，再也不用离开了。

就在这时，窗外远远地传来一声鸡鸣，长长的，像在伸懒腰；轻轻的，像是怕吵醒又要开始忙作的农人。王忠心又看了一眼妻女，披上夹克蹑着脚出了屋子。昨晚回到家时，天已擦黑了，再加上忙着跟父母、姐姐、弟弟、妹妹，还有侄子侄女、外甥外甥女们说话，都没有好好打量一下这个小院子。此刻天已有五六分亮了，这个承载了他少年心绪的小院子完完整

整地呈现在了他的眼前。

跟当兵前一样,院子里还是那块砖地,王忠心还记得当年他们一家六口齐上阵铺这块地时的热闹情景。砖是从村里开的第一口窑里捡来的废砖,沙是从村后小河里淘上来的河沙。一家人蹲在地上铺了整整一个下午,等铺好后天已黑了。母亲和姐姐赶紧洗手做饭,王忠心和弟弟把饭桌抬出来,放在砖地的正中央。王忠心记得,那晚全家人都喝了一口父亲自己酿的梅子酒,那晚那个大山深处的农家觉得生活充满了希望……就在那年冬天,王忠心当兵离开了家,一去十三年。这期间,姐姐、妹妹、弟弟都结婚了,各自都有了孩子,找到了各自的营生,日子越来越有盼头了。

往院子东边看,儿时带给他无限乐趣的两棵树已长得高了,长得粗了。槐树开了一树的白花,枇杷树又结了一树的果子,把枝头压得低低的,像是弯下腰来欢迎他回家,当年的小树变成了如今的中年模样。树下卧着一条大黄狗,大黄狗已醒了过来,立起了四肢,慢慢地摇着尾巴朝王忠心走了过来。已近晚年的大黄狗也不去问这个曾陪伴了它童年的玩伴这些年去哪儿了,它只是像往昔一样凑到王忠心腿边,用舌头舔一舔那双熟悉的手。西边立着这个开放式院落的唯一一堵小矮墙,矮墙那边隔一个小巷子就是汪庆国的家。汪庆国几年前已经退伍回来了,听说安置到了县里,王忠心准备过两天去县城找他聊聊取取经。院子正南,依然还是这个农家小院里最有诗情的地方。母亲在那里种了一排的花,松花、格桑、凤尾花、灯笼花、鸡冠花,黄的、白的、红的,一年四季中三季都有花开,开得安安静

第五章

静又热热烈烈。即使在吃不饱饭的年月,身材瘦小、没念过一天书的母亲也总把他们这个穷家收拾得干干净净、欣欣向荣的……

王忠心几乎没有思索,就径直地向那两棵树走去,在树脚下捡起那把有好些年头的竹扫把,轻轻地从东头开始一下一下地扫起了院子。除去野外驻训和实弹射击的日子,几乎每天早上王忠心都和战友们一起打扫连队房前屋后的卫生,即使当了班长,即使到了退伍最后一天也没例外。但这是他退伍后第一次打扫自家的院子。他细细地打扫着院子里的犄角旮旯,似乎想通过这样的方式尽快回归这个院落、这个家。他决定了,往后的日子里他每天早上都要起来打扫卫生,像在部队时一样。

就在这时,堂屋的门"吱呀"一声开了,一双脚跨出门槛,母亲从门里闪身出来。见他在扫地,母亲笑着嗔怪他在部队早起了十多年,回到家了还不睡个懒觉,说着就从他手里拿过了扫把。王忠心便傻傻地笑着、跟着母亲,母亲扫到哪儿他就跟到哪儿,有一搭没一搭地说些话,而那条大黄狗也在身后亦步亦趋地跟着他,像小时候一样……又有几声鸡鸣,跟着几声狗吠,巷子里传来了轻轻的脚步声。王忠心忽然有些恍惚,好像这十多年他从未离开过家,而部队的日子不过是他做过的一个长长的、真真的梦。他知道,退伍后的日子就这样平平淡淡、踏踏实实地开始了。

"红苗,你出来一下!"这天上午,在县城西关王忠心和杨红苗第一次见面的缝纫店门口,从外面回来的王忠心一只脚踩在门槛上冲杨红苗说道。杨红苗正在赶一个急活,头也没抬地回道:"有事你进来说嘛!我这忙着

呢!"王忠心笑了笑,跨进门来,硬是拽起妻子的胳膊把她从缝纫机后面拽了出来,拽到了店门外面。

王忠心用手一指马路对面,望着妻子说:"那家店,'好客来'饭店……"杨红苗不解地顺着王忠心手指的方向望去,不知道刚刚从部队回来的丈夫究竟什么意思。只见王忠心又拉起她的手来,摊开她的手心,把一把亮灿灿的钥匙放到上面,并凑到她的耳边轻声说道:"从今天起,这家店就是你的了……"

后来的多少年里无论发生了多少事,杨红苗记忆深处最闪光的那颗宝石依然是那个一九九九年春天的上午。她一直清晰地记得那个晴朗温柔的上午,阳光斜斜地从屋檐上照下来,把那条王忠心曾经蹚水走过的老街照得亮亮的。她记得那条街的味道,那条街上当时走过的行人,还有那条街上空刚刚飞过的一群白鸽。

杨红苗后来把这个故事讲给女儿听时,还会像小女孩般眼里闪出幸福的光芒。这件事她万万没想到,那些天里王忠心和她还有女儿在县城住,王忠心总是早出晚归,一脸风尘仆仆的样子,杨红苗还以为他是在忙着找民政局登记安排工作的事,谁知道竟是为自己盘下一家店来。她的丈夫兑现了曾经给她许下的诺言,用转业费给她开了一家缝纫铺。尽管后来几十年的事实证明,这是王忠心为她做过的唯一一件浪漫的事,但她觉得这已经足够了。她觉得这个个头不高、瘦小的男人让她心里踏实,能给她希望……

第五章

那个春天,曾经的军嫂杨红苗一颗心踏踏实实的、甜甜蜜蜜的,她觉得属于他们的平平顺顺、充满希望的小日子就这样开始了。

第二节 部队再发急电

十月一日,安徽休宁。在这个小县城西关的一家裁缝铺里,秋日的阳光穿过窗户洒落到高高挂起的一排新衣上,被这些衣服环绕的店老板杨红苗正"嗒嗒嗒、嗒嗒嗒"地把缝纫机踩得飞快。她会偶尔在锁完一条裤边或者缝好一只袖子时扭头往右边儿看一眼。在这间小铺面的北边儿,靠墙放着一台小电视,退伍老兵王忠心正和三岁的女儿各坐在一只小板凳上,仰着头盯着电视看。

这时是上午九点五十五分,再过五分钟,中华人民共和国在二十世纪的最后一次大阅兵即将开始。此刻,电视机里的镜头已经对准了长安街、天安门,这时的画面里看不到一个人,听不到一点声音,王忠心却觉得"咚咚、咚咚"击鼓般的心跳声隔着屏幕透了出来。这种感觉他熟悉,是大军开拔前的静默。过去部队每次出动前,似乎连密林里的各种虫鸟都噤了声,这些山中的精灵好像真的能感受到大军出征前那种无形的势。此刻,那种势已经积聚到了最高点,那根弦绷到了最紧处。

王忠心像在部队时一样不动声色,依旧黢黑的脸上看不出一点儿表情流转,只是一双眼睛里偶有一丝落寞闪过。这些天这个退伍老兵一直在做

一种没有意义的假设,假设自己要是晚一年入伍,那么今年就还在部队,那么也许就能参加这次世纪大阅兵。但这也许就是命中注定的遗憾,他就是早了一年……

王忠心知道,就在此刻,好些他曾经朝夕相处的战友已经从遥远的大西南赶到了祖国的心脏,已经在东长安街上整装待命。尽管这时远在千里之外的一家裁缝铺里,王忠心觉得他能看到战友们瞪得溜圆的眼睛,能感受到战友们手心里那一汪热汗。再过一会儿,王忠心知道,他的战友们将像无数次在深山里畅想过的那样陪伴着那个"大家伙"走过天安门,将高昂起胸膛、举起右臂向日夜守护着的祖国和人民敬礼。他能想象得到,这群从深山里走来、在全世界面前走过的战士一开始一定有些羞怯,但走着走着,他们一定会骄傲起来、一定会幸福起来,他们的眼睛里会放出光芒,他们的脸庞会燃烧发烫,因为他们终于亲眼看见,他们日复一日在深山老林里坚守的意义在哪里,因为他们看到了那座高耸入云的人民英雄纪念碑,看到了亿万百姓尽情绽放的笑脸和激动难抑的泪光……而退伍老兵王忠心,只能坐在电视机前,期待着能从电视上看到他昨天的战友。

十点整。军号响起,中国人民解放军军歌奏响,杨红苗也停下了手中的活计,扭头看向电视,看向电视机前已经站起来的丈夫和女儿。虽说只当了三年的军嫂,没到部队探过一次亲,杨红苗却觉得自己还是跟别的女人不一样,跟读书时要好的同学李红梅不一样,跟隔壁包子铺的秦嫂不一样。特别是偶尔听到军歌、看到军旗时,她总有一种莫名的骄傲,因为她

第五章

的男人也曾经是国家的人、军队的人。杨红苗能理解王忠心。

回家后的这几个月,王忠心嘴上没说过一句想部队、想战友,甚至连一句跟部队有关的话都没说过。他们一家三口搬到这个裁缝铺住了,街坊邻居都不知道王忠心当过兵,还立过功。斜对门一家小饭馆是一个退伍兵开的,挂了个牌子叫"子弟兵面馆"。盘下这个裁缝铺不久,杨红苗就跟王忠心商量,要不咱们也叫"老兵裁衣"或者"军嫂衣店",跟部队挂点儿钩?王忠心却不同意,他也不说理由,只说叫"红苗衣店"就好。

但杨红苗知道,她这位个头不高、瘦小、不擅长表达感情的丈夫哪里有一天忘掉了部队,哪里有一个动作忘掉了自己当过兵!刚回到家时,杨红苗见王忠心还保持着在部队的那一套作风,心里还笑他,猜他过不了几天就跟老百姓差不多了。可不曾想,一个月过去了,两个月过去了,到今天快五个月过去了,王忠心还是每天天一亮就起床,起床后就蹑手蹑脚地出去绕着西关的几条街跑上几圈,然后拿起一个大的竹扫把把店铺前左右右打扫得干干净净,有时扫得尽兴了还能扫出去十多米,差不多能扫半条街。等她们娘儿俩醒了,王忠心又回到屋里来,把被子整整齐齐地叠起来,虽不像部队那样捏成豆腐块,但也绝不是随便一叠。而每晚睡觉,王忠心都是最后一个上床,把他自己的鞋规规矩矩地放在床前,鞋跟朝里,鞋口朝外,还把她们娘儿俩的鞋也这样摆了。后来女儿看得好玩儿,也把这当作一个好玩的游戏跟着摆起来……

对丈夫这些表现,杨红苗没有笑他,也没点破。她看出来了,丈夫呀,

是爱得越深嘴上越不说。她知道他是想部队、想那个大山沟子了，毕竟他的青春都是在那个大山里度过的。有一次杨红苗整理衣柜，翻到一个曾经装糖的盒子，打开一看，里面整整齐齐摆放着王忠心在部队的东西：他戴过的军衔、领花、五角星、红领章，还有两枚三等功奖章……她在心里都想好了，等将来杨杨长大了，就陪着他回那座大山里看看去。

终于，电视机里的北京，世纪大阅兵开始了。军乐声声，马达隆隆，一辆辆坦克、步战车、装甲车披坚执锐，一门门榴弹炮、滑膛炮、自行高炮昂首挺胸。整个天安门广场，整个北京，整个中国，当然也包括安徽休宁县这个小小的裁缝铺，都在这一刻产生了共鸣。当听到这些受阅的装备百分之九十以上都是国产新装备时，当看到全新的陆军航空兵、海军陆战队等兵种第一次走过天安门时，一直面无波澜的王忠心胸口起伏起来。

很难说清到底是什么原因，部队这么个独特的集团好像就是有那么一种魔力。它好像给每个军人的脑袋里都植入了一个什么东西，即使有一天他们退伍了，即使他们退伍后干起了十分普通的工作，他们都会天然地觉得自己还是跟军队、跟祖国有着某种必然的联结。那种牢不可破的纽带，那个在当过兵的人心里打下的死结，终其一生都很难解开。当过十三年兵、在部队干得还不错的王忠心更是难以改变这种宿命。虽然不久前从转业安置的一家不景气的汽配厂离职，但这一刻看到军队威武、祖国强大，这个在家待业还不知道出路在哪里的老兵似乎一瞬间忘掉了自己的现实处境，一转眼就变回了那个在大山里用整个青春守卫着祖国的战士，好像所有这

第五章 归队

些都是他的战绩、都是他的骄傲。

十一时五分,那台小小的电视机里传出巨流入海般的声响,天安门两侧观礼台上的人们"哗"的一下站了起来,整个世界屏住了呼吸——缓缓地,缓缓地,四个犹如巨人的第二炮兵战略导弹方阵缓缓驶进了人们的视野,缓缓从天安门前通过。

"兄弟们走得真稳啊!"曾经的导弹兵王忠心在心底为自己的战友、为这些"老伙计"叫了声好!他往前跨了半步,试图看清那铁流方阵中的一个个面庞,看清那些大家伙身上的一寸寸纹理。就在昨天,当听到天气预报说今天北京可能有雨时,他还着实地为他的战友们担了一夜的心。当然他相信,即使是雨中阅兵,他的战友们也会同样的气势如虹。

四个雄伟的巨人依然一步一步、从容威严地在长安街上行进着,所过之处人人屏住呼吸翘首张望,十五年前和伙伴们挤在一台黑白电视机前观看国庆三十五周年阅兵的场景突然闯进了王忠心的脑海。那时他十六岁,当年最后亮相的战略导弹方阵震惊了世界,也震撼了这个大山深处的少年,于是在他心里埋下了参军的种子。十五年后,当更加威武的战略导弹方阵又一次压轴出场时,那个已经当完十三年兵的少年又坐在了电视机前。短短十五年,从首次揭开面纱到成为核常兼备的"撒手锏",这支战略导弹部队再次令世界震撼。而短短十五年,王忠心也从一名心怀从军梦的少年变成了一名为战略导弹部队贡献了青春的退伍老兵。

分毫不差。在压阵的第二炮兵战略导弹方队最后一个排面通过天安门

中线的那一刻，陆海空航空兵首次联合编队组成的强大机群中的第一架飞机，准确飞临人民英雄纪念碑的上空。随后，十个空中梯队组成的强大机群超低空呼啸而来……十一时十三分，军乐团奏完了阅兵曲最后一个音符，中华人民共和国二十世纪最后一次大阅兵就这样载入了史册，就这样永久地留在了退伍老兵王忠心的记忆当中。

白鸽在天安门上空飞得高了，那支已经发展成诸军兵种合成的现代化军队走得远了，长安街复归了平静，这家小小的裁缝店里也安静了下来。妻子杨红苗的缝纫机又"嗒嗒嗒、嗒嗒嗒"地响了起来。王忠心重新又把女儿抱在怀里。他骄傲着，心潮澎湃着，也伤感着。他知道，从摘下军衔离开大山那一刻起，他每天所要操心的就只是自己的一家三口，还有父母兄弟了。唯一可以拿来安慰一下的，就是回到家的第二天，他便和游小平一起到人武部做了登记，从一名现役的军士长变成了一名预备役士兵。依据《中华人民共和国国防法》，将来一旦有一天祖国需要，他将首先被重征入伍，重新站到保卫祖国和人民的队伍里。王忠心又一次想起了李炳华班长，不知道这些年他过得怎么样，不知道他有没有观看这次大阅兵。他想，李炳华班长一定是看了……

还真是心有灵犀，就在王忠心犹豫着要不要去找游小平坐一坐时，这天下午四点多钟的时候，游小平携家带口地找到了缝纫铺来。离开部队快半年了，游小平还是那种咋咋呼呼的性格，一进门就晃起手里的白酒，嚷着叫杨红苗赶紧炒两个菜，晚上他要跟王忠心喝两杯！喝酒的由头还挺大，

第五章

说是要庆祝中华人民共和国成立五十周年。

人和人之间的缘分真是奇妙，当兵前王忠心和游小平虽说是隔壁乡，中间却隔着好几座大山，要不是当兵，估计这辈子谁也不会认识谁。但谁能想到，他们这两个同乡在遥远的大西南一待就是十多年，然后又一起退伍回了家，后来又一起被安排到了汽配厂当起了同事。不过，这同事没当多久。因为工厂效益不行，连着几个月没发工资，所以两个人一商量决定双双离职，各自寻摸着学点儿什么营生。由于户口都落到了县城，家也安在了县城，他们隔三岔五还能聚一聚。

于是，就在国庆五十周年这一天，这家名叫"红苗衣店"的裁缝铺早早地打了烊。两个曾经的军嫂卷起袖子、系上围裙，就在这家小店西北角的煤球炉上炒起了家常菜，两个退伍老兵就坐在两个小板凳上，就着一张矮桌子，你一杯、我一杯地喝起了小酒。话题嘛，自然还是部队那些人、那些事。说来奇怪，当时觉得稀松平常甚至有些无聊的小事情，如今讲来却那么有意思甚至有意义起来。

聊着，笑着，回忆着。一瓶酒下去了大半瓶，游小平忽然直愣愣盯着王忠心，问了一句："老王，你说，要是当时咱俩都提干了——现在会咋样……"话音没落，游小平好像就意识到这个话题既没意义又煞风景，跟着端起酒杯，连声道："喝酒喝酒，不说这个。"两个人"咣"地碰了一杯，各自饮了，但还是陷入了一阵沉默，铺子里的灯光有点儿暗淡下来。

王忠心理解游小平的心情，他何尝不一样？在部队十多年，他俩除了

操作导弹啥也不会，本以为能安排个差不多的工作，安安稳稳的也算有个归宿，可那厂子实在是……这些天，王忠心尽管没跟杨红苗说，但他已经想好了，他得去学点儿什么，总不能靠老婆养着吧。虽说一时有些苦闷、有些迷茫，但他心里倒不至于慌乱没底。他觉得虽然没有直接拿到地方上就能用的技术，但在部队历练的这十多年，学到的东西、养成的品性还是管用的，只是肯定得有个适应过程，有个摸索的阶段……

王忠心把这些话对游小平说了，气氛又往上扬了，他俩各吃了一嘴花生米，干了一杯酒，重新聊起了上午看的大阅兵。他们感慨地说着现在的部队真是强了，与他们刚入伍时相比可是天壤之别。聊着聊着聊到最后压轴出场的战略导弹方阵，游小平来了一句豪情万丈的话："凭咱俩的素质，要是咱俩没退伍，肯定也上天安门阅兵喽！"

说完，游小平就问王忠心这几个月有没有部队的老战友跟他联系过，也不知道这帮家伙在忙啥，没一个人跟他联系。王忠心犹豫了一下，说也没人跟他联系，可能都忙着阅兵吧。其实就在一个多星期前，他还真收到一封信，是徐海波从解放军体育学院寄来的，他已经提干上学去了。在信中他说，他是刚刚才听说，当年他一个义务兵能被旅长知道、被旅长信任都是因为王忠心的推荐……说实话，收到信的那一刻，王忠心还是开心的，他觉得自己当班长十年带出了不少战士也算有价值，他觉得自己都退伍了还有战士想着也算是挺成功的。

这晚的酒喝到很晚，王忠心和游小平从参军的那列火车上开始回忆起，

第五章

新兵，新兵下连，考军校，转志愿兵，立功……当然主要是游小平说，王忠心隔三岔五插上一两句话。后来两个曾经的军嫂也加入了进来，笑着、看着各自的男人，听着他们在部队时的辉煌，还有酸甜苦辣。至于那俩小军娃，听着听着就先睡着了。

后来，在十年之后的国庆六十周年那天，王忠心还想起了十年前的今天。那天晚上，向来在喝酒上有把持的王忠心也罕见地喝醉了。据杨红苗描述，当晚已经醉醺醺的王忠心还坚持把自己的鞋放得规规矩矩的，然后才躺到床上睡着了。

第二天，王忠心还是像此前一样天一亮就早早地起来了，依然像往日一样拿起那个竹扫把，把房前屋后打扫得干干净净。昨天和昨晚的激情澎湃好像没有发生过，日子又回归了平淡。对了，昨晚王忠心和游小平倒是商定了一件事，他俩准备学一下开车，想着考个驾照好跑运输。

国庆后三四天的样子，就在王忠心和游小平一起去县城东边的驾校了解了情况回到家后，却见缝纫机上放着一张纸。一眼看过去，王忠心就觉得那纸的样式很眼熟。他想起来了，一九九六年那次他回家结婚时就收到了这样一张纸——那是电报。当时电报上写着短短四个字："立即归队！"

王忠心把这张电报拿起来一看，上面竟然同样是这四个字："立即归队！"

第三节　难得跟妻子"皮"了一下

很多年后,当一名记者问起已经满头白发的王忠心,问他在部队这三十年里觉得最幸福的时刻是哪一刻,王忠心沉默了好长一段时间。

他还真没想过这个问题。那天,王忠心把自己这一路走来的足迹在心里细细理过,一个个值得回忆的、喜悦的、骄傲的片段在他脑海中闪现。连他自己也没想到,三十载军旅生涯中最幸福的一刻,竟然不是考上军校那天,不是转志愿兵当上班长那天,甚至也不是当选全国人大代表那天,而是那一刻,是他退伍后接到"立即归队"电报的那一刻。

对于这个答案,一开始王忠心自己也不能理解。漫漫三十年,一个农民的孩子,一步步走出班排,走出连队,走出基地,走向第二炮兵,走向全军,最后走向全国,他有太多个突破自我、热泪盈眶的高光时刻,可为什么他最幸福的时刻却是接到电报那一刻,是在那个不起眼的时间、不起眼的地点发生的不起眼的小事件?那一刻没有聚光灯、没有观众,更没有掌声,所有的不过是一条铺着青石板、行人寥寥的老街,一间木梁黑瓦的小店面,一张薄薄的电报纸……

直到延迟退休后的一个周末,陪着妻子杨红苗上街的王忠心无意中一抬头,看到电线杆上挂着一只断了线的风筝。他忽然觉得,当年刚刚退伍回家的他就像那只断了线的风筝,就是那么孤零零地吊在半空中没着落,他平静的外表下翻滚着一颗暗流涌动的心,他的双脚踩在这个军营以外的

第五章 愿

土地上软绵绵的，无所适从。

就是这个时候，那封电报从天而降……他觉得自己像是一个走丢的孩子，终于找到了回家的路，觉得自己还是有价值的，还是被人需要的。在偌大的中国，在那个遥远的大西南，还有人记得他！

"立即归队！""立即""立即"，"归队""归队"……这些强制性的、不容置疑却那么亲切甚至亲热的字眼儿，让几个月来一直克制着情绪的王忠心再也忍不住了，他的眼里放出光，从心底里溢出了泪来。

杨红苗记得那天，一贯稳重的丈夫拿着那封电报在挂满衣服的裁缝铺里转起了圈圈，好像有好多事想去做，但又不知道该做什么。王忠心是亢奋的、精神焕发的，眉毛和眼角的皱纹都是往上挑着的，整个人像是笼罩在了一个无形的光圈当中。这个已经退伍了快半年的老兵瞬间进入了待命出征的状态。

当王忠心正在为此而兴奋时，隔壁装了电话的烟酒店李大爷从门口喊了一嗓子："忠心啊，电话！"电话是游小平打来的，他也接到了同样一封电报。所有战士都明白"立即归队"的含义，哪怕是退伍老兵。所以，尽管游小平家里和王忠心家里都有这样那样的困难，但他们在电话里默契地连提都没有提，他们只是确认对方也收到了电报，商定购买最早一班的火车票，以便在最短的时间内返回部队。

挂掉电话，王忠心一转头，发现女儿杨杨正跨在门槛上忽闪着眼睛看着他。显然，她似懂非懂地听到了王忠心跟游小平的对话。她仰着头说道：

"爸爸,你要去哪儿,我要跟你一起去……"王忠心一把把女儿抱起,转身回到了裁缝铺,却见妻子也停下了手中的活扭头望着他。

前两年王忠心在部队时,杨红苗还是给别人打工,就那样拉扯女儿都觉得吃力,更别说如今是自己开店,压力还有忙碌程度都比过去增加了好几倍。这个时候如果再把女儿扔给她,杨红苗就是有三头六臂也顾不过来。再说还有大山里的父母,年纪越来越大,身体也越来越弱了,作为长子,他也是重任在肩……

那天,王忠心踩着夕阳就进了山。当晚,王忠心又连夜赶回了县城。他要赶第二天一早的火车。那一夜,安徽休宁这个小小裁缝铺里的灯光亮了半宿。军令如山,父母、妻儿,所有的人、所有的事都得放下。这是军人的不得已,也是军人的伟大所在——所有的伟大都来自牺牲。

第二天一早,一列火车载走了王忠心和游小平。火车南下,他俩像新兵入伍时一样面对面坐着,与十三年前那种交织着期待与忐忑的心情不同,这两个已经三十有余、各有妻小的退伍老兵沉浸在一种矛盾的心绪当中。这一刻被军队和国家征召的光荣刚在心头绽放,那一刻对父母妻儿的惦念和愧疚又涌上心间。王忠心想起自己走出裁缝铺时,隐约听到床"吱呀"响了一声,他犹豫了一下,还是关上门蹑起脚走了。

窗外飞快地闪过一棵棵杨树、一棵棵梧桐,王忠心和游小平猜测着部队为何如此急切地召回他们。为了保密,电报里什么都没说,但他们分析来分析去,觉得可能性最大的还是台湾问题。就在两个多月前,台湾的李登辉刚刚抛出了"两国论",两岸关系在经过了一九九六年的动荡之后再度失去平静。看来,迎接他们的,很可能又是一场重大演习,甚至,是战争……所以离家前,这两个退伍老兵都跟各自的妻儿说,这次回部队最多两三个月,一眨眼就回来了。他们没想到的是,迎接他们的不是战争,而是一场直接改变了他们命运走向的跨世纪的兵役制度改革。

让我们回到一年前,当王忠心在大山里度过他以为的军营最后一个冬天时,在遥远的北京,国家主席签署了当年第十三号主席令,对实施了十四年的《中华人民共和国兵役法》做出重大修改。为了匹配新的《兵役法》,具有具体实践意义的《中国人民解放军现役士兵服役条例》随之展开修订论证。等到第二年也就是一九九九年七月,当新条例颁发并明确将义务兵服役期从三年减为两年、志愿兵改为分期服役时,王忠心已经回到了安徽老家,在县里的汽配厂上班了。

这一天,当夕阳正落到山头上时,王忠心和游小平拐过一个弯后,远远地望见了那个熟悉的、亲切的但又似乎陌生了许多的大门岗。两个人满身风尘,却一脸的兴奋,他俩对看了一眼,快步往大门岗走去。

山如旧,树如旧,路如旧,半年前离队的场景浮现在王忠心面前。当年在部队的时光好像一场梦,离开部队这半年好像一场梦,如今重回部队也像是梦……连长陈大豪告诉他,按照新的士官制度,他可以套改四级士官继续在部队干了,他更觉得自己掉进了一个梦幻的世界……

彼时的世界,正在发生着一场前所未有的军事革命,至少有二十五个

国家对兵役制度进行了改革,以谋求二十一世纪的战略主动权。对于中国来说,改革开放初期制定的《兵役法》已明显不能适应新时期国防现代化建设和提高部队战斗力的要求。新修订的《兵役法》和《现役士兵服役条例》对我军士官制度做出了重大改革,志愿兵比例大幅度提高,我军从此将有几十万士官活跃在部队数千种职务岗位上。说白了,部队急切地需要一大批像王忠心这样精于专业、精于带兵的班长和士官,担当基层建设的中坚力量。

一九九九年的冬天,当曾经的退伍老兵王忠心重新佩戴上闪亮的军衔时,他想起了十年前作为士官首次佩戴军衔的那一天。那次改革把五角星、红领章换成了军衔,这次改革他把已经脱下的军装重新穿上,并在肩膀上扛上了银光闪闪的全新军衔。站在熟悉的大礼堂,像新兵时一样面对军旗宣誓,王忠心心潮澎湃,谁能想到他个人的命运竟然与国家军队的政策紧密相连……所以十多年后,当王忠心当选全国人大代表时,除了光荣,他更多的是感到肩上沉甸甸的责任。他知道,他的每一个提案或者建议,都可能影响到一个、十个甚至成百上千个像他一样的个体的命运。

王忠心毕竟是退伍了,对于是否重新入伍套改为四级士官他有选择权。就是说,他可以选择留下来继续干,也可以选择不留、马上回家——一头是事业,一头是家庭。那两天,王忠心像他退伍前一样绕着连队的房前屋后转了一圈又一圈,这一圈决定留下来,那一圈又变成了走。

从事业的角度考虑,当然留下来好。王忠心发现,尽管离开才短短的

第五章

半年时间,部队已经发生了很多、很大的变化,计算机模拟训练系统都已经配备。这次士官制度改革之后,军队第一次有了高级士官的编制,从此之后一个兵也有了在部队干到退休的可能,可以说部队已经给他们这样的士官技术骨干搭建了足够广阔的平台。对比之下,想起回到地方、回到老家这半年间的生活,王忠心觉得浑身不自在。有时候王忠心自己也想不明白,他在这里生、在这里长,怎么去了部队几年回来反倒不适应了。守着父母、守着妻子和女儿,日子过得平淡安稳,但不知为何,他觉得一颗心是不踏实的,手脚好像都没地方放。

而从家庭的角度思量,王忠心又觉得应当以最快的速度赶回家。家里什么情况他一清二楚,他仿佛能看到几千里之外那个缝纫店里的场景:妻子一定陷在一圈的衣服里,把那台刚买了半年的缝纫机踩得飞快,有两个顾客正在等着取衣服;这时,三岁的女儿可能也自己玩烦了,跑过来拽妻子的衣角……而大山里面,父母还等着他多陪上一会儿。当兵十三年,他这个长子跟父母在一起的时间实在是微乎其微。父母、妻儿、家庭,是他的责任。

那两天,不是王忠心去找游小平,就是游小平来找王忠心。这两个家境相似的三十多岁的男人在夕阳下的菜地里,在夜幕下的球场上,犹豫着、为难着,把去和留的利弊来来回回捋了几十遍。走吧,觉得可惜;留吧,家里又正需要他们……而在千里之外的那头,杨红苗和游小平的妻子也得知了这个情况。这两个前军嫂也各自琢磨着,凑到一起商量着,她们还征

求两个小家伙的意见，得到的答案无非只有一个："我想让爸爸回来！"

这一天是最后的期限了，走或者留必须给部队一个准话了。昨天两个男人已经跟两个女人约好了，今天上午十点，他们把电话打到缝纫铺隔壁的烟酒店去，她们会给出她们的态度。那个时候，部队已经给每个营安了两部201电话机。在距离十点还有半个钟头时，王忠心就和游小平相跟着走到了一部电话机旁。他俩商量好了，在把去留的利弊一条条告诉各自的妻子后，就看她们的态度。她们同意他们留下来没啥说的，她们想让他们回去，那么就二话不说立即回家。这倒不是让女人当家，而是他们觉得撑持家庭的责任不能完全地推给女人。

几年后，杨红苗和游小平的妻子听他俩说起当时那一幕也觉好笑，两个退伍老兵就那样守在一部电话机旁，焦急地等待命运的裁决。偶尔有一些队伍喊着口令经过，他俩还不好意思地把脸转过去。游小平开玩笑说，要不咱俩都留下，要不咱俩都回家，就怕那俩家伙意见不一致，让咱俩一个走一个留……

电话接通了，听筒里传来"嘟嘟"的声音。杨红苗的声音传了出来，"忠心啊，"游小平把听筒往王忠心面前一挪，"你在那儿干吧……"

听完这句，王忠心还在沉默着，张了张嘴不知说什么好，话筒已经被游小平抢到了自己嘴边去："淑芬！你呢？你啥意见……"就听得那边儿在交接电话，游小平妻子郭淑芬的声音传了过来："你也在那儿干吧……"

那天的电话打了半个多小时。挂完电话，这两个老兵默契地没看对方的眼睛，因为他们知道各自的眼睛都有点儿红。千里之外，烟酒店里那两个弱小的女人最后说了一句："我俩商量好了，你俩那么远，往后就我俩相互帮衬着了……"

二〇〇〇年元旦这天，王忠心又一次给杨红苗寄了一封挂号信，像他们当年初次相识时一样。在这封信里，也像当时一样夹了一张照片，是王忠心佩戴上新军衔后的军装照。在信里，王忠心叮嘱了杨红苗一件事，请她把那封"立即归队"的电报收好。

这封信的落款，王忠心难得地跟妻子"皮"了一下，写的是：你的丈夫、四级士官王忠心。

第四节　给新毕业大学生干部讲课

当二〇〇〇年的钟声敲响时，所谓的"千年虫"并没有引发全世界范围的断电、核爆炸，世界也没有走向末日，人们纷纷在长出了一口气后继续原来的生活。王忠心则重新开始了他的军旅生活。

还是原来的连队班排，还是过去住了很多年的宿舍床铺，一切都像往日一般熟悉。王忠心有时会不自觉地摸摸这儿、摸摸那儿，深深地吸上一口气，然后飞快地甩甩头，以确定眼前这一切不是梦境。王忠心没跟妻子说过，其实离开的那些天里，他做过很多相似的梦，在梦里他又回了部队……尽管已经站回了那支熟悉的队伍里，王忠心还是无法想象，全军层

面的士官制度改革，国家层面的新时期战略指导方针调整，甚至更为宏大的世界军事革命会改变他的命运，他一个退伍老兵的梦竟在时代大背景下成真了。

有时走在营区、走在菜地，走在他亲手栽种的已经遮天蔽日的树木下面，听着久违的号声，看着熟悉的战友，王忠心会恍惚，会觉得也许过去那半年才是他做的一个过于逼真的梦，他根本从未离开，也根本不曾回家，至于那县城的老街的那家小小的缝纫店，不过是他对将来退伍后生活的构想……

当然，这种恍惚的时候是极稀少、极短暂的，重新穿上军装的王忠心不会允许自己沉浸在这些情绪中。那次接完妻子的电话，听到妻子那句"你就在那儿干吧"，很少感情外露的王忠心一下子就红了眼……电话那头，千里之外的妻子那句话说得很轻，却像一颗小火星燃爆了王忠心深藏心底的情愫。他知道妻子这短短的七个字说得有多么艰难。他几乎能想象得到在过去的那几天，就在那个小小的裁缝店里，在那圈衣服的包围中，在弯腰抱起女儿的一瞬间，妻子是怎样左想想右想想反复思量的。他知道这七个字意味着妻子将要承受多大的生活负担，做多大的牺牲。其实在此之前，王忠心已想好了，即使妻子最后决定让他回家，他也决不会怪妻子，不会说出妻子不尊重、不支持他的事业这样的话来，他知道这对一个女人来讲太难了。但他没想到，妻子竟然……王忠心突然觉得那个朴朴实实的、已跟了他三年的女人变得伟岸起来，她的身上发散出一种柔和而夺目的光彩来。挂掉电话那一刻，王忠心就决定了，不说为了国家、为了军队这种大话，就是为了妻子，接下来的军旅生活他都不能混一天日子，他得比过去干得更努力、更好，干出点儿名堂来，才算对得起她。

离开部队这半年的生活也对王忠心产生了一定的冲击。在王忠心的想象里，回家后的日子应该是惬意而美好的。老家那个小县城四平八稳、节奏缓慢，并且没有条令条例拘着，按说王忠心应该觉得轻松才对，结果他却觉得身上好像裹了一个无形的网，干啥都不舒服，哪儿哪儿都不踏实。

直到后来干到了即将退休的年龄，回看军旅生涯中这一段小插曲时，他才终于想明白，那是因为他十八岁时就到了部队，随后整个青春都在那个封闭的营盘度过，他的性格、坐立行走、为人处世方式都是在军营塑造的，甚至他的相貌里都刻上了部队的痕迹，所以回到地方后他才觉得无所适从和失落。

这次离开让他可以跳出部队来打量部队，在很多地方比在部队时看得更客观、更清楚了，让他全面地审视了自己这十三年的军旅生涯，他的所得所失、他的长处短板全都明明白白地铺陈在面前，让他终于明白他的心底对军旅有多么眷恋和不舍。王忠心觉得这个短暂退伍的经历对他是好事。

这次回来，四级士官王忠心像个新兵一样重新规划了他的军旅生涯。按照改革后的士官制度，他这次续上的军旅生涯很可能只有三年，但对他来说，这是宝贵的三年。他觉得自己不能再停留在过去的努力程度和专业水平上，他可不想又当了几年兵，还跟之前一样，没一点儿变化和进步，

不过是增加了几年军龄。他要利用这三年时间突破一下自己，在专业素质上再深挖一锹。至于在哪个方面突破，在哪个地方深挖一锹，却是王忠心重新走进洞库那一天决定的。

这当然不是王忠心第一次走进洞库，更不是第一次去看那枚巨大而沉默的导弹。在过去的十三年里，他陪着它在这不见天日的洞库里长久地沉默，也在大西北的戈壁滩上亲耳听到了它的长鸣，亲眼见证了它的一飞冲天。就在世纪大阅兵的盛典上，他还隔着电视机的屏幕短暂地欣赏到了它的英姿……王忠心只是没想到，他竟还有重新陪伴它的机会。当四壁的灯管又一次流水般打开时，他的心跳加快了，他的手心渗出了汗，一别半载，他怕那个"老伙计"的"换代版"不认得他了。

这种担心当然是多余的。当他步履越来越慢地走进洞库最深处时，那个新家伙出现在了他的面前。它像他的"老伙计"一样亲切，他们像两个老朋友般眼含笑意地看着对方，互问了一句"你还好吗"，又好像什么也没说。还用说什么呢？王忠心轻轻触摸着它，绕着它走着，转着圈儿，心里平静而欣喜。

他突然发现，在过去的十三年里，原来他只是会操作它，只是牢牢记住了应该先摁哪个按钮、再摁哪个按钮，只是记住了哪条电缆该插到哪个接口上，最多也不过是记住了这些按钮、电缆下面的电路图，至于为什么要这么做，这样操作背后的机理是什么，那枚导弹的构造是什么，他连想都不曾想过……

第五章 | 隙

王忠心停下了脚步，心头那种久别重逢的喜悦被这个初生细微却越长越大的念头挤到了一边去。对这个依旧默默注视着他的"老伙计"，王忠心突然生出一种愧疚、一种惶恐来。相处十三年，原来他并没有真正懂得它，他只是停留在其外表和一些复杂但浅层次的操作上，并不懂得它的内在。

这一天，当王忠心作为四级士官第一次走出洞库时，他的步子是沉重而坚定的，他的目光是凝重而清亮的。他没想到，在重新入伍时竟找到了过去一个"不应该"的"疏漏"。"不应该"和"疏漏"是王忠心自己的定义，部队和大纲上并没有要求这些一线操作员懂得导弹背后的机理，他们只需要在成百上千次操作中不出差错即可。王忠心又感到一种轻松，因为他找到了接下来的日子里"深挖一锹"的地方。当然王忠心不是个脱离实际的激进者，他绝没有奢望像导弹专家一样懂得

王忠心在操作训练中

导弹最核心的原理,没有忘记自己的本职依然是导弹的操作者、检测者,他只是想尽最大可能地去了解一些操作背后的道理,最终目的还是想不仅知道该怎样操作,还要知道为什么要这样操作。尽管这已经超出了一个导弹测试员的职责范畴。

从来万事开头难。至于从哪儿入手,王忠心第一时间就想到了过去那些年被他们忽略掉的、束之高阁的一个好东西——晒蓝资料。晒蓝资料也叫随装资料,它与普通打印资料的不同之处在于,普通打印资料时间一长就容易模糊,而晒蓝资料的字是刻印在厚厚的纸上的,是武器装备最原始的第一手资料。过去导弹列装后,因为这份随装的资料里往往通篇充斥着新名词、新术语、新符号,甚至是英文,所以往往从列装到退役,这份资料都稳稳地躺在装备箱里,崭新如初。

王忠心的全新军旅之路就从这一本本的晒蓝资料开始了。起步是艰难的,这个虽然离开半年但依然名震全旅的专业尖子开始了比新兵时还要艰难的攻关。他几乎把除了吃饭、睡觉、训练之外的所有时间都投了进去,日复一日地行走在资料室和连队之间的那条小路上,对照着电路图跑原理,遇到晦涩难懂的术语查字典、词典,遇到自己实在攻克不了的难题就把电话打到厂家去。那一两年时间里,仅仅是各个厂家的电话就被他记了整整两页纸。

连长已当满两年的陈大豪疑惑地关注着他这个同年兵,已经当上副连长的杨磊探询地望着他这位新兵班长,班里跟他差了十多岁的新兵、上等

第五章 归

兵们更是满脸不解地偷偷瞅着、议论着这个重新入伍的老班长。他们都不知道回家半年后重新归队的王忠心怎么了,甚至有人怀疑他这次回家是不是找到一家什么专业性质差不多的企业,他这么拼命地钻研目前看起来完全对本职工作没用的资料,可能是为三年后回地方就业打基础、做准备……

王忠心能感受到身边战友们的好奇和议论,他也不去解释,他知道解释也解释不通,因为当下他自己也说不明白钻研这些对他的本职工作有什么作用。直到几年以后,当王忠心一次次在故障排除的紧急关头一锤定音地指出症结所在时,当他作为一个中专生参与编写了二十多本导弹操作规程和教材时,他当年下得这些看起来没什么大用的功夫才渐渐地显现出意义来。

作为一个在旅里甚至在基地都渐渐有了名气的导弹测控尖子,就王忠心来说,他这么拼地去钻研也跟心里的一个只有自己知道的想法有关。他似乎觉得只有如此地去努力、去忙碌,他在心底对妻子杨红苗和女儿杨杨的愧疚才会稍稍地抵消一些。

就在王忠心沉浸在这种苦行僧般的钻研中时,这一年的七月,他突然接到旅里赋予他的、他拼命推辞却不得不接受的一个任务——给这一年新毕业的大学生干部讲课。

虽然最终受领了这个任务,王忠心还是觉得旅里这是在强人所难。他的嘴笨大伙儿都知道,并且他只是一个中专生、一个士兵,如今却要他登

上讲台,给一屋子的大学生干部讲课!王忠心知道再退缩也没有用,时间已经明确了——一周之后,他只能赶鸭子上架。于是,接下来的几天里,他只得暂时搁置了晒蓝资料的攻关计划,开始投身教案的准备工作,白天黑夜地思考着给大学生干部们讲些什么,怎么讲,他们想听些什么,他又能给他们些什么……

王忠心,这个中专生士兵将要给大学生干部授课的消息,也像涟漪般一层层地在连里、营里和旅里传开了。人们口耳相传着这个爆炸性的新闻事件,伸着脖子期待着这一天的到来。这几天有人在营区里撞见王忠心,还开玩笑地叫起他"王教授"。王忠心并没有想象中那么慌乱,那么失去了章法。他觉得不管多难的事情,如果非接受不可,那么也就接下来了,用老家人话说就是"天不会塌,也不会死人"。当然他的心里还是忐忑的,一连几天睡觉前他都在想着:等那天到了,他该如何推开那扇教室的门,用左手还是右手?又该如何迈上那讲台,该迈左腿还是右腿?

第五节　扬威全军科技练兵交流大会

车停了。

王忠心跟着战友们猫着腰一个接一个地从车厢里钻了出来。他轻轻地把脚搁在地面上,一步步加劲踩实了、站稳了。一道初生的、英姿勃发的阳光掠过大地照射在了他的额头上。

第五章

这一天，时年三十三岁、重新入伍不满一年的四级士官王忠心站在了北京的土地上。这一刻，是北京金秋时节一个普普通通的清晨，太阳正从东方的地平线上缓缓升起。

和这个时代的所有中国人一样，王忠心发现，当一个国家、一个民族驶入快速发展的正确轨道之后，自己的想象力往往远远跟不上现实的变化。就王忠心自己来说，一年前的国庆他还在老家县城隔着电视机屏幕遥望着北京，而一年后的国庆前夕，他竟然来到了北京。这是中华人民共和国公民王忠心有生以来头一次把自己的双脚搁在首都的地界上，这是中国人民解放军战士王忠心当兵十四年以来头一次呼吸到他日夜保卫着的首都的空气。

空气清爽，似乎弥漫着果实成熟的味道，王忠心羞怯地望着四周的一切，有些恍惚、有些眩晕。他没想到，他终于作为中华人民共和国的卫士来到了北京。这是二〇〇〇年九月下旬的一天，王忠心和基地抽调组建的演示分队一起从祖国的大西南赶来，准备参加全军科技练兵成果交流活动。

很多时候，一个事件的历史地位和历史价值需要经过时间的沉淀之后才逐渐显现，但这次全军科技练兵交流活动当时就被定了调子："这次活动将是一九六四年大比武以来，演练层次最高、运用技术最新、涉及范围最广的一次军事训练活动。"有可靠消息说，国家领导人也将亲临现场。所以，这次金秋点兵的主场地，也被别有深意地安排在了当年见证了"六四大比武"的沙场。

当王忠心和战友们横穿过燕山脚下这片莽莽苍苍的沙场赶赴他们的宿营地时,他睁大眼睛用力地打量着四周。当年毛主席唯一一次举枪瞄准的情景跃入他的脑海,当年的枪声炮声、当年前辈的厮杀声翻滚着闯进他的耳膜。王忠心紧绷着嘴唇,控制着面部肌肉的颤动,他觉得自己太幸运、太光荣了。一个在深山老林里待了十多年的普普通通的士兵,今日竟能够走在见证了昨天历史的土地上,竟能够在同一片天空下书写明天的历史。

金秋的燕山山脉层林尽染,王忠心和他的战友们从一顶顶帐篷前经过。帐篷前都立着一个小小的木牌,牌子上写着各自的名号,全军各军区、各军兵种的快速反应部队、两栖装甲机械化部队、数字化炮兵部队、特种作战部队、海军陆战队、空降兵部队、航空兵部队、战役战术导弹部队和预备役部队云集,一支支精锐之师就这么静默无声地陈兵旷野。走着走着,王忠心陡然亢奋起来,似乎进入了战斗状态,这将是他当兵十四年来头一次和其他军兵种的战友们同场竞技。他只有一个念头,拿出自己所有的看家本领,决不能给二炮丢人!

燕山腹地的鼓点敲击得越来越急迫,当连续几个日夜的准备工作逐渐就绪后,这一天到了。这天一早,王忠心在天刚刚蒙蒙亮时就走出帐篷,爬上高处,眼前的一切把他惊住了。只见目力所及的地方,堑壕、雷区、鹿砦、地堡、铁丝网密布,战车、坦克、火炮、导弹、直升机列阵,这方神秘的演兵场已经战机四伏,大地几乎已经开始颤抖。

这是告别二十世纪的大演兵,这是迎接新世纪的大检阅。王忠心昨晚

第五章

听说，在这个演兵场上竟集结了万余兵力，除了这个主战场外，待命于内蒙古某地的防空部队、渤海湾某海域的海军舰艇部队也分别在各自的阵地上蓄势待发。在这个演兵场的正北方位建起了一个观礼台，观礼台前立起了一个大屏幕。今天，三军统帅将从大屏幕上观摩利用现代化网络传输到大屏幕上的实时战况。

上午九时零分，炮声裂空，大演兵开始。一团团火光喷出炮膛，坦克、装甲车勇猛出击，战斗机、直升机滑出跑道……弹道纵横，大地震颤，长空失色。正当此时，似乎转瞬之间，演兵场上的火炮、坦克、飞机、装甲车辆等重型装备，已被称作"战场魔术师"的伪装部队"改天换地"。

在寂静的电子战场上，一场肉眼无法看见的电磁波战鏖战正酣：示假、扰骗、干扰，电子对抗、电子伪装各显其能，"敌军"精确制导偏离方向，各种雷达耳聋目盲。遮蔽、消光、干扰、红外，七彩炸弹在空中绽放。

九时二十八分，随着大型布烟车发出最后一方烟障，远处的山峦，近处的沙场，以及秋日旷野上的一切，都在数秒钟里被一一隐去，偌大的演兵场仿佛沉入浩瀚的烟海之中。

九时三十分，在内蒙古草原深处，一声凄厉的空袭警报响起，一个个迷彩身影腾跃而起。原来在这沉寂的草原上，竟潜伏着一支支与斑斓草场浑然一体的防空部队。迷彩的战车、迷彩的雷达、迷彩的导弹，迷彩把士兵和装备包裹，秋色把阵地和掩体包裹。千里之外的声像清晰地传输到人

们的眼前——草原深处的阵地上，飞转的雷达捕捉着时隐时现的空中目标，导弹号手迅速有序地操纵着密集的按键。

"目标截获！""发射！"一枚枚导弹在震天的巨响中点火腾空，如挣脱捆缚的火龙，直冲云天……远空爆炸声连传，就在被导弹击中的"敌机"拖着浓烟坠落于地时，荧光屏上又出现了被我高炮击落的"敌靶机"残骸图像。

同一时间。渤海海面，怒涛拍岸，风起云涌。破空而起的舰空导弹和密集如雨的舰炮在海天之间织起重重火网，新型战舰编队浩荡向前……

第二炮兵导弹测控号手王忠心身在其中。一开始，他还能听到演兵场上传来的枪炮声、直升机的轰鸣声，但随着演练的日渐白热化，即将轮到他们登场时，他的耳朵好像自动关闭了，他的眼里、心里只剩下了面前那一排排小小的、安静的按钮。他知道自己每一个指头摁下去的分量，更知道他们这支导弹部队在这次大演兵中的分量，他在深山老林里十四年的寂寞长跑在这千钧重担系于一身的一刻经受着祖国的检阅——"起竖正常！""测试正常！""五分钟准备！""三分钟准备！"……

十时五十分，震耳的枪炮声骤然停止。硝烟渐散，远方的山峦又现出秋日的神采。长出一口气的王忠心这才想到，当他全神贯注地操作着导弹之时，不知道国家领导人有没有从大屏幕上看到他？而无论如何，他都觉得无比自豪，因为他作为一个士兵接受了三军统帅的检阅。

和前一年的世纪大阅兵一样，此次活动后来被称作"世纪大演兵"，引

第五章

起了全世界的关注。外界的军事观察家评述这次演兵时称:"自去年七月李登辉公开提出'两国论'后,中国的统一与领土、主权完整面临巨大的挑战与危机,而这次演兵,正表明中国大陆在不得已情况下必将动武的宣示绝不是说说而已,而是正在做应对紧急情况的军事斗争准备。"

短暂的休整过后,那个刚刚完成世纪点兵的沙场重回寂静。在一列南下的闷罐火车车厢里,王忠心像新兵报到时一样靠着车厢壁坐在他的背包上,脸上的肌肉终于松弛了下来,紧缩成一团的心脏舒展开了,嘴里轻松地哼着一支只有他自己感受得到的调子。几天前的硝烟已经散去,他在心里盘算着妻子收到那枚代号"砺剑—2000"全军科技练兵交流活动纪念章的日子,想象着妻子和女儿收到来自北京的那个小包裹时的情景……是啊,那天当王忠心跑到邮局说要寄那个纪念章时,坐在柜台后面的那个大姐还惊讶地看了他半天,再三确认他是不是只要寄这一枚小小的纪念章——她哪里知道这一枚小小的纪念章里镌刻着一个士兵多少年的青春和心血啊!她又何尝知道一个军人给妻子寄这一枚纪念章,里面藏着多少感激和歉意啊!

火车一路向南,坐在黑暗中的王忠心知道他正离北京越来越远。他像坐在漆黑的电影院里一样回看着自己这一年走过的路,越来越觉得去年年底选择留下来是多么的正确。这才短短的十多个月过去,他已经有幸参加了全军层面的最高规格的大演兵,还完成了对自己的一个突破:他这个一直以来笨口拙舌的人竟也可以站在讲台上侃侃而谈。三个月前那一幕如今

王忠心获得的部分奖章

想起来还是觉得不可思议——

那天是周四,是王忠心按计划要给三十多名今年新毕业的大学生干部讲课的日子。不管怎样,王忠心头天晚上还算是睡着了,但早上刷牙时,他就开始干呕,于是只简单刷了两下便草草收场。等到吃早饭时更是一口馒头咬到嘴里硬是咽不下去,他只好喝了一碗稀饭便跑了出去,顺手把领

第五章

口的扣子解了开来。他坐在宿舍的床边,想在登台前再翻一遍教案,可是眼睛硬是一个字也看不下去。他的心扑通扑通跳着,手心里一层细汗。他觉得表走得太慢了,心里想着干脆让那一刻快些来,总比这样煎熬着好很多……

王治基当时还是一个坐在台下扛着"红牌"的大学生干部。虽然后来荣获"全军优秀指挥军官"、当了副旅长,王治基一直记得初见王忠心的情景。他说那天门开了,高大魁梧的司令部参谋长走了进来,一个不起眼的士官跟在参谋长身后。参谋长一步跨上了讲台,回身指着王忠心准备开始介绍,却见王忠心还站在讲台下面,便一把抓住王忠心的胳膊,把他拽到了讲台上。坐在第一排的王治基看了这一幕直想笑。

参谋长开始介绍王忠心,说他是个"兵专家",精通测控专业十九个号手位的操作,是旅里赫赫有名的"全能王",而一旁的王忠心微微低着头,眼睛盯着讲桌,黑黑的脸膛竟红了起来。王治基看了,怎么都觉得王忠心不像是个很厉害的兵,想着参谋长一定有吹嘘的成分在里面。参谋长介绍完就走了,偌大的讲台上就孤零零地剩了王忠心一个人。

王忠心往中间挪了半步,飞快地扫了台下一眼,规规矩矩地给一屋子的"红牌"们敬了个礼。王治基后来请王忠心喝酒时还说,当时真没想到,王忠心第一句话竟然直接透了自己的底,说自己是个初中生,后来到军校读了个中专,所以给大家讲课他不敢,他只是跟大家交流一下自己在测控岗位上十多年的一些体会……

  前面这段话还说得有些磕磕绊绊,可当王忠心捏起一支粉笔转身在黑板上画起电路图时,台下众"红牌"的骚动渐渐地减弱了下去,到后来一点儿声音也没了。他们没想到,这个看起来土里土气、底气实在不足的初中生士官,竟然在不看教材的情况下一口气把电路图从黑板的最左侧画到了最右侧,然后再拐回来从下面画回左侧……足足三分钟,王忠心画了一黑板的电路图,画得行云流水,中间没有一丝停顿、一点磕绊。

  等到王忠心画完电路图转过身来时,正坐在讲桌前面的王治基感觉这个身形瘦小的士官好像一瞬间变了个人,那双原来羞涩的眼睛里竟放出光芒来。他和其他"红牌"们不由自主地坐直了身子,开始随着王忠心"跑"起了电路图。那天,王忠心本来在裤兜里装了准备了七天的教案,可当他一转身在黑板上画出了早就滚瓜烂熟的电路图时,他很奇怪地发现,再张嘴时,从早上就开始的干呕竟然消失了,好像他并不需要想着去讲什么,那些个东西就排着队从他的嘴里往外冒……下课的铃声响起,王忠心在台下大学生干部的掌声中走出教室,这时才发现竟然忘了把那几页教案从裤兜里掏出来。

  这之后的几个月里,王忠心又给这些大学生干部上了几堂课,每堂课都讲得流利自如,以至于他都怀疑那是不是自己。奇怪的是,走下讲台、走出教室后的王忠心,在连队的日常生活中依然笨口拙舌。即使后来他带出了二百多名测控号手,其中五十多人成为基地技术尖子和旅里的技术骨干,他这个"怪毛病"依然存在。大家伙儿也慢慢地见怪不怪了,只不过

第五章

一直也没人能讲出个所以然来。

大约在回到营区半个月后,王忠心收到了妻子寄来的一封挂号信。在信里妻子说收到了他从北京寄来的"军功章",还给它缝制了一个袋子装起来了,和之前的那两个三等功奖章放到了一起。妻子在信里没提一个字的困难,只是说很好,父母很好,店里很好,除了女儿杨杨有时会缠着问她要爸爸……

杨红苗没有告诉王忠心,因为实在照顾不过来店面,她已经把王忠心当年送她的这个"礼物"转让出去了。

第六章 本色

在高明眼里，做到从来不出差错，是一个士兵的传奇。相比实弹发射时的力挽狂澜，高明觉得王忠心日复一日的坚守同样难能可贵。他是平凡生活里的英雄，用汗水书写着每份光荣。

第一节 一把韭菜引发的误解

转眼又是三年。

说来也是奇怪，虽然是重新入伍，肩上扛着两条粗拐的四级士官王忠心却觉得这三年过得比之前快很多。

在部队待过的人知道，时间的脚步对于战士来讲是会变的，初入伍时步伐很快，走着走着便慢了下来，等到快退伍时又快了起来。后来有一次，当兵满了三十年的王忠心和年轻的后辈交流时，一个十八岁刚入伍的新兵问起他怎么能在部队待了三十年，王忠心就谈了这种感觉。他说刚入伍时一切都是新的，心思全在这些新事物上而不在时间上，所以会感觉时间过得快；而当我们对部队的一切都熟悉了，心思便挪到了时间上，时间便慢了下来，于是开始觉得煎熬。王忠心说要想不煎熬，最简单、最管用的办法是自己给自己找新的感觉。

这三年的王忠心就是这样。之所以时间过得快，一是他没有再停留在早就熟透了的测控操作上，而是探索起了对他来说全新的晒蓝资料和测控背后的机理；二是他有一个明显的感觉，相对于过去十多年来说，这三年部队也突然间动起来了，隔三岔五就会拉动一下，最远的一次跨越了四个省份，出去两个多月。部队和人是一个道理，老在一个固定的地方待着，连时间都像是停滞了，而一移动，时间便也跟着快起来了。

王忠心觉得，这三年对他来说有着相对以往不同的意义，让他比以前

第六章 本色

有了更大的进步。他觉得自己的边界又向外扩张了一大圈，他的眼睛看到了一些过去看不到、看不出去的地方。当然，这个突破很大程度上是因为二〇〇〇年的那场"世纪大演兵"。就是那次从北京归来之后，王忠心忽然间意识到，他不自觉地就有了全军的视野。虽然还是置身在这个深山老林里，但他的眼睛是眺望着这座大山之外的。他开始关注其他军兵种的发展，不再把自己的身份局限为第二炮兵某基地某旅的四级士官，而是把自己放到了更大的空间来审视、来要求。他不仅是第二炮兵某基地的士官，还是整个解放军队伍中的一员。

类似于"世纪大演兵"这样的重大演训活动是部队生活的亮点，而漫长的日常生活才最考验一个士兵的定力和操守。这一点在第二炮兵部队体现得尤为明显。王忠心在部队待了三十多年，也只是亲手发射过四枚实弹。他还算幸运的，更多的导弹兵在深山老林里苦练多年却一次也没有见过导弹飞天。很多时候，士兵就像一把锋利夺目却从未出鞘、从未血刃的利剑，他们的意义在出鞘那一刹那才能淋漓尽致地体现，但他们苦苦磨砺的目的是为了不必出鞘，这是一个永远无法破解的悖论。所以当兵的人需要特别沉得下心来。从这个角度讲，每一个好士兵都是一个身体力行的哲学家。

这三年对于王忠心的另一重意义便是把这层关系想透了。所以尽管后来再没有参加过"世纪大演兵"这样全军层面的、让人热血激荡的演训活动，王忠心依然在那个大山沟子里干得安安心心、充充实实。他好像能看到山林中埋藏在一层层落叶下的那颗种子一般，能看到日常的最细微不过

的训练生活背后潜藏着的巨大意义。

二〇〇二年的冬天,王忠心又一次面临走留选择。他心底其实是不想离开的。作为一个农家子弟,王忠心从来不是一个超脱了现实的人。首先,从现实的角度考虑,如果他这次能留下,将会晋升为五级士官,老婆、孩子就能随军,农村户口转为城镇户口,自己也将会享受营级干部待遇。对了,这个时候他的同年兵陈大豪已经提升为他们营的营长了,他带的新兵杨磊则接任了连长一职。

除了这个现实的因素之外,王忠心不想离开的另一个更为重要的原因,是他觉得自己在部队这十六个年头,最大的一个收获就是跳出了小我。他一个农家的孩子竟然渐渐地会考虑除了自己以外的事情,会把自己的生存、生活和国家、军队的发展捆到一起考虑,结合到一起去努力。所以虽说同样是挣一份工资养家糊口,他在部队却能感受到更多、更大、更为深刻的成就感。三年来,人生观、世界观、价值观已经趋于成熟稳定并且有了更广视野的王忠心,越来越多考虑的是导弹的事、部队的事、二炮的事。现在再让他回到老家,从此只考虑一己得失、一家人吃饱穿暖,他一时半会儿还觉得很难调整适应。

这个原因他没跟任何人说过。他觉得别人不一定理解,可能还会觉得他在说大话,但这个确实是他心头最真实的想法。在坚持翻了三年枯燥难解的晒蓝资料后,在近半年间发生的几起故障排除中,他已经有了比其他人、比自己过去更深邃的目光、更敏锐的感觉。他甚至隐隐觉得,他有了

第六章 本色

一种说不清、道不明的直觉,或者说他觉得自己的眼睛渐渐地能穿过导弹光滑冰冷的外表,窥视到它里面原始森林般的电路。如果这时走了,就像正要出成果的时候却要张开手放弃,总难免让人觉得惋惜和遗憾。

王忠心带过的一个来自浙江义乌的战士,一九九九年年底退伍后自己做生意,三年不到的时间越做越大,据说固定资产价值已近千万元,已经有好几个战友退伍后投奔了过去。这个名叫叶益江的战士对当年带他的老班长有情有义,从其他战友那里得知王忠心今年面临退伍后,主动把电话打到了连队。在电话里,叶益江诚恳地邀请王忠心加入,请他帮助做管理工作,并且开出了每月五千元的高薪。这个数字可是王忠心当时工资的近五倍……那天,王忠心静静地听自己带过的新兵说完,内心里有些起伏。不过这起伏不是因为高工资,而是因为离开部队三年了,他带过的兵还记得他,还会在他面临人生选择时想起他,想着为他提供一份工作,而这份工作还很不错。对一个带兵人来说,没有什么比这个更让人觉得成功、觉得欣慰的了。

至于叶益江说的邀请他加盟的事情,几乎是第一时间,王忠心就决定了,这个邀请恐怕不能答应。他当然知道这个邀请诚意满满,可是王忠心觉得自己不能答应。特别是叶益江开出的这份高薪,王忠心知道自己可能不值这个钱,这个钱里包含了当年的情分。虽说商场如战场,但商场毕竟不是战场。战场上可以替战友挡子弹,而在商场之中涉及金钱利益时,是必须亲兄弟明算账的。相比之下,他更珍视当年一起在大山里建立的那份

最纯真的情义,他不想让这份情义里添加一丝一毫的杂质。

王忠心在电话里道谢后说让他考虑一下,要和妻子商量一下,他不想当场驳了战士的面子。

王忠心征求了妻子杨红苗的意见,向她说明了自己想留在部队继续干的想法。至于老战友以高薪邀请他加盟的事王忠心没提,违反他的做人原则或他已经决定了不做的事情,即使杨红苗希望他做,他也不会做。在这一点上,王忠心有一种固执的坚守。也因为这一点,大约就在一年后杨红苗被王忠心狠狠地伤了一次心。

当时杨红苗已经随军到了王忠心所在部队的驻地,住到了旅里的士官公寓里,一家三口在遥远的大西南过起了自己的小日子。在连队待过的人都知道,部队有菜地自己种菜,在家属房开伙的干部和老士官们周末回家属房时,从炊事班拿一把菜都是再正常不过的事,连队的战友们也不会说什么。对于大锅饭大锅菜来说,多几棵菜少几棵菜几乎没什么影响。所以有个周末,杨红苗把电话打到了连队,让王忠心回家时从连队捎一把韭菜,晚上包饺子吃。

跟了王忠心七八年,杨红苗早就知道王忠心是个什么样的人。这么些年,丈夫没往家里"顺"过一件连队的公产,他们没沾过公家一点儿光。一开始杨红苗在跟别人比较时还会发两句牢骚,说王忠心就知道不要实惠要虚名。后来她也就认了,除了这个唯一的"缺点",杨红苗对王忠心没有什么不满。这次是杨红苗这么多年以来唯一一次让王忠心往家里带点儿菜,并且也不过是一把韭菜。

结果没想到,电话里杨红苗还没说完,就听到听筒里传来一句:"回头给你买一车韭菜吃撑你!"紧跟着就是"嘟嘟嘟"的声音,那边的电话已挂了。

早就想到王忠心可能会不同意,杨红苗都准备好了下一句——吃一次饺子要不了那么多韭菜,专门买不值得,再加上家属房的位置也很偏,菜市场离得特别远,买菜很不方便——但这句话就这样被永远地憋在了肚子里,泪水在眼眶里打起了转转。

杨红苗后来听说那天王忠心是因为工作有些不顺利才说了伤人的话。那次之后,王忠心做到了一点,工作中的情绪要解决或者封存在家门之外,家里的情绪也不带出家门。在后来的岁月里,杨红苗再也没听到王忠心冲她发火,也没听他发过一句工作中的牢骚。当王忠心快五十岁得了严重的胃病时,杨红苗的心底倒有些自责,觉得丈夫得这个病可能跟他什么情绪都藏在心里不发泄出来有关系。

这些都是后话了。当时的杨红苗像所有沉默而伟大的中国传统女性一样,像所有柔弱而坚强的军嫂一样,毫无保留地支持了王忠心的选择。于是王忠心又像几年前面临的那三次提干一样,面临了同样的选择和考验——这次,他要不要找找领导?

关于这一点,游小平来找王忠心商量过,掰着指头挨个数了一遍全旅跟他们一样面临晋升的四级士官,然后估算了可能拨下来的晋升五级士官

名额，发现竞争还是挺激烈的。

游小平和王忠心性格不同，一个灵活一个木讷，一个开朗一个沉默，一个急性子一个慢性子，甚至可以说是截然相反，但因为俩人是同一个小县城出来的，同一节车皮拉来的，又一起在这个远离家乡的大西南待了十多年，一起经历了提干失败、退伍再入伍等，所以俩人都是对方能说知心话的人，即便像士官晋升这样敏感的话题。他俩分属不同的营、不同的专业，不存在竞争关系，更不存在一点儿要避讳的东西。跟当年提干时不同的、有利于他俩的局面是，他俩当年的营长、教导员这个时候已被提拔到了旅里，当了旅首长……

一时半会儿，在大西南那座大山里，那个瘦削的身影正在犹豫着。

第二节　老兵本色

西南某省省会火车站。

十六年间，回家，返营，执行任务，王忠心早已记不得多少次从这个车站进出了。但这一天，是这位老兵头一回站到了出站口——接站。

隔着检票口被接站的人们磨得光溜溜的铁栏杆，王忠心使劲往里面张望着。从他站到这个出站口开始，已经有两拨旅客从里面涌出来，一个个地都被接走了。要是按照列车时刻表的话，他接的那趟车半小时前就该到站了。出站口头顶的大屏幕上，那趟列车车次的后面标了大红的"晚点"

第六章

二字，具体晚点多少却没显示。

　　除了等待什么也做不了，王忠心就在出站口外面来来回回地踱起了步，踱几圈又转身趴到检票口的铁栏杆上，往里面望上一阵子，再抬手看看表……离家十六年，王忠心这一刻突然生起一种之前疏忽了的愧疚。在这个二〇〇三年的春天里，他终于体会到了在过去的岁月里亲人们等待他的滋味儿。一开始是父母等，后来加上了妻子等，这几年又多了个女儿等。他真不知道，在这漫漫的十六年里，这些与他相隔千里的亲人们一年年、一回回是怎样掰着指头数着天等待他的……

　　这么一想，这位既是儿子、又是丈夫、还是父亲的老兵倒不像刚才那样着急了，甚至在他心里冒出另一个声音说索性多晚点一会儿，让他也多熬煎一下。似乎只有这样，他才能弥补亲人十多年等待之一二。

　　没错，王忠心这是在等待从老家赶来的妻子和女儿。虽说火车已比之前提速不少，但王忠心知道，这一路总得折腾个两三天，倒上几趟车，对于头一回出远门的妻女来说一定非常磨人。并且他能想到，妻子一定大包小包带了不少东西，包括一年到头各个季节的衣服、到这边儿可能用得上的生活用品——因为妻女这次来了就不回去了。她们将和他一起住在部队刚刚建成的士官公寓里，在这个大西南过起他们的小日子。她俩这次来可不是探亲，而是随军了。

　　是的，王忠心已在去年年底顺利晋升为五级士官。当兵进入第十七个年头、当班长进入第十四个年头的他，开始享受起和陈大豪一样的营级干

部待遇，无论是工资上还是住房上都基本和营级干部持平了。这些天每当想起这一点，这个依然内向的老兵便在心底生起深深的感激。他觉得自己着实是赶上了一个好时代，赶上了国家和军队的好政策，不然他无论如何都想象不到，一个农村兵的老婆孩子能随军过来，还能把农村户口转成城市户口。

从这一天开始，王忠心和杨红苗结束了持续七年的两地分居生活，这是这个小家庭发展史上具有里程碑意义的一件大喜事，所以这么多年来一贯朴素的王忠心今天穿得格外隆重。翻翻他当年结婚时的照片会发现，此刻他身上这件灰格子西装正是当年那件儿，左手手腕上戴着的手表也正是结婚时杨红苗送他的礼物。七年过去了，因为很少穿戴，西装除了样式已不太时兴外看着还很新，手表更是完好无损，这个记录时间的物件儿身上几乎没有留下一丝时间的痕迹。

当然，王忠心今天穿得这么隆重，除了内心确实欣喜、确实对未来的生活充满期待之外，他还想以这样的姿态表达对妻女到来的高度重视和热烈欢迎。王忠心知道，妻子自从嫁给他以来，就跟着他吃了不少苦，特别是生了女儿之后，妻子更是照顾女儿、照顾父母和操持家务一肩挑。一次次，他在部队营区遥望老家的方向时都能想象得出来，他在部队的日子过得井井有条，家里却一定是"兵荒马乱"。而他一个月前刚刚得知的一件事，更让他对妻子心生感激，心里暖暖的又酸酸的。

就在一个多月前，营长陈大豪通知王忠心，基地已经批下来了，他可以办理妻女的随军手续了。王忠心小跑着就去了电话亭,一个电话打回了家。他每个字里都含着笑地把这个天大的好消息告诉了杨红苗,并一项项地叮嘱妥了她在老家要办哪些手续。最后,当他让杨红苗把退伍那年盘下来的缝纫店盘出去时,没想到杨红苗告诉他说,因为实在无力支撑了,早在去年就已经盘出去了——之所以没告诉他,杨红苗是觉得就算告诉了也没什么实际意义,还徒增他的烦恼,让他在千里之外心里不安,影响工作……

听了这句话,挂完电话好久了王忠心还呆呆地立在电话亭旁边,直到有战友也要打电话时才缓缓走开。他无法描述自己当时内心的感受,只觉得混合了感激与酸楚的心潮在体内乱窜着、澎湃着——如果此刻他就站在妻子的面前,他一定会做出一个结婚后从未做出过的举动,狠狠地把妻子抱进怀里……红苗,这个七年前只是跟他通了几封书信、见了一面就嫁给他的女人,这些年来一个人默默地帮他撑起了大后方,让他可以一门心思地在部队干,除了偶尔说两句女儿想他了之外,再没说过任何别的"扯后腿"的话。他不知道,红苗那么一个爱好缝纫、就想开家缝纫店的女人家,究竟是熬过了多少个不眠之夜才做出了把店盘出去的决定,又是怎样带着女儿一步三回头地离开了那家店的。所有这些,杨红苗一个字都没跟他提过。那天走回宿舍的路上,王忠心抬头望了望刚刚升起的月亮,暗暗对自己说——这辈子,一定要对这个女人好。

检票口里面传出了脚步声。脚步声由远及近,从稀疏变得密集。王忠

心趴着铁栏杆把上半身探进去往里面望着,只见三三两两的旅客从十多米远的左右两侧道口冒了出来,然后像潮水般汇聚在一起,越聚越多,前后左右簇拥着往出站口涌来。王忠心急切地前后跳跃着目光,左右寻摸着乌压压平推过来的人群,试图在第一时间捕捉到那两个亲爱的身影。

"忠心……"就在王忠心依然使劲地往远处望着时,一个熟悉的声音突然在他耳边响起。他赶紧收近了目光,扭头一看,只见一个硕大的编织袋下面露出一张汗涔涔的脸来,正是妻子杨红苗。他伸手就去接编织袋,一低头却看到五岁的女儿杨杨一只手拽着妻子的衣角,正仰着小脑袋望着他,

王忠心一家合影

一张小脸蛋上似乎还有几道泪痕。王忠心就一只手把编织袋扛在肩膀上，一弯腰用另一只手把女儿抱了起来……

十多年后，当王忠心和杨红苗在这个车站送十八岁的王杨离开他们北上求学时，一家三口同时想起了当年那一幕。当时的这个刚刚在祖国的大西南重聚的小家庭，除了杨红苗从老家背来的那一编织袋的东西，家底几乎为零，但他们的心里是那么的幸福，小火苗般生发着期待和希望。对于这个终于团圆的小家庭来说，一个完全崭新的生活就这样开启了。王忠心、杨红苗还有杨杨从此离家乡越来越远，却跟这个他们之前根本想不到的地方痴缠在了一起。

对了，去年年底晋升五级士官之前，王忠心在左右思量之后，最终还是没有去找旅领导。他觉得自己一旦迈出了这一步，不管成还是不成，前十多年的坚守与坚持就全被推翻了、否定了。最终，王忠心毫无争议地晋升为了五级士官。无疑，这次的坚守和成功又反过来强化了王忠心在这些事上的"固执"。很多时候我们会发现，放弃原则容易，坚持原则很难，老天爷似乎会故意地发派一些事情下来，检验我们的决心。这不，转了五级士官不久，王忠心就遇到一个对他来说不算什么却绊倒了不少老士官的"考验"。

多年来，我们这支军队一直受到一个问题的困扰，就是过去的志愿兵、今天的士官的管理问题。因为兵龄长、能力强，这个群体往往在发挥骨干作用的同时会额外地享受一些和条令条例不符、和士兵身份不符的"特

权"。多年来部队普遍存在着一个现象，转志愿兵、转士官前拼命干工作、严格要求自己，一旦转上了这股劲慢慢地甚至很快就泄了，有的还成了部队管理的难题，给可能比他们年龄小、军龄短的连队干部们带来一些麻烦。

从某种程度上说，近些年这几次士官制度改革，从一改定终身到士官分期选改也有破解这个问题的考量。因为部队里像王忠心一样的老士官年龄摆在那儿、军龄摆在那儿，跟营长、教导员相仿，再加上多年积累，能力确实过硬，所以对他们的管理主要靠自觉。要让比他们小很多的连队干部们去像管义务兵一样管他们，基本上是脱离实际的，以至于当时很多年轻干部要到一个连队当主官前，都会通过各种侦察手段先打听打听这个连队的老士官怎么样。如果听说老士官不错，一般不会给干部出难题，便会长舒一口气，一旦听说老士官挺难"对付"，便只能无奈地叹口气。

应该说，在一九九九年王忠心重新入伍之后，他在连队就完全拥有了这样的地位。从资历上讲，连长陈大豪是他的同年兵，副连长杨磊是他带的新兵；从技术上更不用讲，他在测控这个行当里全旅都数一数二。所以，要是他作风上松散一些，一些日常的训练工作象征性地比画两下、走走过场，不仅不会有人说什么，可能还会被认为理所当然，似乎老士官特别是手里有功夫的老士官就该是这个样子。

有次在厕所王忠心刚好就听到隔壁有两个刚分下来的新兵在议论他，说将来要是也当了老士官，可不能像王忠心一样干啥还很拘束、不潇洒。大豪和杨磊也都找他谈过，主题就是请他不要像新兵、义务兵一样要求自

第六章 本色

己，连队完全可以给他一定的"特权"，毕竟当了十多年兵了，让他尽量把日子过得松快一点、舒坦一点。

这些话，王忠心听完了也往脑子里转过，但他把这些话转完之后就"倒"了出去。他觉得对自己来说，那样"放松"反而没有遵章守纪自在，在条令条例的框框里行事，他不仅没有觉得拘束，反而觉得一切都井井有条。他始终认为，不管当兵当到多老，只要还是一个兵，这就是一个兵的本分，守本分让他觉得心里踏实。所以过去那几年，王忠心一举一动还是严格要求自己，早上出操从来站排头没有跟在排尾，头发还是跟新兵时一样的小平头。

新修改的条文上明文规定，五级士官为高级士官，享受营级干部待遇。按说连队宿舍要是不紧张的话，王忠心就可以搬出住了十六年的排房，住进一个属于自己的单间了。当连长杨磊专门找到老班长跟他解释连队住房的困难时，王忠心直接打断了杨磊，他说自己住惯了大排房，听惯了战士们的呼噜声，突然让他一个人住还不适应。当杨磊不好意思地对王忠心说，往后他完全可以不用像新兵一样那么严格地出操、点名，王忠心只是笑了笑，没说话。

第二天一早，当战士们在起床号吹响后急匆匆地跑去集合出操时，他们惊讶地看到，肩头挂着五级士官军衔的王忠心，已经像昨天和上千个昨天一样站在了排头。战士们依次站到了王忠心的左侧，听着值班员的口令向王忠心看齐，然后跟在他的身后向着太阳升起的地方跑去。

那天跑完操后,战士们私下里议论,觉得王忠心可能是刚转五级士官还有些不好意思,过几天肯定就会放松下来,毕竟他要比他们大上十多岁,兵龄都快超过他们的年龄了。这种怀疑一直持续着,直到那天——

那是一个周末,营里受领了一项帮驻地清理河道淤泥的公差。正是一二月份,正是大西南一年当中最冷的时节。那天风挺大,把站在河道上的战士们吹得直跺脚。河道宽五六米,淤泥积了有十多米长,战士们干瞪着下面冰冷恶臭的淤泥不知该如何下手。铁锹、扫把太短,站在岸上根本够不到,有些脑筋活的战士四下找着粗一些的树枝,想要绑到铁锹上。

就在这时,岸上嘈杂的人群慢慢地从东往西静了下来,战士们像波浪般把身子探出去向东头望去,只见一个瘦小的身影正拄着一把铁锹,弯了腰沿着那个堤岸往下走去。那一刻很安静,好像连风都停了,上百号战士的眼睛就随着那个人的脚步一步一步下到了河道底部,踩进了乌黑的淤泥里去。

"那是老王班长!"

一个声音沿着河道传播开了,眼尖的战士已经认出来了,那个身影正是五级士官王忠心。冷清的河道里,王忠心像一个孤胆英雄般挺立着,他已经挥舞铁锹铲起了淤泥。这个时候,五班班副喊了一嗓子:"五班的,跟我下!"五班的战士走下了堤岸。他们班长都下去了他们怎么还能在上面待着?!紧跟着,二排的战士下去了,一连的战士下去了,二连的、三连的、全营的战士都跳进淤泥里,原本沉默冰冷的河道一下子变得热火朝天起来……

三个小时后，河道里的淤泥被清理得一干二净，战士们一个个裹着满身的淤泥爬上岸来。说来奇怪，这个时候他们竟好像闻不到刚开始那种扑鼻的臭味了，一张张脏兮兮的脸上竟还挂着得意的笑容，彼此取笑着对方。那感觉，竟像打了一场胜仗。

就是在这一场战斗之后，那些年轻的十七八岁的战士们彻底忘记了最初对王忠心的怀疑。他们觉得这个依然每次出操都站排头，每次五公里越野都扛着连旗冲在最前面的老班长，就是这样一个人，永远会是这样一个人。

当然连队的个别四级士官、三级士官有时在私下里抱怨王忠心，因为这个五级士官都自我要求这么严，他们有时想放松一下也觉得不好意思……

至于王忠心，对连队里的这些议论，一开始他还听一听，在心里琢磨琢磨，但到后来便不往心里去了。他只会按照自己的原则从事，按照一个兵的要求去当一个兵。他只要自己在这一点上立得住，其他的都交给时间。

第三节　攻坚时刻

直到上士黄锋退伍多年以后，他的脑海里还能清晰地回闪起在部队度过的第一个冬天，和在那个冬天看到的那个毅然踏入淤泥的身影。

说不清楚什么原因,那一刻,那个瘦小的身影在新兵黄锋的眼里竟像一位赴汤蹈火的英雄般高大,以至于他不由自主地也跟着下去了。当时刚刚下连一个多月的黄锋正处在迷茫当中,怀着一颗少年雄心参军的他失望地发现,在这支他来之前无限神往的导弹劲旅里,并没有他畅想过无数次的导弹一飞冲天,没有他期待的金戈铁马、壮怀激烈,每天簇拥着他的不过是一些重复的、波澜不惊的、意义不明的琐事。

所以那天,当战友们还在河堤上踟蹰时,王忠心那个默默而坚定地踏入淤泥的身影,在儿时着迷于红色故事连环画的黄锋眼里,竟生出一种孤胆英雄的意味。即便王忠心当时只是沿着堤岸一小步一小步地往下挪动,从侧面看过去,身姿远远谈不上挺拔,甚至有些佝偻,但在黄锋的印象中,他就是像英雄般纵身跳了下去,尽管下面不过是一河道的淤泥。

很久之后黄锋还是无法理解,就那么一件琐事、一件恶臭熏天的"脏事",如何竟被这个叫王忠心的老班长干出了一种他说不清、道不明的感觉,这件事也似乎有了一种超越其自身的意义。更让黄锋感到震撼的,这位貌不惊人的小个子班长可不是只会做这些琐碎的小事杂事,他在黄锋一直神往的关于导弹的"大事情"上,竟也有别样的魅力。

那是新兵黄锋人生当中第一次走进洞库,是他等了很久的一天。那天,他把自己的脚步放得轻轻的,捧着一颗虔诚而忐忑的心,屏住了呼吸,远远地仰望着那枚静默威严的导弹。

黄锋整个人被笼罩在一种朝圣般的感觉当中,头皮一阵阵地发着麻,

第六章 本色

眼睛里放射出一团惊喜的光。他完全不知道，那枚看起来肃穆雄壮的导弹已经超期服役多年。在此前的三个月里，为了整修，这枚导弹元老刚刚经过了分解、修复、技术改造和分单元测试，已经走到了最后一步的综合测试。谁也不曾想到，此前的每一步都很顺畅，到最后一步却卡了壳，弹体一通电，保护系统立即跳闸。而如果这一步通不过，就意味着这次耗时三个月的整修前功尽弃了，这枚导弹将无法继续服役。

在这个密闭的洞库里，战斗了一整个冬天的武器生产厂家的技术专家急了，一口气挑灯夜战了三天三夜，还是没找到症结所在。焦灼之下，生产厂家只好动用了最后一招——就在三天前，一队神秘的人马悄悄地进驻了洞库，他们是当年参与该型武器设计的专家组成员。

熬煎了许久的人们没有想到，即便邀请到了导弹的设计者亲自出马，那个故障点还是无法确认。黄锋他们这批新兵进入洞库的这一天，对故障点的排查已经到了白热化的状态，即便是远远站着不太知道详情的黄锋，似乎也能感受到那种紧张的气氛。他就见一群人围着那枚导弹，有的转来转去，有的呆立不动，没有一个人说话。黄锋吸了吸鼻子，似乎闻到空气里弥漫着一股失望而焦躁的气息。

几盏大灯直直地照向那枚似乎在故意使着脾气的导弹，还有围着它的那一圈人。其中有两位，头上的白发格外显眼，一根根地反着光。他俩时而低语一阵，然后把手指向导弹的一个地方，接着一群人扑过去忙活开来，片刻后又扭过身看着他俩摇着头。他俩就各自低了头一动不动地沉默一会

儿,又凑到一起低语一阵,再指向导弹的另一个部位……

黄锋感觉,那几盏大灯之下,似乎人人都在摇着头。就在这时,一个熟悉的身影,一个熟悉的瘦小而沉默的身影,正从外围的暗处向内圈的大灯下挪动,他走得很慢。黄锋一眼就认出了那个身影——正是一周前带头踏入淤泥的那个人,他的班长王忠心。

黄锋看见他的班长慢慢地挤到了那两位头发花白者面前,他看不清王忠心的脸,却能看到他在生硬地打着手势指着导弹说着什么。两位老者同时看着他。很快,王忠心说完了,站到了旁边去。就见两位老者商量了一会儿,沉默了一会儿,然后冲身边的人说了句什么。于是有两个人往导弹的另一面转去。黄锋就见他的班长晃动了一下身子,似乎是迟疑了一下,然后跟着那两个人也走了过去……很快,黄锋就跟着队伍离开了洞库。自始至终,他都懵懵懂懂地不知道现场发生了什么,只是沉浸在初见导弹的兴奋当中。

第二天,当连队正要集合开饭的时候,黄锋突然看到头一天在洞库里见到的那两位老者远远地走了过来,旁边还有旅机关的两位干部陪着。正站在队伍前面进行饭前讲评的连长杨磊赶紧停了下来,迎了过去。其中一位旅机关干部好像对连长说了句什么,就听得杨磊大声冲着队伍喊了一嗓子:"老王班长,你过来一下!"

大伙儿就一起扭过头去看王忠心,看着王忠心出列向连长方向走去。黄锋就看到那两位老者快走了两步,远远地就冲王忠心伸出了手。他俩挨个握了王忠心的手,满脸的激动……这时,连值班员组织队伍走进了饭堂。

当天午休起床之后,一个爆炸性的消息在全旅传开了,几乎所有听了那消息的人都默默地点点头,啧啧地感叹几声。这个消息传到黄锋的耳朵里,这两天看到的那些画面终于拼接了起来。

原来,那天在洞库里,本来是跟着见学的王忠心根据自己十多年的操作和排故经验推断——导弹应该没问题,故障很可能出在电缆连接环节。所以王忠心在犹豫了一下之后,大胆地把自己的这个判断告诉了那两位头发花白者。根据过去的经验看,电缆连接不可能有问题。但由于几天几夜查了所有可能的地方都查不到故障所在,两位专家就让人按照王忠心的思路姑且一试。

这一试就是一天一夜。

让所有人都没想到的是,就在这天中午之前,他们竟然真的在数以千计的电缆接头中找到了故障,原来真的是两根相邻的长相几乎一样的电缆接反了。电缆对调后,弹体通电,最后一步综合测试顺利完成。为期三个多月的整修任务宣告成功。

在此前的十多年里,王忠心有过多次排除故障经历;在此后的十多年里,王忠心有过更多次的排除故障经历。但在王忠心自己的感觉里,这一次排除故障的体验被定位成最有突破意义、最有标志意义的一次。

倒不是这次排除故障有多艰难,或者说这次排除故障给王忠心带来多高的声誉和威望,而是王忠心自己觉得,就是在这次之后,他过去十多年

的积累,特别是最近三年在晒蓝资料和导弹机理上下的那些功夫,突然打开了一个接口,与实际操作联系起来了。在他脑海里曾经有些模糊的东西一时间清晰起来了,他好像从一个密封的小空间里破壁而出,思维和视野突然打开了……即使在后来遇到的更为紧张、更为艰难的排故现场,即使在黑暗中穿行摸索,王忠心总在心里有一种隐隐的自信。

就在这一年的下半年,旅里再一次执行实战演习任务。结果就在发射前的实弹综合检查、调试过程中,一个重要分系统的测试指示灯不亮。这种现象很反常,在过去的这么多年里从未出现过,一时间旅首长和任务官兵急得直跺脚。因为故障晚一天,甚至晚一个小时排除,都将会影响到实弹发射如期进行,进而影响上级的战略意图和演练大局。

紧急关头,一个电话从演习场打回了部队。第二天早上五点多钟,当熬煎多天的战友们纷纷兴奋地说着"来了来了"时,王治基还以为旅里从上级请来了什么专家,等他随着众人扭头一看,顿时大失所望——原来是给他们上过几堂课的士官王忠心走了进来。

当时大家已经又熬了一个通宵,人人瞪着布满血丝的眼睛。王治基就挤在一圈人的后面默默地注视着王忠心,眼睛里更多的是怀疑——一个中专学历的士官,怎么可能?现场负责排故的高级工程师飞快地给王忠心介绍了故障的情况。王治基就见王忠心不紧不慢地从背着的一个挎包里掏出了四张电路图,在地板上平整展开,然后稳稳地蹲了下来,即便是移动也是蹲着。这一蹲就是一个多小时。在这一个多小时里,王忠心的眼睛没有

第六章 | 本色

离开过电路图,嘴上不停地说着装备参数,手里的笔不停地在图纸上点点圈圈。王治基明白,王忠心这是在电路图上进行推演,一个个剔除影响指示灯正常显示的种种"假设"。这些他们早就做过好多遍了。他更坚定了自己的怀疑,他实在无法相信,这个貌不惊人的老士官能创造奇迹。

在王治基的记忆里,那是他过去从未体验过的一个多小时。他觉得那时他好像跳出了时间的手掌心,始终以一个旁观者的身份打量着、观察着王忠心,他觉得那是专属于王忠心的一个多小时。他和周围的人都屏着呼吸,把目光像头顶的几盏大灯一样投射到那个瘦小的身影的后背上、头发上、额头上。从他的角度看过去,王忠心的整张脸都在一片阴影当中,只是在下巴上打出了一道弧光。

终于,王忠心停止了移动,嘴里也停止了言语,他就那样蹲着欠了欠身子,用手指了指其中一块电路板。

高工迅速指挥着官兵开始检查。

果然,就在那块电路板上,一个电容被击穿了……随后就简单了,王忠心亲手换上了新的电容,指示灯恢复了正常。二十四小时后,实弹发射如期进行,实战演练圆满成功。

也就是在这次之后,王治基看王忠心的目光里多了一层服气,当然也包含着一种好奇和探询。而真正让王治基心悦诚服地拜在王忠心门下,跟着王忠心学习操作和排故的,是第二年春天的一次导弹出库检测。

那次检测也遇到了一个奇怪的问题,电脑软件突然报告,一项测试数

王忠心（右二）与战友们在对故障进行会诊

据超标。连续测几次，数据都是忽高忽低，情况异常，现场所有人都束手无策。又是王忠心被请了过来。不过这次他没有在地板上铺电路图，而是一边操作测试仪器，一边指着一堆的电缆线说："电缆插头有没有拧到位？"随后，他对着话筒向测试大厅呼喊："七号手，请检查弹上设备靠左第三根电缆……"

第六章 | 本色

几分钟后，检查发现，果然就是王忠心所说的那根电缆出了问题。

在没有查阅电路图的情况下，竟能如此快速锁定故障范围，并且在几分钟之内在脑海中对所有的电路图进行"扫描"，找出故障原因——故障排除后，现场先是一片静默，然后响起一声声低沉而热烈的赞叹。王治基的声音当然也在其中。

就是在这个军旅生涯的中段，王忠心在导弹测控专业上的名气渐渐地传出营里、旅里，传到了整个基地，甚至一些到过该旅的厂家和总部的专家也都知道了，在祖国大西南的一个连队里有这么一个名叫王忠心的老士官。

那一年的十月，部队跨区驻训和战斗弹年检撞到了一起。对于一支导弹部队来说，这两件事都是年度工作的"重头戏"。因为技术力量不够，旅领导经过商量后大胆决定，战斗弹年检中的测试把关由王忠心担纲。

战斗弹年度测试把关由一个士官担任，这在该旅历史上是首次，在绝大多数单位也是破天荒的。所以战斗弹年检那两天，在空荡荡却气氛紧张的测试大厅，对于每一个元器件、每一条线路、每一个参数，王忠心都要进行几十次甚至上百次的反复检测。每完成一个回合的"探伤"，王忠心都是一头大汗。到了专家组考核验收时，他们得知是一个兵在把关测试，很是不放心，于是便像过筛子一样一遍遍地"找茬"，最终却没有发现任何瑕疵。最后，专家们走到王忠心面前，排着队跟他握手。

那几年是王忠心觉得时间过得最快的一段时间，也是他人生当中最幸

福的一段时间,在部队将近二十年的苦熬苦学终于见到了成效。翻看为数不多的照片,人们会发现,王忠心那几年显得最年轻,比之前还要年轻。他也很喜欢自己那几年的照片,照片里的他总是神采飞扬的,眼角、眉梢都透着自信。

后来近五十岁时跟女儿王杨聊起当年的恋爱往事,王忠心笑着跟女儿说,要是你妈见到我给导弹检测时的样子,见一眼就会马上嫁给我。

王忠心说的虽是玩笑话,倒也是实情,因为人们沉浸在自己的幸福中时最迷人、最有魅力。这一点连北京大学在校入伍的优秀大学生士兵高明都发现了:一旦他这个土得甚至有些暗淡的老班长站到了导弹旁边,一下子就会不一样了,老班长身上好像笼罩上了一圈光环,眼睛里放着光,每一根头发都亮晶晶的。

第四节 北大学子心中的传奇

新兵高明见到班长王忠心的第一眼,和走进围墙后对部队的第一感觉一样——失望。不过有了对部队的失望做铺垫,王忠心带给高明的失望倒是在意料之中。

当然,在得知王忠心已在部队干了将近二十年并且还可能会干三十年时,高明还是惊叹了一声的。不过这惊叹绝不是因为王忠心的能力或者成就,而只是因为他这种对部队的耐受力。

第六章 本色

后来高明对王忠心坦白,那天他看王忠心的第一眼里,有打量、有好奇,还有很大一部分的同情。他为这个跟他一样的生命就这样在封闭的部队里度过了一生当中最好的年华,这么多年就窝在那间小小的班排宿舍里、波澜不惊地当着一个小小的班长感到深深的惋惜。

当时的高明眼睛一闪,飞速地掩盖住了心底对这位班长的不以为然。当然,高明有如此想的资格和逻辑。因为他是顶着"第一人"的名头来到部队的——他是中华人民共和国成立后北京大学在校生服兵役"第一人"。

这一年是二〇〇五年,我国正式开始从全日制高校在校生中征召义务兵。这年的十二月七日,北京大学光华管理学院英杰交流中心举办了一场史无前例的欢送会。往日里,这是世界一流学者荟萃交流的学术殿堂,那天,二十岁的大三学生高明成了这个殿堂的主角。当高明穿上军装迈出北大标志性的西门时,他的名字被写进了北大校史。

高明就读的是北京大学光华管理学院,毕业生一出校门就是号称"金领"的高级企管人才。高明之所以把生命里最宝贵的两年拿来参军,其中有报国的冲动,也有体验军旅生活铁马金戈的渴望。在新兵下连前后,他感觉自己已经被淹没在了那种平常、平淡甚至平庸当中。虽然他不愿意承认,但那种后悔当兵的想法一不留神就像蛇一般钻出来咬他一口。

高明就是在这种心境下遇到了王忠心。他觉得他这个班长跟这个部队的气质怎么会如此相像,一眼看上去从头到脚都是平平淡淡的、普普通通的。于是,他压抑在心底的那一层后悔愈加地蔓延开来。

　　沉浸在这种情绪里的高明不知道，虽说他只是一个小小的士兵，部队上下却给予了他特别的甚至略有些过分的关注。对他这位北大在校生士兵，旅里有些亢奋又有些担心，生怕在短短的两年时间里带不好他。在过去的那么多年里，部队总是盼着兵员素质提升，从小学生士兵盼到初中生士兵，再到高中生，部队生怕如今好不容易来了一位大学生士兵，还是名牌大学的，却带不好。所以在高明新兵下连的分配上，旅里颇是用了一番心思。首先是把他分到了技术含量最高的测控连测控专业，然后又分到了带出过很多好兵的王忠心班里——如果您还记得，十年前他带过的全旅第一个大学生士兵徐海波，如今已经当上了某营的营长。

　　后来的事情完全符合人们的预期。高明用一年时间掌握了导弹测控专业五大核心电路图，学会了别人要用五六年时间才能掌握的专业理论知识，第二年就当了班长，成为建旅以来首位参加实弹发射的义务兵，荣立三等功，并成为全国重大典型。

　　二〇〇九年的夏天，离开部队两年的高明重返部队。依然在当班长的王忠心把他请到了一个农家小店里，点了两个菜，要了两瓶啤酒，就着一个小方桌，师徒二人相对而坐。

　　家常菜很快上齐了，依然留着小平头的高明端起纸杯，第一次敬班长酒。他双手捧杯，一饮而尽，然后拦着王忠心，让这位不怎么饮酒的班长随意，王忠心却还是慢慢地喝干了这第一杯。

　　这天，一杯啤酒下去，酒量还不错的高明竟似乎有些"上头"。他直直

第六章 本色

地望着样子一点儿都没变的班长,直接吐出埋在肚子里多年的话来:"老班长,你知道吗?那个时候其实,我挺想让你给我说些什么的……但你从来不曾给我说过任何东西!"

王忠心看着高明,宽厚地笑着。高明长吐了一口气:"可你越不跟我说吧,我就越注意听你跟其他战友在说些什么。你知道我一直记着的两回是哪两回吗?"高明又敬了王忠心一杯。

那年六月,基地检查组到旅里检查工作,王忠心负责的操作单元进行了实装操作展示。整个迎检很顺利,检查组也对王忠心带领的单元给予了高度评价。检查组刚离开,大伙儿松了口气开始撤收装备,王忠心突然发起了火。

导火索是号手赵子锋拨主机电源开关钥匙的动作。按照操作规程,号手应当用右手的食指和拇指捏住钥匙向左转,但赵子锋只是用右手食指轻轻一拨。就因为这一个举动,王忠心严厉地批评了赵子锋:"只要没出测试间,不管有没有检查组,有没有其他人监督,都必须严格按照操作规程做动作……"

王忠心批评的是赵子锋,远远地站在旁边的高明却莫名地感到一种震撼。王忠心的那种几乎不被人理解的、似乎带着一种傻气的较真打动了他。

高明给王忠心添满酒,说:"直到今天我依然觉得那件事很小,完全可以不发火。但这件事越小,越可以不发火,你当时的反应和态度就越是打动我。因为绝大多数人都觉得那是件小事,没什么大不了的,绝大多数人

也都会选择放过去,放过去大家彼此都好。这没什么难的,并且非常容易。而像你这样较真、这样坚守规程几乎到了不近人情的地步反倒是难的,反倒是稀有的,反倒珍贵起来,值得人尊重……"

高明记得的第二件事中,他依然只是个旁观者。那是王忠心第一次教一个叫李化的新兵学习专业技术。当时王忠心拿着一根训练电缆,慢慢地示范了一遍连接电缆接头的动作后,便递给李化,轻描淡写地说了一句:"先练一千次!"

正在一旁练习其他操作的高明也被这个数字吓了一跳。几年过去了,高明依然记得李化当时的表情。大约过了一个多小时,李化越来越不耐烦,动作变得越来越随意。王忠心对李化喊了一声"停",从他手里拿过了电缆,连身子都没转过去,右手一拧,一递,闪电般将电缆接头插入了电源基座。

"你试试!"王忠心对呆住了的李化说道。李化把电缆接头拔下来,用力地盯住基座,却磕磕绊绊好一会儿才拖泥带水地插了进去。

高明一直留意着这个过程。刚刚王忠心轻描淡写、随随便便那一下,竟让高明脑海里腾挪起他最喜欢的武侠世界里无名剑客的身影,还让他想起了卖油翁。入伍以来一直觉得训练不够难、过于平淡的高明,第一次认识到原来即便这么一件简单极了、微末极了的事情干到极致,竟也会散发出一种强烈的美感、一股巨大的感染力……

两瓶啤酒眼瞅着就见了底,王忠心又叫了两瓶,起开,给他带过的士

第六章　本色

兵加满酒，眼含笑意地看着他，听他说着，轻轻地又带点儿欣慰地点着头。高明喝完酒脸色红红的，但表达还是很清晰。他说就是这两个小细节，让他从对部队平常生活的失望中走了出来，看待问题的角度突然就扭了过来。他觉得是王忠心帮他认识到了部队生活的本质，认识到了部队和人生的相似之处。其实部队和人生一样，大多数时候是平淡的，甚至是无聊的、感觉不到意义的，就看你在这种情况下能不能坚持做那些事情。他从心底认为，他在部队两年最重要的收获不是获得了"优秀大学生士兵"荣誉称号，而是明白了这个人生的大道理。

一大段话讲完，高明吸了口气，瞅着王忠心，幽幽地说："班长，这两个小细节可能你早不记得了吧！唉，你知道我当时多么希望你是跟我讲的呀……"

王忠心呵呵笑着，拿自己的杯子碰了一下高明的杯子，缓缓地说道："我记得。我这两件事也是说给你听的、做给你看的……我知道你有同样的问题，但我要是直接讲给你，我想不一定有这个效果……"

原来，接受带高明的任务之后，王忠心经过反复思考，在高明到他班里之前就确定了带兵方略：考虑到高明是北大的大三学生，世界观、人生观、价值观都已经形成了，所以他不准备给高明讲更多的东西、更多的道理，只是在教别人时让他听、给他看，一切都让他自己判断，让他感受部队的道理、战士的道理……

高明"嚯"的一声扶着桌子站了起来，眼睛睁得大大的，非要再敬王

忠心一个满杯——直到这时,他才明白王忠心这番苦心,他心底那丝遗憾甚至埋怨一瞬间整个地化作了感动。

这是高明和班长王忠心交流最多的一次。多年后,高明写下这样一段文字:

> 时常怀念部队的生活,想起首长和战友们,也经常和一些战友保持联系。在这其中,王班长是比较特殊的一位。时常想起,却不常联系。见面寡言,但心生暖意。对老班长的感觉是淡淡的、平静的,而不是激烈的、迸发的。平淡如水,又甘之如饴,像一杯老酒,大概是这个感觉。
>
> 我常常想,是什么让他在一个连队一待二十多年?老兵都是沉默的,他们可以很长时间不说一句话,像大山里的石头一样。我深知这一点。当一个人将他所有的青春时光、年少时的梦想都彻底托付到一个地方、一件事情上,他深邃的感情就会埋藏在心底深处,日常的言谈便淡如白水。二十多年前,他可能是在懵懂中来到导弹部队,但是我想,他后来一定是热爱着这些号位,眷恋着这块阵地,以亲切的眼光看着身边的战友。如果让我回顾当兵的时光,我会说:"在人生最美好的岁月,和一群男人,在一个山头,守了两年。"
>
> 在班长面前,我们绝不敢称老兵。他带过了多少少不更事的新兵,教出了多少成为骨干的徒弟,参与了多少次千里机动演练,经历了多

少次迢迢辗转的移防，又送走了多少一起摸爬滚打的战友。连队的历史，就是他的生活。只有当过兵的人才知道，对军人来说，上阵冲锋、甚至血洒疆场其实并不是什么难事，需要更多勇气和付出的反而是平常的坚守。老班长以他二十多年日复一日的简单持守，让我感受到了一种强大而不能抗拒的力量，没有惊心动魄，但是悠远绵长。这种力量，指向一种不会言说的信念；这种力量，可以使贪厌不足的人懂得珍惜，使斤斤计较的人懂得宽厚，使怯懦安命的人变得坚强，复有远志……

很多年后，当带出了很多名人的王忠心终于也名满天下时，高明在一次采访中这样说："王忠心老班长是这么一个人，就是你虽然不常联系却会时常想起他，想起他就觉得心里很妥帖，就知道这件事该怎么做。"

高明还说："离开部队这么多年，我一直记得的，是属于老班长的那组数据。"他当场背了起来："他执行重大任务二十五次，实装操作一千二百七十多次，没有下错一个口令，没有做错一个动作，没有连错一根电缆，没有报错一个信号，没有记错一个数据，没有按错一个按钮，没有损坏一件仪器……"

在高明眼里，做到从来不出差错，是一个士兵的传奇。相比实弹发射时的力挽狂澜，高明觉得王忠心日复一日的坚守同样难能可贵。他是平凡生活里的英雄，用汗水书写着每份光荣。

第七章  成名

至于失眠的原因，其实王忠心从宿舍的灯一关闭便意识到了。这个夜晚他闻不到战士们夹杂了脚臭和汗碱的复合味道了，听不到那种专属于年轻战士的疲惫而酣畅的打呼声了，宿舍里空荡荡的，没有上铺，对面没有人，窗外那棵老榕树也不见了……

第一节 "老兵的诅咒"不灵了

二〇一七年的七月,当某兵工厂技术人员刘长辉从《新闻联播》上看到王忠心被授予"八一勋章"的画面时,一下从椅子上弹了起来——

是他!是他认识的那个叫王忠心的老兵!

"嚯!这个老兵!还真被他干出名堂来了!"

在这个行当里干了二十多年,刘长辉几乎跑遍了分布在一座座大山里的第二炮兵部队,接触过成百上千个大山里的导弹兵,但就是这个叫作王忠心的老兵让他记住了,并且一记这么多年。尽管最初是因为这个老兵"太烦了"。

说起来,那已是十年前了。那年的夏天,刘长辉和同事赶到了大西南的某导弹旅,对一枚导弹进行实弹发射前的检测整修。对刘长辉来说,二〇〇〇年以后这样的任务几乎成了家常便饭,但这次跟以往的不同之处在于,即将发射的这枚导弹已经超期服役十多年。这种老型号导弹将是最后一次实弹发射,这次之后他们将换装某新型导弹。

因为这个缘故,在持续一两个月的检测整修中,刘长辉觉得比以往清净了不少,像过去那样身边围着一圈部队技术骨干的情形不见了。刘长辉完全理解,打完这一发后这个型号的导弹就被淘汰了,官兵们实在没必要再在它上面耗费精力。

唯独有一个人例外。这个人依然如往常一样日日地铆在洞库,如影随

第七章 成名

形地跟在他们身后,随身带着个小本子问这问那,再飞快而认真地记下来。一开始刘长辉觉得奇怪,想着这个老兵可能是有别的什么考虑,但一个星期过去了,这个老兵还是跟在他们身后,问问这个问问那个。有一天,刘长辉实在忍不住了,便善意地提醒老兵:"你知道这种型号的导弹打完这一枚就退役了吧?"结果老兵疑惑地答了句:"知道啊。"然后睁大眼睛看着他,似乎在探究他这么问是何意。刘长辉竟被看得有些不好意思,便没再问下去了。

就这样大概过了一个多月,老兵也跟了一个多月,刘长辉和同事们也慢慢地习惯了身后这个老兵。有一天,刘长辉记得是因为一个电路上的什么难题,这个老兵上午问了他一次,下午又连着问了他三次。也是因为检测整修到了最后的关键阶段的缘故,刘长辉一下子被问烦了,便冲着老兵不耐烦地说道:"这个型号的导弹就要被淘汰了,你还问这问那的干什么?还有意义吗?"

刘长辉永远忘不了当时老兵的反应。

老兵没计较他的态度,只是像回答他的疑问似的缓缓说道:"我是不懂就想搞明白,问题留在心里总觉得不踏实、不舒服。我知道这个型号的导弹要淘汰了,但正因为马上要被淘汰了,所以才更想抓住这最后一次机会搞清楚,不然就永远搞不明白了……"

刘长辉和身边的同事陷入了短暂的沉默。事后他们闲聊时还提起这个叫王忠心的老兵,感叹他真是对学技术上瘾,觉得像他这样的人,不成为

专家才怪。这么多年过去了，刘长辉偶尔还会想起老兵说这番话时的语调和那一脸认真的神情。

这个老兵就是王忠心。尽管彼时他的好几个徒弟已经成了全军、全国的"名人"，但他自己还是名不见经传。

就在这一年的初秋，王忠心跟随部队经铁路输送和公路机动，横跨西南、西北五省，行程三千公里，接受了第二炮兵组织的综合演练考核，成功将这枚导弹发射升空，创造了全旅有史以来投送兵力规模最大、输送装备最多、参训要素最全的跨区综合演练纪录。作为测控专业的"大拿"，王忠心自然又一次在发射中立下功劳。只是在仰望着那枚导弹燃着火炬般的尾焰冲上云霄在远方消失时，他的心里突然涌上一股难言的悲壮与感伤，仿佛送别了一位并肩战斗多年的老战友一般。想想也是，它和他们一起坚守在祖国西南的那一座无名深山里，沉默数十年，最后以这般壮烈的方式完成了自己的使命。当然，也许是奔向它的新生。而老兵王忠心一登上返营的火车，也迎来了一次新的挑战。

说起来，这次挑战也不算是全新的，早在王忠心从第二炮兵青州士官学校学成归来时，他就发现，部队移防到了数百公里之外的另一座大山里，导弹更是换成了一种全新的型号。

几乎是历史的重演。就在这次实弹发射之后，王忠心跟随部队再次移防，从他们待了十八年的这座大山里搬迁到了另一座大山里，而且即将为他们配发一种最新型的导弹。王忠心自己也没想到，相比当年那次移防，

第七章 成名

感情一贯内敛的他这一次要不舍得多、感伤得多。移防前那几天,他每天晚饭后都会不由自主地走到旅里那条主干道上去,那条路的西侧长着他刚当班长时带领战士们种下的一排白杨。

那一天凌晨,当旅里所有的汽车全都发动了,齐声鸣笛向那座营盘做最后的告别时,一股别样的情绪突然从王忠心的腹部涌起,穿过喉头汇集到眼窝。像新兵报到时一样坐在卡车尾巴上的王忠心赶紧仰起头,装作看天空的样子……忽然之间,王忠心想起了上次移防时老兵们对老营盘的怀念。当时只是第三年兵的他还很是不以为然,觉得告别的又不是人,不过是一些没有生命和感情的营房,何至于此呢?直到今天王忠心才明白了,人们在一个地方住久了,在一个地方投入了时间,分开时便会不舍、便会心伤。那天,汽车呜咽着带走了那座营盘里所有的家当,留下了王忠心和他的战友们青春的记忆……

幸运的是,部队没有给王忠心更多的时间让他在这种感伤中沉溺。一种全新型号的导弹即将配发,所有的参数、所有的操作要领都将是新的,包括王忠心在内的所有官兵都将一切从零开始。刚换防到新驻地不到一周时间,方方面面的东西刚刚归置到位,王忠心就打起背包和其他几十名技术尖子一起赶赴兄弟部队见学——新导弹配发需要时间,需要部队一部分骨干在导弹配发前预先掌握基本的操作要领。

在赶赴兄弟部队的路上,王忠心想起了十多年前换发装备时的那次突击,那条儿时的小红鱼再一次游进了他的脑海。车在大山中间穿梭着,这

个手上已经生出茧子、头上已长出白发的老兵明白，他又要冲一次山头了。他知道，这次的难度将会比上一次大。这次他是测控专业的带头人，他要比所有人都掌握得快、掌握得多、掌握得深。在部队二十多年，他已经无数次听过"老兵怕换枪"这个说法，也见过很多老枪玩得很溜的老兵在新枪面前败下阵来，荣光不再。据说当年"八一杠"换成"九五式"时，很多老兵被新兵赶下了"神射手龙虎榜"。因为老兵们摸老枪十多年、几十年，枪身上每一个地方的触感，每一个动作的分寸几乎全成了潜意识里的肌肉记忆，只可意会不可言传，十分神妙。一旦换了新枪，这过去所有的熟练都将成为当下最大的障碍。看着似乎是学习同样的新装备，需要掌握的东西一样多，但老兵们比新兵天然地多了一道程序——改掉过去的习惯。这是一道艰难的程序，相当于来一次自我否定、自我革命，很多过去骄傲的老兵就令人扼腕地栽倒在了这里，所以官兵们私下里也把换装叫作"老兵的诅咒"。在过去的岁月里，老兵们一天天地盼着换掉手里落后的装备，可有一天真的换了新装备，他们又有可能操作不了了。

其中的道理王忠心明白，他总觉得一定有难度，但不至于那么难，现在终于轮到他了，他想挑战一下这个所谓的"老兵的诅咒"。山路崎岖，后车厢里颠簸得厉害，王忠心只顾想着自己的心思，完全没注意到车厢最里侧有一道锐利的目光隔三岔五就射向他，那是刚从军校毕业的下士黄锋。从小就因为脑袋瓜好使而骄傲自信的黄锋已暗暗下定决心，要利用这次难得的换装机会超越王忠心。

第七章 成名

王忠心记得很清楚,那天到达兄弟部队时已是晚上九点多,简单安顿洗漱之后,他们就睡下了。王忠心想了一会儿同时跟着他移防到新驻地的妻女,觉得她们娘儿俩也是不易,刚刚熟悉了原来驻地的环境和生活,女儿上了小学,找到了自己的小伙伴,却又跟着他搬到了陌生的地方,一切都要从头再来。这些都让他心怀愧疚。王忠心无声地叹了口气,翻了个身,明天即将开始的新装备攻坚渐渐涌上心头,覆盖了他心底对妻女的愧疚。当然也许是王忠心有意为之,只有工作才能压下他心头对妻女的亏欠。那晚,老兵王忠心就在这两种心绪的缠绕下睡着了。

一场持续七个月的攻坚战第二天天一亮就打响了。下士黄锋第一时间冲了出去。他觉得这是一个专门为他准备的契机,他年轻、记性好、学历高、悟性高,只要稍加努力一定能跑到王忠心这样的老班长前面。所以出发前安排他和王忠心结成帮扶对子时,黄锋心想,还不一定谁帮扶谁呢。

果不其然,从最开始的学理论到后来的跑电路,黄锋一直偷偷关注着身旁的王忠心,王忠心的进度一路比他落后。他发现这个老班长好像一点儿也不激动、不亢奋,就那么默默地、不紧不慢地推进着,似乎完全没把这个当作一次比拼。想想也正常,王忠心毕竟是四十多岁的人了,脑子慢下来了,身体各方面的机能也都在走下坡路,如今再从头学这些新的、复杂的知识,肯定为难,这还只是身体方面的原因。从心理上讲,他当兵这么多年,可能早被日复一日的重复磨得没什么激情和斗志了,这个时候一切归零、从头再来,换作是黄锋自己,可能也提不起劲了。

　　这么一换位思考，黄锋一开始那根紧绷的弦松弛了下来，对自己在新型号导弹的测控上全面超越王忠心更是没了丝毫怀疑。

　　三个月后，兄弟部队的教练员给他们组织了第一次专业考试。成绩出来了，王忠心考了最高的九十七分，比黄锋高出了一大截。

　　成绩揭晓后的当晚，王忠心把跌落于苦闷中的黄锋叫到了操场上。那晚的月光下，初生牛犊的黄锋才知道这个沉默的老兵有着多么深沉的胸怀。原来王忠心早就看出了他这个年轻的帮扶对子是一个"有野心"的小家伙，更能感觉到黄锋憋着一口气想在这次新装备的学习上有点儿突破。作为带他的班长，王忠心像对待过去带过的所有学生一样乐见其成。在过去的三个月里，王忠心其实一直在观察着黄锋，知道他一直在往前赶着进度，飞快地向前推进着。王忠心又不好劝阻他，跟他说他也不一定听，并且王忠心不能确定这种不适合自己的学习模式是否也不适合黄锋，只能让实践检验。这三个月里王忠心唯一能做的，就是稍稍有意地显露出自己的"慢"来，让黄锋慢慢地放松下来，不急着往前赶，尽量把每一步都走扎实些。事实证明，黄锋丢的那些分数主要集中在前两个月飞快翻过的那些知识点上……

　　考试结果证明了这种快速的学习模式也是不适合黄锋的，王忠心认为可以和黄锋交流一下，把自己的一些学习方法跟他分享一下。而黄锋也终于知道王忠心为什么进度比他慢了。原来，王忠心下的是笨功夫，他把装备上不同型号仪器的电路图细化拆分，一张张复印后放在枕头底下，一点

王忠心（右一）与战友们促膝谈心

一点抠，有一个地方、一个点没弄明白绝不往下推进。这样做开始固然是慢，但这个基础打牢了，往后就越来越顺。

这个晚上之后，黄锋那一颗心终于踏实下来，跟着下起了笨功夫。后来的几个月里，王忠心又想出了很多笨办法。他借来最复杂的控制系统电路原理图，用背包绳串起来挂在宿舍床前，带着大伙儿一张一张地跑。跑完之后，他们几个班长带头一个一个地过，从士官到义务兵，谁一口气跑

不下来都不行……

就这样，王忠心和他的战友们在最短的时间里由新型导弹的门外汉变成了"专业通"，在兄弟单位战友们佩服的目光中返回了部队。

第二节　入选二炮士官人才一级库

事情总是充满巧合。

十年之前，王忠心平生第一次走进北京城时，世纪大阅兵的鼓点还回荡在长安街的上空；十年之后，当王忠心第二次走进北京城时，新世纪的国庆大阅兵即将开幕。

那天，当王忠心再一次呼吸到带有浓郁京味儿的空气时，他不由得抬起头看了看天。作为农民的儿子、三百万官兵中一个再普通不过的战士，王忠心觉得自己当兵期间能进一次京真是天大的幸运。尽管确切地说他第一次只是在京郊，没上天安门，没看到升国旗，连长安街的延长线都没踏上过半步……但王忠心并不觉得有太大的遗憾，离开北京钻进闷罐车厢那一刻，他已经想好了，等将来退伍了，女儿杨杨也长大一些了，再领着妻子和女儿来一趟北京，上一下天安门。

没想到十年之后，他竟有幸第二次来到北京。这一次，王忠心的心里怀有另外一种激动——他这次来，是为了接收新型装备。

大山、大山中的密林和掠过树梢的风都知道，这一天，王忠心和他的

第七章 成名

战友们已经期待了多久。离营那天,他们不约而同地换上了此前一次都没穿过、还打着折痕的新军装。全旅官兵分列主干道两侧,从大礼堂门前一直延伸到大门岗外半里地,还像过年一般燃起了鞭炮。无论是像王忠心一样被选中进京接装的官兵,还是送别他们的战友,都沉浸在一种努力克制的喜悦当中。

也许只有当过兵的人才能体会王忠心他们的心情吧……这一天,王忠心和他的战友们等了整整八个月,这一天,他们两百多个日夜念兹在兹的"那杆枪"终于要握到手里了。

王忠心所在旅的旅史对正式接装那天的记载只是一句客观而简洁的叙述:"二〇〇九年八月*日,接收某新型装备一套。"而在士官黄锋那里,记忆在时隔多年后依然清晰如昨。

首先是热,那种几乎可以让人触摸到的有质感的热。八月,恰是北京最热的时节。那一天,黄锋听广播里说是过去二十多年里北京最热的一天。所以那天黄锋的后背上不断地被太阳压榨出汗来,又很快地蒸发掉了,如此循环往复。再有就是一枚小小的、被太阳晒得滚烫、几乎要熔化了的螺丝钉。也是奇怪,当王忠心因为一颗微不足道的螺丝钉而较真时,黄锋脑海里跳出来的第一个量词竟然是"枚",他觉得那"枚"螺丝钉比王忠心得到过的那两枚三等功奖章都要闪耀。

那是一片空旷的开阔地,地上刻意铺了一层粗粝的黄沙,在上午毒辣的阳光下反射着刺眼的光芒。黄沙之上,一排排硕大的木制包装箱成三排

整齐列队，在第一次执行接装任务的黄锋眼里竟像是等待检阅的队伍，在泛白的天空下肃穆而庄严。

厂家负责人首先做了情况说明，提供了交接清单。接装中最重要的一项任务，也是王忠心他们此次前来接装的一个主要目的——装备检验随即展开。

根据带队干部的分工，黄锋和王忠心作为一组，负责第一个排面的装备检验。第一个箱子打开了，箱子盖热得烫手，箱子里面却似古井般涌出一股凉气来。黄锋探头一看，只见一圈雪白的泡沫当中，一台构件像一头棕熊般稳稳地躺在里面，阳光照上去，似乎很快便要从冬眠中醒来。就在黄锋出神的片刻，王忠心已经拿着那张清单一一对照检验起来，他那张已经长出皱纹的脸上不见丝毫喜悦和激动。

开箱、验装、封存，黄锋和王忠心逐个箱子过着，慢慢地从南头移向北头。刚开始，黄锋还感觉得到后背的滚烫和细线般沿着脊梁淌下的热汗，渐渐地就浑然不觉了，完全地投入验装当中。他知道，这些装备价值过亿，非同小可，非细致不可。几个箱子检验过去，他也逐渐发现，不仅里面的构件是齐整的，连摆放的位置都和说明书上严丝合缝。也是，这么金贵的东西谁敢不慎？

太阳升到正头顶又慢慢地坠向西天。黄锋和王忠心与其他组的战友都封存了最后一个木箱。黄锋长出了一口气，绷了一天的身体一下子松弛了下来。中午只是抽出十分钟时间吃了一份盒饭便继续开工了，这一刻他感觉到了疲惫。黄锋转动了几下脖颈,准备收工,却见王忠心喊来了厂家的负责人,领着他走向了中间的一个木箱。

黄锋不解其意,赶紧跟着走了过去,就听得王忠心指着那个木箱最下面一个地方,对厂家负责人说道:"这里,少一颗螺丝钉……"

厂家负责人惊讶地看了王忠心一眼,笑着说道:"嗨,这么小一颗螺丝钉少一颗不碍事,不会影响运输的。"黄锋也觉得王忠心有些小题大做了,这么结实的包装箱缺一颗螺丝钉肯定开不了。但他又不好意思直接这样说自己的班长,便带着疑问轻轻说了一句:"这么小的螺丝钉,其他箱子上不会一个都不少吧……"

王忠心回头淡淡地看了他一眼,答了一句:"是的,其他箱子上一个都不少。"

黄锋一直记得那天王忠心说这句话时的语气,平淡之极,却自信之极。黄锋这才明白过来,当他只是按照清单上一一对照检验时,王忠心却连这么细微的螺丝钉都一个一个地数到了。黄锋自认已经足够认真,却不料距离王忠心还差这么远。

黄锋跟着厂家负责人往回数了几个箱子,发现其他箱子上果然一个螺丝钉都不少。这下那位厂家负责人不再说话了,心服口服地马上安排人给这个箱子补上了一颗螺丝钉。

几天后,这批新型装备安安全全、完好无损地从北京运回了大西南,王忠心和他的战友们终于结束了只能在模拟器材上练手的日子。两个月后,

当天安门前时隔十年又一次走过阅兵的方阵时,四十多岁的王忠心在大山深处率先通过了控制专业各个号位考核,成为旅里首批精通新型武器装备的"先锋军",并且再次以"全优"的战绩被评为"技术尖子",入选基地技术尖子人才库,进入第二炮兵士官人才一级库。

几年后,该旅驻地某市反贪局。三楼西头的一间办公室里,一个人焦急地坐在一把椅子上,时而站起来走到楼道处往东边儿一间办公室望两眼,搓搓手,侧起耳朵听一会儿,又走回去一屁股坐到椅子上,看看表。

这个人是两年前转业的黄锋。让他牵肠挂肚、过一会儿就要出来瞅上两眼的是他们局副局长的办公室。这一刻,在副局长的办公室里,坐着这十多年来他最亲近却又最敬畏的人——他的班长王忠心。

此刻黄锋的心情很复杂。班长已经服役满三十年,如今即将退休返乡,所以在临走前到他工作的单位来看一下,看看他干得怎么样。黄锋心怀不舍,还有几分忐忑,生怕转业这两年有哪里做得不好,被王忠心班长听了去……

黄锋认真回顾了自己转业到反贪局这两年,从第一天到局里来,他就坚持最早到办公室,把地扫一遍、拖一遍,桌子椅子擦一遍,纸篓倒掉,套上新的垃圾袋,再打上两壶开水。等他做完这些,同事们才三三两两地来了。让他觉得奇怪的是,有些来得早的同事看到他在做这些,只是相互笑笑不说话。他们认为这不过是黄锋作为一个新人的一种姿态,坚持不了多久。没想到黄锋这一做就是两年。于是,同事们慢慢地相信了他,完全

第七章 成名

地接纳了他。

得知缘由后,黄锋哈哈大笑起来。他骄傲地跟已经熟识交好的几位同事说,那是你们不知道我的班长王忠心。如果知道他、认识他的话,你们就会知道他带的兵绝不会偷奸耍滑、只做表面文章,绝不会前后不一致。闲聊的时候,黄锋就跟他的同事讲王忠心当兵三十年如一日的故事,讲关于他的一个个微乎其微但又感人至深的细节,当然也包括那枚在黄锋记忆里闪闪发光的螺丝钉。

结果,王忠心,这个黄锋在部队时的老班长,竟神奇地成了驻地某市反贪局的名人。黄锋更没想到,那天局长把他叫到办公室里,竟跟他商量想请王忠心来局里给全局干部职工做个报告,把他当兵、当班长的故事讲给所有人听。局长觉得他们都需要学习王忠心身上的这种精神。

那堂课黄锋和所有的局领导坐在第一排。他静静地望着他这位又老了几岁却依然战斗在同一个岗位上、像当年带他一样带着又一茬新兵的老班长,不知怎么地心里突然有点儿酸。讲台上的王忠心,头上的白发更显眼了,他做报告的口才跟他讲专业课有天壤之别,但黄锋能感到整个会场里静悄悄的,似乎所有人都被裹挟进了老班长那种朴实感人的气场当中。

这次是王忠心第二次来局里。局长在外出差,专门委托副局长代为接待。而黄锋左思右想,确认自己近一年在工作上没出过什么纰漏,在工作态度上也是非常端正的,这才慢慢地放下心来。就在这时,黄锋听得走廊里传来副局长喊他的声音,他知道王忠心和副局长谈完了。他赶紧起身往

外迎,刚放下的心一下子又提了起来——

黄锋看到了他的老班长。他紧盯着王忠心的脸,见王忠心笑着看着他,眼神里似有欣慰之色。他走到王忠心面前,像在部队时一样规规矩矩地站好,就听得王忠心淡淡地说道:"干得还不错……""欸"的一下,黄锋觉得身上每一个细胞都舒展开了。

后来黄锋跟王忠心提起那颗螺丝钉,王忠心早就没了一点儿印象,因为这些事在他漫长的军旅生涯里,早像呼吸一样稀松平常了。只是因为这一颗小小的螺丝钉,黄锋彻底地对王忠心服气了。而对王忠心来说,当他用了近一年时间完成了专业知识的换代更新时,又一次考验到了——就在这一年的年底,新一轮的士官制度改革又一次启动了。

第三节 成为"比将军还少"的一级军士长

于中国军队而言,二〇〇九年至少有两件大事载入史册,一件是中华人民共和国成立六十周年大阅兵,另一件是又一轮的士官制度改革。

对王忠心来说,似乎是历史的重演,又像是一种轮回。他还清晰地记得十年前是如何在安徽休宁县城那间小小的裁缝铺里,从那台小小的黑白电视机里看完世纪大阅兵;他更记得那封突然出现的薄薄的电报和电报上闪着光的"立即归队"四个铅字。因为那一年的士官制度改革,他得以在退伍后重返部队,这一干又是十年。如今回想起来,那一幕似乎就发生在

第七章 成名

昨天。

二〇〇九年的国庆节，东 15 乙常规导弹方队通过天安门，东 11 甲常规导弹方队通过天安门，东 21 丙常规导弹方队通过天安门……偌大的俱乐部里听不到一点儿声响，电视机前王忠心的胸膛和其他战友一样剧烈地起伏着。

这是第二炮兵装备方队第三次在国庆首都阅兵中亮相。作为整个受阅方队的压轴巨阵，与一九八四年和一九九九年的两次国庆阅兵相比，这一次第二炮兵受阅部队人员数量之多、装备种类之全、方队规模之大，都是空前的。据披露，这次阅兵的武器装备阵容凸显着五大变化——

导弹家族大了。此次阅兵呈现在世人面前的导弹装备，全部为首次亮相的新型号主战武器，包括两种不同射程的地地常规导弹、一种陆基巡航导弹、一种核常兼备的地地中程导弹、一种洲际战略核导弹。这标志着中国战略导弹武器已由单一型号发展为近程、中程、远程和洲际导弹并存。

导弹身材小了。过去由于采用液体燃料推进剂，导弹普遍体积庞大。随着我国科技实力不断增强，导弹武器研制生产技术实现历史性跨越，大量采用固体燃料推进剂，导弹武器普遍"瘦身"。

导弹威力强了。此次受阅的新型导弹武器，是近年来第二炮兵武器装备信息化建设的集中展现。依托这些新型主战武器，第二炮兵"指挥控制能力、快速反应能力、导弹突防能力、生存防护能力和综合保障能力"实现全面跃升。

导弹精度高了。随着科技进步,战略导弹部队武器系统从过去单一制导方式发展为多种制导方式并存,实现了自动化、智能化选择精确制导,标志着中国战略导弹部队打击样式和作战能力实现新突破。

导弹机动快了。从二十世纪末开始,第二炮兵全面展开跨区机动训练。依托新型导弹武器装备,不论崇山峻岭还是大漠戈壁,发射车拉起导弹就可全道路机动、全地域发射、全方位控制、全天候突击……

对十多亿沐浴在和平里的中国人来说,这五个激荡人心的巨变似乎发生在一夜之间;对王忠心和他的战友们而言,是深山老林又十年。这十年,王忠心越来越觉得山中的岁月一天天过得很慢,一年年过得很快,而日子却似乎从他走进大山那一天起就没变过分毫。他依然住在战斗班排的宿舍里,坚守在班长的铺位上。睡在他上铺的兄弟、整间宿舍里的战友,却换了一茬又一茬。

有一回,王忠心喊睡在他上铺的战士起床,喊半天没反应,原来他无意中喊出的是之前睡在他上铺、已经退伍了的战士的名字。这成了在全连流传许久的笑话。作为笑话的主人公,王忠心也跟着大伙儿一起笑,笑罢就情不自禁感慨自己老了。有时王忠心也忍不住会想,假如一九八六年的冬天他没有选择参军,假如一九九九年的秋天他没有选择重新入伍,现在会怎么样,他会在哪里,在做什么工作……

那一天,当雄壮的导弹方阵锵锵驶过天安门时,当现场的惊叹声、欢呼声隔着电视屏幕扑面而来时,当整个世界都为之安静下来时,王忠心这

第七章 成名

些偶有冒出的"杂念"立刻被山风卷到了树梢上去，一点儿痕迹也不见了。他更加觉得自己当年的两次选择无比英明，谁能想到，他一个普普通通的农家子弟，竟是在操控着这些一出声就将惊天动地的国之重器呀！

这二十多年里，他亲眼见证了这支伟大的导弹部队是如何一步步成长壮大起来，如何一步步成为撑起国家腰杆子的那块最硬的骨头的。他知道，它的壮大里有他二十年的青春。他觉得，他的坚守是值得的……

几乎和十年前一模一样，雄壮的国庆阅兵过后，一次关乎几十万士官命运的改革再次在全军铺开。关于这次改革，当年的官方表述如下——

为推进士官队伍建设又好又快发展，提高履行新世纪新阶段我军历史使命的能力，中央军委向全军和武警部队颁发《深化士官制度改革方案》。

……

此次改革是对现行士官制度的进一步完善，改革的内容主要包括七个方面：第一，增加了高技术专业士官编制。在不突破全军士兵编制员额的前提下，将士官编制扩大到近九十万人。增编的士官，主要用于充实高技术部队的技术骨干力量。第二，调整了士官结构比例。取消现行士官服役分一期至六期的做法，保留初、中、高三个服役等级，服役时间分别为初级最高六年，中级最高八年，高级可服役十四年以上，同时增加了中、高级士官数量，减少了初级士官数量。第三，

调整了士官军衔制度。将士官军衔由现行六个衔级调整为七个衔级，初级士官军衔称谓为下士、中士，中级士官为上士、四级军士长，高级士官为三级军士长、二级军士长、一级军士长……

这一年的年底，基地大礼堂，伴随着激昂的进行曲和全场有节奏的掌声，王忠心登上主席台，肩扛将军衔的基地司令亲自为这位老兵戴上了一级军士长军衔。镁光灯下，左、右肩膀上各有三道粗杠和一道细杠闪闪发光，把王忠心黝黑的面庞衬得亮亮的，他成为中国人民解放军第一批一级军士长中的一员。后来根据全军的数据统计，一级军士长被称为"比将军还要少的士兵"。

尽管已经感受到了肩膀上来自军衔的重量，王忠心还是不能太确定，他这个当年只想着能转个志愿兵便心满意足的乡下青年，今天已经干到了一个士兵所能达到的最高军衔——一级军士长。王忠心知道一级军士长意味着怎样的荣誉，以及怎样的待遇。从走下主席台这一刻开始，他将享受副团职干部待遇，在工资、住房等方方面面和副团职干部持平，并可以在部队干到退休，养老、医疗等一切再无后顾之忧。

王忠心的眼前再次出现了那个跟着送兵干部走在队伍最后面的小个子，他似乎听到了那天山路上回荡的脚步声，里面有希望，也有迷茫……王忠心长长地吐了一口气，嗨，那个山里生、山里长的小个子哪里想得到今天啊！他知道自己一定会努力，会不怕吃苦，但他哪里想得到自己刚好赶上

第七章 成名

一级军士长王忠心在向军旗敬礼

了国家和军队的好时候、好政策。王忠心称得上是士官制度改革的直接受益者。

王忠心万万没想到在过去的二十多年里,他这么一名小小的战士,竟然跟祖国和军队的发展步伐如此紧密地联系在一起。并且他已经隐隐地感到,国家和军队的前进步伐明显地越来越快。

王忠心还想到了陪伴他多年的那个最熟悉的老朋友——少平。过去的

那些年里，每当他觉得疲惫了、犹疑了，想喘口气歇歇脚时，他便翻出从青州带回来的那套《平凡的世界》，重温一下少平走过的路，和少平聊聊天，便又重新坚定了步伐、提起了精神。这么多年过去了，王忠心老了，可在他的感觉里，少平还像初相识时那般年轻。

说来也是奇怪，王忠心本来谈不上爱看小说，他潜意识里总觉得小说里的事都是编的，却唯有这套《平凡的世界》让他走进去后便再也没有出来。他觉得书里的人和事都那么的真实，好像一个个人就生活在他身边，一件件事就发生在他眼前。他唯一的遗憾就是没有看到《平凡的世界》的续集，没有看到随着时代的发展，少平究竟能走到哪一步、会发展成什么样。但走下主席台那一刻，王忠心突然电光石火般意识到，少平的故事进行到了二十世纪八十年代，他自己的军旅之路就开始于那个年代，这二十多年来他走过的路和他看到的身边战友、朋友走过的路，不正是少平的继续么？他似乎看到少平就在台下，亲切地看着他，亲切地向他走来，走到他跟前时又一转身，昂首阔步地向远处走去，远方一片光明……

说起来，在部队这二十多年里王忠心的睡眠一向不错，只要一躺到床上，很快就睡着了。他很少去想一些杂七杂八的事，睡着后也很少有梦。但这一天有些不同，这一晚躺到床上很久了，翻过来掉过去几个回合了，王忠心还是一点睡意也没有。人们可能会想一定是跟今天刚刚戴上了一级军士长的军衔有关，作为一个兵干到了这个级别也着实值得激动难眠一回。王忠心自己清楚，他的失眠与此无关。说实话，在部队起起伏伏二十多年，

第七章 成名

转志愿兵，提干，失败，再提干，再失败，退伍，重新入伍，晋升高级士官，从这一个个关乎个人命运的考验中闯过来，从这一个个交织着煎熬与喜悦的日子里走出来，已经很少有什么东西能让王忠心这样一个老兵真正地亢奋起来，甚至辗转难眠了。

至于失眠的原因，其实王忠心从宿舍的灯一关闭便意识到了。这个夜晚他闻不到战士们夹杂了脚臭和汗碱的复合味道了，听不到那种专属于年轻战士的疲惫而酣畅的打呼声了，宿舍里空荡荡的，没有上铺，对面没有人，窗外那棵老榕树也不见了……是的，这个晚上老兵王忠心没有睡在他睡了二十多个年头的排房里，而是睡在了三楼的一间单身宿舍里。

这天下午，王忠心从基地回到连队，三步并作两步爬上二楼，右转一推门走进宿舍，看到南面靠窗的自己的床铺上空无一物。正利用开饭前的这点自由时间忙着各自事情的战士们一看他回来了，激动地围了上来，所有的眼光都射到了他的肩膀上。新兵叶兴旺还伸出手来，轻轻地触摸了一下他肩上的军衔，叹道："嚯，这就是一级军士长的军衔啊！我什么时候能干成一级军士长啊……"

王忠心咧着嘴笑着，任这些比他小十岁、小二十岁的战士们围着他闹。训练场上他是严苛的，是让这些战士敬畏的，但回到宿舍，他又是兄长般温和可亲的，即便和他的女儿杨杨差不多年纪的战士都敢和他随便开玩笑。这一点他一直把握得很好，当然，这是他跟自己的新兵班长李炳华学的。

战士们闹着说周末让王忠心请客、要去他家吃嫂子包的饺子，这时王

忠心才抓到插话的机会。他指了指自己的床铺，做了个疑问的表情，已经当了他的副班长的黄锋这才记起指导员专门给他交代的话。黄锋一把抓起王忠心的手，不由分说到了三楼，往左一拐推开了第三个宿舍的房门，然后像电视里的侍应生般礼貌地一伸手，笑着冲王忠心说了声："请——"

原来，那边王忠心前往基地的同时，这边指导员已经安排黄锋带人把王忠心的东西挪到了这间单人宿舍。黄锋转述了指导员的话："按规定，一级军士长不应该再住在班排宿舍，应该住单人宿舍，但怕等王忠心回来后会推让、会不好意思，所以直接就给他搬好了……"

黄锋跟他聊了一小会儿，走的时候还体贴地轻轻带上了门，带上门前又回头笑着看了王忠心一眼。王忠心也笑了，他明白黄锋笑容里的意思。凡是在部队待过的人都明白，部队是一个集体，部队崇尚集体主义。部队做什么都一帮人一起做，大到一个师，小到一个班，训练一起、吃饭一起、睡觉一起。部队最稀缺的、战士们最渴望的就是一个私密空间。平常没事的时候，即便不是要给心仪的姑娘写情书，他们也非常想一个人静静地待一会儿，一个人静静地发会儿呆。王忠心也不例外，这么多年来，他也有很多个时刻想有个独立的、关上门后只属于自己的空间。尽管都过去十多年了，但王忠心依然清晰地记得他第一次走进大豪的单人宿舍那天的情景。关上门、关上窗，尽管门前战士的脚步声、远处操场上的喧嚣声还是能传进来，但对于一个生活在集体里的军人而言，那已经是一个奢侈的完完整整的独立世界了。那个时候，王忠心正好在和杨红苗谈恋爱，他写信时总有战友从身后探头过来看,杨红苗来信、来照片,总被战友们抢了去……

嘿嘿,王忠心不禁笑了。没想到,等他早就不写情书了,女儿都已经上初中了,在他当兵的第二十四个年头的时候,他终于有了一间单人宿舍,有了一个私密的空间。老兵王忠心就那么一动不动地坐在一把白色的圈椅里,慢慢地打量着房间里的一切。眼睛看到了那张不再有上铺的床,看到了涂了黄底黑条纹油漆的衣柜,看到了衣柜上的镜子,看到了脸盆架、脸盆,却又好像什么也没看到。他只觉得这间宿舍已经飞离了连队、飞离了部队,飘飘摇摇地飞到了半空中,四周一片寂静,什么都没有……直到一声哨响,一声"开饭"的口令从墙壁外透进来,王忠心才缓过神儿来。他赶紧起身,拉开门走出去又反手带上,像往常一样跑了下去。

这天夜里,当王忠心一手裹了铺盖离开这间他总共待了六七个钟头的单人宿舍时,他又一次笑了。他没想到,当宿舍里只睡了他一个人,当空气里不再有那种复杂而怪异的味道和此起彼伏的鼾声,当他头顶一米的上方不再有一块床板时,他竟然睡不着了。

王忠心蹑手蹑脚地下了楼,右转推门回到了那间再熟悉不过的宿舍,径直地走到自己的床铺前,三下两下打开铺盖,一转身就躺了上去。而那种熟悉的味道、交响乐一般的鼾声瞬间像老熟人一般向他围了过来。

月光透过窗户正照在他的铺位上,静静地。王忠心轻轻地把脸转向了窗户,轻轻地骂了自己一句"就是睡班排宿舍的命",然后睡着了。

这是王忠心晋升为中国人民解放军一级军士长的第一夜。

第四节　把发言稿念成了口令

直到王忠心离开发言席回到自己的座位上，宣传科长彭子湖才终于长出一口气，放下一颗心来。但他还是轻微地、不自觉地摇了摇头。干宣传工作这么多年，他头一回碰上像王忠心这样不配合、教不会的宣传对象。

这已经是二〇一二年的夏天，江西某地，第二炮兵基层建设工作会议已经开到了最后一天。当兵当到了第二十五个年头的王忠心无论如何都改不了他那喊口令般的发言方式。彭子湖已经纠正他几个星期，就是纠正不过来，真是让人百般头疼。然而，这近乎喊口令般的座谈发言，竟然赢得了满堂彩。

出席会议的一位将军在总结讲话时专门点到了王忠心的名字，说："（王忠心）当兵二十五年，当了二十二年班长，令人非常感动。这样的好班长就是我们部队的基础，很值得尊重。"

在部队待过的人都知道这样一种表扬的分量。将军在提到王忠心这个班长时，动用了"尊重"这个字眼，并且评价说"很值得尊重"……据彭子湖后来描述，当时那位首长讲这番话时很动情，特别是提到王忠心当兵二十五年、当班长二十二年这两个数字时，两道眉毛还凝到了一起，微微地颔着首……

第七章 成名

远远坐在台下的彭子湖把这些细节尽收眼底。由战士提干的他,理解这位首长说这番话时的感受。他觉得首长一定是想起了二十五年前的自己,按照部队干部成长的一般规律和节奏,二十五年前王忠心刚当兵时,这位首长可能还在一个同样的山沟里当着排长、连长。二十五年过去后,他成长为高级将领,而王忠心依然是一个兵……

同样走过了人生当中最宝贵的二十五年,王忠心的经历显得过于平淡,甚至平庸了。但走近王忠心,走进他的连队,走进他睡了二十多年的集体宿舍,听到他石英钟般平稳的心跳,看到他水波不兴的眼神,我们才会意识到,就在战士、班长这个小小的点位上,王忠心一直在打着一场激烈无比的战斗,二十五年来从未停歇。而这场战斗的敌人就是他自己,是稍一歇气便会陷落的平庸。这场日日不间断的战斗,他已经连续赢了一万天。

人最喜欢新鲜事物,人最忍受不了重复和寂寞,而所有这些人性的原始特点,王忠心全都违反了,他就在班长这个不起眼的岗位上安安分分地待了二十多年。他的同年兵陈大豪两年前当上了旅里的副参谋长,他带的兵提干了六个,其中杨磊刚当上了他的营长,他迎来了近二十个排长,送走了近二十个排长,而他还在不动如山地当着他的班长。二十多年过去,战友们对他的称呼从小王变成老王,从王班长到老王班长,再到如今的王老班长……这些年王忠心带过数百号兵了,提起他们的班长,这些兵个个发自心底地佩服,被问起愿不愿意像王忠心这样在一个岗位上坚守二十多年,却又个个摇头,纷纷说做不到。

当兵当了二十年之后，王忠心已记不得有多少人多少次问过他这个问题了："班长，这么多年你是怎么干下来的？"有的是新兵刚下连发现自己的班长这么老、几乎和父母同龄时，没忍住直接问了出来；有的是战友到王忠心家里吃饭酒酣耳热时，借着酒劲拍着他的肩膀问的；而更多的是退伍前和王忠心告别时，哭得稀里哗啦地问的。不管何时问，大家的表情和眼神里面都写满了不可思议与不理解，同时也写满了敬意，只不过这敬意里还包含了不少的同情。

每当听完这个问题，王忠心总是呵呵一笑，宽厚地把脸凑近了，瞅上对方两眼，说："你是想问怎么'熬'下来的吧……"

应该说，王忠心不是个恋旧的人，不爱回忆，所以前些年他根本没想过这个问题，听起来很漫长的时光好像一眨眼就那么过来了。也就是到了近两年，他的睡眠似乎少了。早晨，战士们在黎明前睡得正香时，他已经醒了。每当这个时候，他也不去挪动身子，只把眼睛默默地从屋顶移到窗户上，再移过一张张的床铺。他发现，几乎所有睡在他上铺的战士都会把被子的一角长长地垂下来。只有这个时候他会想起，他已经在这样的排房里，在这种先是木质的、后是铁质的上下铺上睡了二十多年了。

是啊，他这二十多年是怎么熬过来的呢……回想在这座几乎不见天日的深山中、在部队高高的围墙里、在这个小小的排房里度过的二十多年岁月，王忠心在心中确定无疑的是，这二十年还真不是熬过来的。他也是人，也抗拒重复和不变，但他找到了一个破解这个魔咒的说起来很简单的方法，

第七章 成名

就是在对"物"上一步步往深了去，测控专业下面的几十个小专业一个一个学会、精通，一个一个破解操作中的难题和故障；在对人上，他一个一个地认认真真对待，一颗心一颗心地走进去，一个人一个人地琢磨透……

看起来日复一日的训练是重复的，但对他而言每天都是新的。年复一年的新兵入伍、老兵退伍像是一圈一圈循环的跑道，他一头扎进去，把身边路过的战士都当作一个个崭新的世界去认知、去探索、去走进，去和他们碰撞，去引导他们。带过了数百号战士，王忠心自己也没想到，在迈过了"带兵三四十个有点儿疲"这道坎儿后，越往后他越觉得每个战士都不一样，都是崭新的。每个人都有着不同的家庭出身，城里的、农村的，有钱的、没钱的；不同的参军目的，想转士官，学技术，考军校，或者就是单纯地体验一下当兵这件事；不同的个性特点，外向的、内向的，活泼机灵的、老实本分的；不同的人生态度，想出类拔萃的、甘于平凡的……他觉得每个战士都有一条最适合他们自己的军旅之路、人生之路，他作为一个班长，决不能按照他自己的喜好往一个模子里塑造，这样不仅不是战士们最好的成长路径，也会让他觉得即使带了上千的兵也不过是重复。只有因人而异地按照每个战士的底子去把他带成最适合他的模样，才能在看似相同的带兵中找到不同的新意。

所以，越到后来王忠心越爱琢磨他班里的战士，爱把他们一个个带成各自最好的样子。有时碰到个别不太好管的士兵，连里甚至营里都会放到王忠心班里来。副班长和其他战友会有些意见，觉得这是拖班里的后腿。

王忠心倒不这么想,他愿意尽自己所能去帮助他们找到并打开各自的那把锁,引导着他们、看着他们按照自己的节奏一步步成长、变化。直到退伍时,在那座铁打的营盘前面望着他们挺拔的身影渐渐远去、消失,王忠心觉得有一种难以言说的成就感从心底泛上来,一些小骄傲、小得意在胸腔里翻涌。

当然了,一个人的时候,闲下来安安静静的时候,王忠心也不是没有想过,像他这样在一个连、一个班里待了大半辈子,错过了多少其他的风景……刚晋升为一级军士长那一年,王忠心是回老家过年的。虽然妻子出于安全考虑强烈反对,但他还是坚持自己驾车带着妻女从大西南一路开回了安徽老家去。他说服妻子的理由就一条,他在部队里待了大半辈子,听哨音起床,听哨音睡觉,听哨音行,听哨音止,从来没有自由过,他就想"疯狂"这么一回,想走就走,想停就停,也感受一回自由自在、无拘无束……

这一年的春天,第二炮兵基层建设工作会议筹备部门明确要在所有战士中找一位老兵,这位老兵得是一位老班长,要兵龄长,兵当得好,当班长时间长,带兵带得好……最终,老兵王忠心、老班长王忠心被确定为在这个第二炮兵首长参加的座谈会上发言的战士代表。而旅宣传科长彭子湖自干宣传工作以来从未遇到过的"噩梦"就此拉开序幕。

那一天,当彭科长兴冲冲地赶到一连,闯进二楼拐角处的五班宿舍,把这个重大的好消息告诉正坐在小马扎上的王忠心时,他万万没想到的是,

第七章 成名

从王忠心嘴里蹦出的第一句话竟是:"我能不能不参加……"

…… ……

彭子湖许久没说出话来。他只是把一双眼睛睁得溜圆,从上到下像看怪物般看着面前这个身材瘦小、一脸皱纹的老兵。根据他基地机关十多年的宣传工作经验,这个叫作王忠心的老兵也许、当然应该说一定是个好兵、好班长,但绝不是一个好典型。一眼扫过去,这个老兵全身上下实在没一丁点儿的典型样儿。他太普通了,就像田地里的土坷垃一样普通,随手扔回土堆里便再也找不出来,即便把聚光灯照到他的头顶,恐怕他身上也不会有半分的光环。

果然,在接下来的两三个月里,这个王忠心让彭子湖除了叹气,就是摇头,气急时还拍过桌子。在部队待过的人知道,自从二十世纪六十年代涌现出雷锋这个影响了几代人的全国典型后,部队各级都很重视培养、宣传典型,因为推出一个典型,不只是这一个人的荣光,更是整个单位的成绩和骄傲。

彭子湖接受为王忠心撰写发言稿的任务时并没觉得这是个多大的难题,因为整个流程对他来说早已是轻车熟路。接到任务的那天晚上,彭子湖做的第一件事就是查找王忠心的籍贯。当发现王忠心家乡所在的黄山市休宁县是历史上有名的状元县,出了十多位状元后,彭子湖脑海里灵光一现,冒出一个标题——"古有文状元,今有武状元"。他喝了一大口茶,往椅背上一靠,轻松地吐了一口气,他没想到这么容易就找到了给王忠心"画像"

的引子。作为基地首屈一指的"笔杆子",彭子湖知道,一般来说只要找到了这个引子,接下来的工作常常能迎刃而解。

结果,第二天一早,王忠心跟彭子湖讲的第一句话是"我能不能不参加"!

在接下来几个月里,王忠心常常跟彭子湖讲的三句话是——"没啥说的","想不起来了","真没啥"。几个月间,彭子湖一听这三句话就头疼。好多回,聊着聊着他"呼"的一下就站起来,瞪着王忠心,差点儿骂人。但一看王忠心一脸的朴实样儿,又生生忍住了。

彭子湖后来和王忠心不知不觉地成了知交后,还总是拿那几个月自己受的罪说事儿。从始至终王忠心对自己的先进事迹没有"贡献"一个故事、一个细节。幸亏彭子湖在距离开会只剩一个月的时候果断调整主攻方向,把采访重心从王忠心身上转移到了他的战友身上,这才算把王忠心二十多年间许多平淡却感人的故事挖了出来。

那天,彭子湖把浸透了他几个月心血的发言稿交给王忠心,客气地说要请他看看、"斧正"一下。结果当晚,王忠心"老人家"头一次主动找到彭子湖的办公室,把发言稿递到了他手上。彭子湖简单一翻,脸上的笑容僵住了——王忠心用红笔改了五六处地方,他真的"斧正"了!

彭子湖坐下来,又仔细看了一遍,脸上凝结的笑容慢慢消失了。王忠心改动的几处地方全是彭子湖做了艺术加工的地方,他精心设计的一些场景和细节,全被王忠心划掉了。

第七章 成名

彭子湖的胸脯起伏起来,呼吸重了起来。他把那份发言稿捏在手里,抬起头看王忠心。王忠心就那样站着,也不躲避,直愣愣地看着他,好像懵懵懂懂,又好像清清楚楚……最终还是彭子湖深吸了一口气,把目光挪开了。他也当过兵,当过班长,带过兵,当然知道王忠心修改后的才是真实的,事实不像他加工过的那么有戏剧性。特别是在带兵上,在帮助一个后进的士兵发生转变上,不会像影视剧里那样因为一件事突然转变,而常常是像过日子一样的细水长流,一点一滴地、悄无声息地发生,直到水滴石穿般地积累到一定程度了,才显现出来,但在往后的日子里还会有反复……所以,如果据实写的话,王忠心的先进事迹可能会像白开水一样平淡。彭子湖不过是往这水里加了半勺盐和几粒味精,水还是那碗水,人还是那些人,事还是那些事,只不过让人听来不那么枯燥、不那么乏味……

而王忠心坚决不同意。

他说,即便拿着这样的发言稿登上讲台,他现场也不会念出来——彭子湖后来坦陈,当时听到这句话,他捏了捏拳头,真想揍这个固执的家伙一顿。

所以那天,当坐在台下的彭子湖看着王忠心一步步走上发言席的时候,他的心"嗵嗵"地跳。他一方面是担心发言稿太平淡,叫不响,另一方面是担心王忠心的讲话水平。尽管此前他已经专门带着王忠心练了好几回,但这个老班长一开口还是像喊口令一般,根本找不到在大会上发言、做汇报的那种感觉。不管他怎么提醒、怎么做手势,王忠心总是念着念着就念

成了口令……

　　正式发言这天,应该是紧张的缘故,王忠心刚用发言腔把"尊敬的首长、各位领导"念完,突然就转到了喊口令的频道上。彭子湖立即就埋下了头,不敢再去看王忠心,他甚至听到了偌大的会议室里响起了"隆隆"的回声……结果谁能想到,王忠心的发言竟然博得喝彩声一片。

第八章　荣耀

"这个兵我认识……"

军队的最高统帅认得军队最基层的一个士兵。当晚，这句话传到了正在洞库值班的王忠心耳朵里。随后不久，"这个兵我认识"成了全国各大纸媒、网站的头条标题。王忠心，这个二十多年在深山里默默无闻的老兵，一夜之间成了全军名气最大的兵。

第一节　成为重大典型

那天，当班长王忠心向将星闪耀的台下敬了个礼、急匆匆走下发言席时，这个扎根深山半辈子的老兵略有些沮丧。他知道自己最终还是没控制住，还是用喊口令般的语气把那篇发言稿给"喊"了下来。

低着头走回自己的座位，王忠心有意回避着彭子湖的目光，他觉得自己辜负了这位敬业的宣传科长几个月以来在他身上花费的心血。这种心情，王忠心还是头一回体会到。当兵这么些年，带兵这么些年，他自信没辜负过一个战友。

王忠心低着头默默地坐在彭子湖身旁，控制着眼角的余光不去瞅他。王忠心觉得，彭子湖应该也在克制着情绪，也没抬起头来看他一眼。这一刻，这两个低着头各自失落的人万万没想到，他们以为很失败的这一次发言竟在五分钟后得到了首长的大力肯定。

二〇一二年八月，总政和第二炮兵同时下发文件，称赞王忠心是"全军优秀士官群体中的杰出代表"，要求把王忠心作为全军、全国重大典型广泛宣传，号召全军官兵向他学习。全国各大媒体的记者又一次从北京赶到祖国大西南的这片深山中，赶到王忠心住了二十多年的排房里，把聚光灯、镜头和话筒一起对准了这位木讷的老班长。

这种聚光灯，王忠心并不陌生。在过去的二十多年里，这灯曾照向他带过的兵徐海波、高明，那些时候他这个师傅总是默默地躲到一旁去，微笑地注视着他带出来的兵在聚光灯下闪闪发光。

记者们很快发现,这个在部队干了二十多年、喊了二十多年口令、带了二十多年兵的老兵,除了能把自己哪个时间段在哪里讲清楚之外,竟然讲不出一个完整的故事,讲不出一个打动人心的细节——怎么引导甚至"诱导"都不行,这个死倔死倔的老兵就是吐不出半句能用得上的素材。

眼看着采访就要陷入僵局之时,还是宣传科长彭子湖出来解了围。从座谈会回来后,他终于真正懂得了、理解了王忠心。他先是跟记者们解释,王忠心确实不善言辞,然后又把这些年王忠心带过的已经散布在全旅各个位置的兵们推到记者面前,包括十多名早就退伍的战士也都被一一找了出来。这才让王忠心从那让他浑身难受的聚光灯下再次退到了幕后,像他过去二十多年充当的幕后角色一样。

记者们此前的抱怨渐渐平息了下来,老兵王忠心的样子慢慢地在那些战士的讲述中清晰了起来。这些见惯世面、采写过无数典型的记者们望向王忠心的目光里,氤氲起越来越多的钦佩和敬意。他们绝不曾想到,一个班长竟然可以如此深入地走进一个战士的世界乃至生命,可以如此巨大地改变一个战士和成就一个战士,可以让这些战士哪怕已经退伍那么多年提及王班长时依然心怀亲切和感恩,竟有好几位退伍兵在千里之外的电话那头啜泣,就因为想起当年王班长对自己的好……

半个月后的一天,王忠心——这个带有二十世纪六七十年代印记的名字,被印上了《人民日报》《光明日报》《解放军报》《新华每日电讯》等各

大主流报纸，他瘦小的身影，也出现在了中央电视台的节目中……

王忠心接电话接到手机发烫、没电，收到了几百条短信，都是曾经叫他"班长"的退伍老兵从全国各地打来的、发来的。有的短信写得很长，一口气能回忆两三件往事；有的则很短，就几个字"我想你了，班长……"这些短信王忠心一直留着，即便两年后换了手机也把这部存了短信的手机好好地保存着，偶尔闲暇时重新充上电打开来翻看一遍。

从二〇一二年秋天开始，王忠心不再仅仅属于他带过的这些兵，不再独属于那座山。在祖国大西南的深山密林里沉默了二十五年的王忠心，本以为将默默无闻地走完自己三十年军旅岁月的王忠心，走出了第二炮兵，走向了全军、全国。王忠心像他陪伴了多年的导弹一样，沉默经年，终于一朝在高空绽放。

第二节　第一次受到习主席接见

三个月后的一天，正在洞库里带着战士们进行实装训练的王忠心突然接到一个电话，要他立即赶回连队。当王忠心急匆匆赶回去后才得知，他刚刚当选了第二炮兵第八次党代会代表。大会即将召开，他要和基地首长一起马上赶到北京去，他得立即准备行装。

王忠心蒙了。

他没想到，他一个普普通通的最基层的士兵竟能当上第二炮兵党代会

第八章 荣耀

的代表。这一点，他从来没想过，连不敢想都不是，因为他根本就想不到。对于自己，他最清楚不过了。这些年来，他每天想着的就是班里那些人，手头那些事，他的眼睛、心思全放在自己的一亩三分地上……

二〇一二年的十二月一日，王忠心第三次来到了北京城。他第一次进京是参加"世纪大演兵"，第二次是接收新装备，穿的全都是迷彩服，地点都在沙场，在远郊。而这一次，老兵王忠心穿的是常服，地点在会场，胸前挂着标识牌。

在喜悦和期待中，十二月五日到来了。

静。

静极了。静得像导弹发射前数秒时的空寂。

瘦小的王忠心站在那些将军们中间，站在佩戴着证件的几百名党代会代表中间，依然谦逊而朴实。那双透着悟性的大眼睛，无比专注而安静，一如在靶场的发射架下，等待着地动山摇的那一刻。

突然，伴随着一阵稳健的脚步声，一个高大的身影出现在了东侧大厅门口，所有人的头都转向了门口——一阵雷鸣般的掌声从天花板上倾泻下来，从大理石地面飞升上去，原本空旷的大厅瞬间充满了似乎来自地心的巨大能量。

王忠心下意识地一抬臂，向习主席敬了一个标准的军礼，然后立即伸出双手紧紧握住了习主席温暖的大手……他太紧张了，他太激动了！

那次，习主席发表了重要讲话，肯定了第二炮兵的地位和作用，并强

调要努力建设一支强大的信息化战略导弹部队。

这段话被王忠心工工整整地记到了笔记本上。这位很少动感情的老兵心里满溢着骄傲,为自己,也为自己在深山里守护了那么多年的宝贝。

第三节 上铺的兄弟

就是在这样一种心情中,老兵王忠心回到了那座已经像家一样的深山,回到了他闭着眼都能顺溜地走回去的排房。推开门,抬眼看到他的上铺只剩了一张光溜溜的床板时,一种巨大的遗憾突然冲过来包裹住了王忠心——

睡在他上铺两年的上等兵田胜退伍回家了……

王忠心怔怔地往上铺瞅着,没顾上回应班里其他战士的欢迎和祝贺。王忠心是个不轻易吐露感情的人,这么多年来他一直坚持着他的新兵班长李炳华的带兵之道——行胜于言。他觉得,既然是带兵么,自然是要用实实在在的行动去带,而不是用嘴巴说去带,所以他平常很注意克制自己的情感。但这次,他没控制住自己的情绪,一巴掌狠狠地拍到了床板上。在北京的那些天里,他竟忘掉了这回事儿,忘掉了睡在他上铺两年的田胜要退伍了。

这样的事在王忠心二十多年的班长生涯中是第一次。自从当了班长以后,王忠心就给自己定了一个规矩,老兵退伍时节不休假,他要把他带的

第八章 荣耀

兵一个个亲自送走。今年他的班里就田胜一个人退伍，可他把这事给忘了……

田胜，两年前在新兵连时就很有名，有名不是因为优秀，而是因为"熊"。笨手笨脚、一无所长的他还爱"泡病号"。直到新兵训练结束，武装越野三公里他半个小时都跑不下来。下连分班，几个班长都避之唯恐不及，轮到王忠心，他"慧眼如炬"，独独挑走了站在角落里的田胜，还亲手把他的铺盖扔到了自己的上铺。

而田胜似乎并不领情。下连没几天就开始"泡病号"，一个月不到"病"了两三回，王忠心每次都照顾他。那天，田胜又"病"了，其他战士悄悄对王忠心说，田胜是在装病，王忠心也只是笑笑不说话，依然对他照顾有加。直到两个月后的一天夜里，王忠心起床上厕所，就听着上铺传出一阵轻微的呻吟声。王忠心扭回头往上铺一看，月光下只见田胜满头大汗。一摸额头，滚烫！带这么多年兵，王忠心凭经验就知道田胜这是发高烧了。这可等不到天亮。王忠心立即托着田胜的后背帮他坐起来，给他身上披件迷彩服，兜上鞋，又把他的一条胳膊架到自己肩上，一口气将他架到了卫生队……

早上，田胜迷迷糊糊地醒过来，一扭头，看到王忠心坐在自己身边，正抬头往上瞅着。他顺着王忠心的目光往上看去，看到上面挂着一个点滴瓶，里面只剩下最后一点液体了……在跟着王忠心一起回连队的路上，田胜嗫嗫嚅嚅半天，终于问出半句话来："班长……我之前装病……你知道

的吧……"

王忠心扭头看了田胜一眼,又扭回了头,回了两个字:"知道。"田胜的脚步停滞了一下,本就因为发烧而泛红的脸庞更红了。他又快走两步跟上王忠心的步伐,接着轻声问道:"……那你还那么照顾我,跟我真病了一样……那不是白费功夫吗……"

王忠心这次没扭头,只是一气儿往前边走边说道:"不是白费功夫。我在琢磨你装病的病……我带这二十多年兵,泡过病号的兵怎么的也有十多个,但每个人泡病号的'病根'都不一样。有的就是因为懒,有的是赌气,还有的……"

"班长那你看我是因为什么,看出来了吗?"田胜没等王忠心说完,就急切地问出了这一句。王忠心停了脚步,把上半身转向田胜,盯着他的眼睛说道:"你——不是偷懒,不是赌气,而是——逃避。"田胜低下了头。王忠心继续说:"你觉得战友们最差都是高中生,那么多是大学生,你一个初中生怎么练也练不好,与其练不好,还不如泡个病号脸上还好看一点儿。这样的话,成绩不好是因为没有认真训练而不是因为笨……"

回到连队后,爬到上铺继续休息,田胜才觉察出后背又是一脊梁汗。他没想到,这个看上去木讷的老班长竟把他心底里藏的那点儿念头看得透透的。

那次病好后,田胜再没"病"过,而王忠心总是耐心地给他"开小灶",从体能训练到专业知识,特别是在专业训练上,讲一遍不懂讲两遍,

第八章 荣耀

讲两遍不懂讲三遍……田胜终于跟上了其他战友。

有一次，田胜跟王忠心吐露了心里话，他说那天夜里之后他虽然不再好意思"泡病号"了，但在训练上他还是准备随时往后退、往回缩。他都在心里跟自己约定好了，但凡王忠心在给他补课的过程中流露出一点儿的不耐烦和失望，他就撂挑子不学了，所以有时他还会故意装作不懂……可长达两年的时光里，任他基础多么差，理解能力多么差，王忠心竟然从来没跟他急过，脸上的表情永远是那么平静，让他慢慢地感觉自己其实没那么差。

刚当班长那会儿，王忠心很喜欢聪明的兵、听话的兵，但越到后来他反而越喜欢有些毛病的兵了。他在带兵上越来越没有偏见。他告诉记者，没有带不好的兵，只是没有找到那个窍门而已。只要把心思用到了、感情用到了、功夫下到了，慢慢地就能找到窍门，就能帮助战士找到当兵的成就感。他对田胜就是这样。王忠心花了两年时间才把他从地上拽起来，才让他能够挺胸抬头地走在军营里。

就这样一个他倾注了两年心血的兵，临退伍他却没送成。他突然间明白了二十多年前李炳华班长退伍前给他留那封信时的心情——班长和他带的兵总想当面告个别，拥抱一下，哪怕每次这样的拥别都会泪流满面……

想起李炳华班长，王忠心记起了一件尘封已久的往事，那时的自己也还是个新兵蛋子。

那是六月的一个下午，部队午休起床的哨声刚刚吹响。按照部队的一

日生活制度，下午起床后先是半小时的读报时间。每当这个时候，全班战士都并排坐在各自的马扎上，大家轮流站到前面读报，一天一轮换。这一天轮到了王忠心。大山里邮递困难，他这天读的是一星期前的《解放军报》。与别的班里班长会规定好读报的篇目不同，李炳华班长把这个权力下放给了读报的战士。

王忠心站在战友们面前，双手展开一张《解放军报》，浏览着一个个题目，挑选着他觉得重要的或者说有意思的新闻。

报纸右面一篇新闻吸引了他的目光，他张嘴就读了出来："本报北京六月十二日讯　记者李亚丹报道：来自全军最基层的'兵头将尾'之花——八十二位全军优秀班长代表，今天胸佩大红花自豪地坐在人民大会堂里，三总部首长为他们授奖。这次经过基层评选出的优秀班长共六百四十五名，他们来自老山前线、大兴安岭救火现场、风雪高原哨卡和海军、空军、导弹部队……"读到这儿时，王忠心不禁在心里嘀咕：我们李炳华班长咋没去评这个？

他移动着目光继续读着，无意中一抬眼，却看到陈大豪正使劲冲他挤眉弄眼。他立马收回了眼神，以为是爱作怪的大豪想逗他笑场。他偷瞄了一眼坐在排头的班长，见他正认真听着，便赶紧往下读去。当他刚读到"各级领导和机关特别要注意保留班长骨干，对于一些好的班长，可以不经考试保送入学"时，就听得窗外一声哨响，紧跟着值班员喊了一嗓子："读报时间结束，集合训练！"

第八章 荣耀

集合的当儿，跑在王忠心身边的陈大豪神秘地对他说："我示意你别读那个评选好班长的，你怎么还读？"王忠心一愣，问了句"为啥"，值班员就开始整队了。陈大豪站到了排头去，王忠心站到了排尾。对大豪的话，他倒没怎么往心里去。这个曾经睡他下铺的同年兵一天到晚总是玄玄乎乎的，传播着来自他家乡广东的奇闻逸事和部队里的小道消息。

晚饭结束洗碗时陈大豪又凑到了王忠心身边，把嘴贴到他耳边告诉他一个秘密："今年是全军首届好班长评选，旅里还有上头的基地都推荐了咱班长，可惜没评上！"说完这一句，陈大豪拍了王忠心一巴掌："你是不是

二○一三年一月，王忠心当选为"全军和武警部队百名好班长新闻人物"

傻，就你念的那个新闻！我使劲给你使眼色你还一直念，你还真是哪壶不开提哪壶……"

王忠心努力回想读那则新闻时李炳华班长的表情，好像是有一些不对头，低了一下头？抿了一下嘴？不不，没有，下午训练时李班长还是像新兵一样认真，对他也还跟过去一样。王忠心一直觉得，自己对弟弟都没有班长对他好。

二十多年后，被评为"全军和武警部队百名好班长新闻人物"的王忠心在北京登上了领奖台。当接过镀金奖杯时，他把它高高举了起来。那是他唯一一次把自己获得的荣誉高高举起——是的，他是期待着李炳华老班长能够从电视上看到。他当时在心里说："班长，这个奖杯，我是替你领的！"

……

满心遗憾的王忠心想到了一个补救的办法。他把李炳华班长当年写给他的那封早已发黄的信翻了出来，拿到营部去复印了，又在前面写了一页纸的话，塞到信封里给田胜寄了过去。

大山深处通信慢。一去一回，当王忠心收到田胜的回信时，已经到了二〇一三年的一月中旬。田胜在信中说，虽然王忠心班长在部队费尽心思教他的专业到地方用不上，但是教给了他信心，让他有困难时不再逃避，而是勇敢面对，一点一点地、一天一天地去解决问题……

就在收到这封回信不久，又一批新兵下连了。

第四节　第二次受到习主席接见

二〇一三年三月五日上午十点，北京，人民大会堂。第十二届全国人民代表大会第一次会议如期开幕。

镜头扫过主席台。眼尖的观众惊讶地发现，主席台最右侧的方阵里，竟然稳稳地坐着一个朴实的士兵。

这个与几十位党和国家领导人、十位上将同坐主席台的士官，究竟是谁？他就是一级军士长王忠心。

此时刚立春，北京正是乍暖还寒时节。坐在人民大会堂主席台上的王忠心，手心里隐隐地浸出一层汗来——谁能想到，作为农民的儿子，有一天他会走出大山，来到北京，代表全军一百多万名士兵坐在人民大会堂主席台上！

大会堂一如既往地恢宏庄严，高高的穹顶璀璨如星空。

坐在人民大会堂主席台上的王忠心，把眼神从穹顶那方星辉收了回来，深吸了一口气，敛了心神，一心一意地审阅起《政府工作报告》来。神情一如他给即将发射的导弹做检测一样，笃定、专注、自信，自带了几分庄严的气场。

大会紧锣密鼓地进行着，王忠心接到通知——习主席将在出席解放军代表团全体会议并发表讲话后，接见包括他在内的一共八名基层人大代表。

三月十一日,习主席亲切接见了他们。当王忠心参加完会议,迈出人民大会堂时,他忍不住扭头回望了一眼。高高的台阶、高高的柱子,鲜红的国徽在落日的金晖中静静地凝视着他——一个来自大山、来自基层却走进了人民大会堂的老兵。

五年的时光如胶片般掠过。这五年里,发生了太多的事情,自己的、军队的、国家的,一桩桩、一件件,新鲜而饱满。

这五年里,他当兵竟然越当越有感觉了。已经换过两次军装的他又一次穿上了新式军装,臂章也由"第二炮兵"换成了"火箭军",叫了几十年"第二炮兵"后,他们终于从一个兵种跃升为一个军种。部队的实战演练也越来越多,如今他带的兵早已不像他当年那样只能日复一日在模拟器材上练手,而可以更多地在实装上、在沙场上展现大国士兵的风采。

二〇一五年十月,王忠心当选第五届全国敬业奉献道德模范

第八章 荣耀

这五年里,他每从大山里钻出来一次,胸前便又多了一个光彩夺目的荣誉——二〇一三年八月,王忠心获得"全军士官优秀人才奖"一等奖;同年十二月,王忠心当选"第二炮兵十大砺剑尖兵";一年后,王忠心又当选"第二炮兵十大优秀士官";二〇一五年第三次到北京参加全国人民代表大会时,王忠心被第二炮兵授予"践行强军目标模范士官"荣誉称号;同年十月,王忠心当选第五届"全国敬业奉献道德模范";二〇一六年年底,王忠心一家被评为第一届"全国文明家庭";在2017年度"心动安徽·最美人物"评选中,王忠心成为十位"最美人物"之一……

这五年里,王忠心多次聆听习主席的重要讲话,在参加第一届全国文明家庭表彰大会时又一次受到习主席亲切接见。然而相比这些,令这个老兵终生难忘的是习主席说的一句他没能当面听到的话——二〇一五年一月二十一日,习主席视察王忠心所在的部队。在军史馆看到王忠心的照片时,习主席说:"这个兵我认识……"

"这个兵我认识……"

军队的最高统帅认得军队最基层的一个士兵。当晚,这句话传到了正在洞库值班的王忠心耳朵里。随后不久,"这个兵我认识"成了全国各大纸媒、网站的头条标题。王忠心,这个二十多年在深山里默默无闻的老兵,一夜之间成了全军名气最大的兵。

……

二〇一七年七月二十八日,王忠心荣获"八一勋章"。

后　记

一

这一年的秋天，我们赶到祖国的大西南，走进那座无名的深山。我们略带惊讶地发现，王忠心依然住在他住了半辈子的排房里。他的上铺又睡了一个新兵，这新兵已是"〇〇后"。

应部队的需要，服役已满最高年限的王忠心最终选择了延迟三年退休。战友们说，老王做这个选择丝毫不让人觉得意外，尽管他们都知道他离家三十载，很想回老家陪陪已经七十多岁的老母亲，过一过云淡风轻的日子，但大家伙都知道，只要部队想让他留下来，这个老王，一定不好意思拒绝。

果不其然，仅仅考虑了一个晚上，王忠心就答应了下来。但他有个条件——不要再宣传他了，他不想再接受任何采访。

二

王忠心也拒绝了我们的采访。

直到我们提出，我们不采访，只是像当兵蹲连一样，住到他的排房里，和他还有他的战士一起吃、一起住、一起生活。他才没办法拒绝。

开始的几天里，这位倔强的老兵什么也不说，也不把我们当客人，该

后 记

干啥干啥,甚至有些冷淡、生硬,几乎让人感觉不到一点儿典型应有的魅力。而他,也似乎并不在意。

近一个月的时间里,我们和王忠心一同迎着朝阳跑步,一同到洞库里感受那种无人知晓的庄严和神圣,一同到他的公寓房里共饮他自己泡的最普通的药酒,一同到平湖边垂钓;我们还去了王忠心安徽老家的那栋老房子,爬了王忠心儿时爬过的山,睡在他当兵前睡过的床铺上,听他儿时的玩伴儿讲起他小时候的故事……

就这样,我们慢慢地在王忠心的人生长河中回溯,梳理出他的成长脉络。我们越来越清晰地感觉到,王忠心的军旅三十年,是寻找人生根本的三十年,是一步步向那个根本抵近的三十年——王忠心最终的成功,就在于他找到了那个根本。

那天我们去王忠心的公寓房里吃饭,酒至酣处,我们提出想看一看那枚"八一勋章"。王忠心答应了,站起来去了里屋,我们稍稍一顿也跟了进去——

只见一个陈旧的衣柜打开着一扇门,王忠心头冲着我们蹲在衣柜前面,地上放着一个黄色的购物袋,他两只手在里面翻腾着,"哗啦哗啦"的声音传出来……

我们半张着嘴蹲了下来,探头往那袋子里一瞅——里面装了一袋子的奖章!

就在这时,王忠心把一枚奖章翻出来了。他递给我们,没错,是我们

在电视上、网络上专门欣赏过的"八一勋章"。我们继续在里面翻腾,从里面找出了"全军爱军精武标兵"奖章,找出了"全军士官优秀人才奖"一等奖奖章,找出了"全国敬业奉献道德模范"奖章……

我们吃惊地望着王忠心半天没说话,王忠心因为喝了点儿酒的缘故,脸红红地低着头,讪讪地笑着。我们问他:"这个袋子是放在哪儿的?"王忠心用手一指,说:"就放在那儿。"那是衣柜最下面的一个小角落。

王忠心的妻子进来招呼我们重新坐回了餐桌。我们没再说什么,只是默默地敬了王忠心一大杯酒。

三

采访中还有一幕,让我们一想起来就感叹不已。

那是个周末,我们和王忠心在连队吃完早饭后,他突然说:"我今天陪不了你们,我来了个战友,我得去见我战友!"

经过几天的朝夕相处,王忠心似乎已经接受了我们,偶尔也给我们讲一两件过去的事。但他这句话说得不容置疑,并且对抛下我们去见他的战友没有一点儿不好意思。

我们只好无奈地提出,和他一同去见他的战友。他迟疑了片刻,似乎做出了很大妥协似的说道:"那,我得问一下我的战友。"他便当着我们的面打了个电话。他的战友显然要比他"通情理",同意我们跟着去……

那天,跟了王忠心八年的那位退伍战友给我们讲了他认识的王忠心。

他说王忠心这个人面冷心热,决不肯说一句"热乎话",所以给人的第一

后 记

印象总不是太好。但你跟他相处久了就会发现，他虽然不会说一句好话、乖话、讨巧的话，但一件件事都做到你心里去，扎扎实实的，浑身上下没有一点儿虚的，所以你会不知不觉喜欢上他、信赖他。那是一种静水流深的情义。

他说王忠心这个人看起来不聪明，做不来一件聪明事。但你在与人相处、遇到事情时听他的准没错。也许短时间内会想不通、不理解，甚至吃些亏，只要时间久了，你就会忽然懂得他，忽然觉得他是对的，因为他看人看事、做人做事都"钉"到了根子上。

他说王忠心这个人没有偏见，对所有的战士一视同仁，对领导、对战士也都是一样的态度，决不会喜欢谁、不喜欢谁，对谁好、对谁不好。不管什么样的战士，他都是一样地去教他专业、教他做人，所以天南海北这么多战士，都服他……

我们告诉他："王忠心成名后，曾有两名战士打赌，赌王忠心会不会变，会不会端起架子来，会不会搬到单人宿舍里去。"他哈哈一笑，说："那两个战士要么没跟过王班长，要么跟的时间短，我知道班长是不会变的。他永远不会端起架子来，变了他就不是王忠心了。"

四

我们在王忠心安徽老家的一只老箱子里翻出了很多旧物件：他刚入伍时寄回家的第一张照片，在青州士官学校上学时的照片，佩戴上志愿兵军衔的照片，给妻子写的情书，结婚时的录像带，第一次去北京时的留影，作为人大代表投票时的场景……

我们翻着一张张照片,王忠心三十年的时光从我们指尖划过……正如王忠心所感受到的一样,他个人的命运和这个时代紧密相连,没有这个时代的变迁,便没有他——一个士兵的顶点与辉煌。

采访接近尾声,我们请王忠心评价一下自己。他推辞不过,便习惯性地往右歪着头说道:"还算尽职尽责吧。当兵尽了兵的责,当班长尽了班长的责,当人大代表尽了人大代表的责,当丈夫尽了丈夫的责,当父亲尽了父亲的责。这三十年,我尽了自己的本分吧……"

也正是因为这个缘故,王忠心才能在那座无人知道的深山里默默无闻、毫不懈怠地干上三十多年、坚守三十多年,才能在获得军人最高荣誉、一朝成名天下知后依然踏踏实实、不浮不躁地继续坚守。因为他做什么、不做什么与成不成名全不相干,他在乎的只是职责——一个士兵的职责,一个班长的职责。

王忠心只是这个时代的缩影。只有这样的军队、这样的国家、这样的时代才能产生王忠心这样一个普通而伟大的士兵。而他绝不是唯一,他只是中国军队中的万分之一、十万分之一、百万分之一。他们静默朴实,却是军队的脊梁、国家的脊梁、时代的脊梁。

可以想见的是,随着改革强军的日益推进,在迈向世界一流军队的伟大征程中,像王忠心一样平凡而伟大的士兵必将越来越多——一支伟大的军队必然拥有一群伟大的士兵,一群伟大的士兵必将托起一支伟大的军队。